光文社文庫

長編時代小説

八州狩り

佐伯泰英

KOBUNSHA

光　文　社

目次

八州狩り

夏目影二郎赦免旅

第一話　炎上赤城砦

一

男は、瀬の流れに足をとめた。

古びた黒羅紗《くろらしゃ》の長合羽《ながガっぱ》が長身に巻きつくようにやわらかく羽織られている。南蛮外衣とも呼ばれる長合羽は、織田信長《おだのぶなが》ら戦国武将の間で愛用されてきたものだ。

河原に下りた男は渋を塗り重ねた一文字笠《いちもんじがさ》と朝露を避けるための長合羽を脱いだ。

無紋の着流しの腰に大刀が一本差しに落とし込まれている。

南北朝期の鍛冶法城寺佐常《ほうじょうじすけつね》によって鍛えられた大薙刀《おおなぎなた》を、刃渡り二尺五寸三分（約七十七センチ）のところから棟《むね》を磨いて、先反《さきぞ》りの豪剣に鍛え直したものだ。大振りで身幅の広い大刀を使いきるにはよほどの膂力《りよりょく》が要《い》った。

帯に道中用の小さな矢立てがあった。それが持ち物のすべてだった。

男は利根《とね》の流れに手を突っこみ、顔を洗った。夜道を歩いてきた体のしこりが冷たい水に消えた。

ここは武州《ぶしゅう》の中瀬《なかせ》村、利根を越えれば上州《じょうしゅう》、目的の地だ。

立髪《たてがみ》の男は、一文字笠の幾重にも張られた紙と骨の間に差し込まれた珊瑚玉《さんごだま》の唐《から》かんざしを抜いた。細い両刃の先端を水に濡《ぬ》らし、無精髭《ひげ》のはえた顎《あご》にあてた。切れ味のいい刃音がして髭がぱらぱらと河原に落ちた。すると精悍《せいかん》な若い顔があらわれた。

東の空がわずかに白んで水面が光った。どうにか河原の濃淡が見分けられるようになった。

流れは男の左手で利根川と広瀬川を合流させて、滔々《とうとう》と武蔵《むさし》の国に流れていた。

かんざしを笠に戻した。顎を撫《な》でるとざらざらしたが、気にすることもない。

(さてどこで渡ったものか)

男は河原に腰を下ろした。すると脳裏に父と一人の女の面影が浮かんできた。

日本橋伝馬町《てんまちょう》の牢《ろう》屋敷の百姓牢(大牢)では、夏の盛りだけ外鞘(廊下)に寝ることを許された。

牢内にこもる苦熱にあてられ、病人が多発するのをふせぐために、少しでも風通しのよい外鞘で休ませるというお上の慈悲であった。

未曾有《みぞう》の大飢饉《だいききん》がさらに深刻の一途をたどろうという天保《てんぽう》七年(一八三六)の五月の末の

ことだ。

牢内は世間を食いつめた者たちが押しこめられて身動きもつかない。その上、牢役人たちがそれぞれ役に応じた場所を広々と占拠していたから、大半の囚人は肩を寄せ合い、膝《ひざ》を抱えて夜を過ごすことになる。

その夜も百姓牢の内外にきびしい湿気がこもって、息をすることさえままならなかった。影二郎《えいじろう》は浅葱《あさぎ》のお仕着せの襟《えり》がべったりと汗で滲《にじ》んだあたりをごそごそと掻《か》いた。すると垢《あか》がぼろぼろ落ちた。

「暑いな」

隣で膝を抱えこんでいた与助《よすけ》が影二郎に言った。秋に出る船を待って八丈島《はちじょうじま》に遠島《えんとう》になる仲間だ。与助がさらに口を開こうとした時、百姓牢の錠が鳴った。

「こんな時刻に新入りかい」

与助の言葉は新入りをいたぶる期待に震えていた。

百姓牢に明かりがこぼれ、鍵役同心《かぎやくどうしん》が小者《こもの》を引き連れて入ってきた。だが、囚人の姿はない。九つ（夜十二時）に近い刻限だろう。牢舎では囚人たちが時ならぬ時刻に訪れた役人を恐怖のまじったまなざしで見ていた。

「江戸無宿《むしゅく》、影二郎はおるか」

鍵役同心の声が常夜灯のかすかな明かりの下に流れた。

「へえ、これに」

思いがけない呼び出しに答えながら、影二郎は体を起こした。

「出ませえ」

影二郎は牢名主《ろうなぬし》の彦造《ひこぞう》を見た。だが、彦造も深夜の呼び出しに心あたりはない様子だ。

「鍵役同心様、夜分に何用でござんすか」

牢内を差配する彦造が貫禄をみせてうかがいを立てた。

「彦造、おれに聞いても無駄じゃ」

影二郎はのろのろと立ち上がった。すると与助が囁《ささや》いた。

「娑婆《しゃば》に出られるかもしれねえぜ。その時は金をもって船を見送りにきてくれよな」

「そんなことがあるもんけえ」

影二郎は浅草の香具師《やし》の元締め、聖天《しょうでん》の仏七《ぶつしち》を殺して町方に捕縛された。仏七が十手持《じって》ちとの二足のわらじを履く男とあっては極刑は免れない。本来なら死罪だが、「相手より不法の儀を仕掛、無是非及刃傷人を殺《あや》めしもの」の条文に照らし合わせて、遠島刑を言い渡された。つまりは仏七の評判があまりにも悪く、刑一等を減じられたのだ。仲間たちの好奇の目に送られて百姓牢を出た。真向かいの揚がり座敷（武士牢）とは土塀で遮られていた。

「影二郎、おめえは揚がり座敷に入る身だってな」

鍵役同心は侍の身分かと問うた。

「そんなよたをだれが」

小者が牢役人の役宅と牢舎を分かつ門の通用口を開き、影二郎らは取調所のある敷地に移った。さらに役宅に入ると、前方に牢奉行《ぶぎょう》の屋敷の中門が見えた。

「どこへ連れていかれるので」

「牢奉行石出《いしで》帯刀《たてわき》様のところじゃ、夏目《なつめ》瑛二郎《えいじろう》」

「……」

「おまえに会いに来られた二人連れが待っておられる」

そう言った鍵役同心は通用口の戸を叩《たた》いて牢奉行支配下の用人《ようにん》に影二郎を渡した。伝馬町の役宅には牢奉行石出帯刀と、十数年ぶりに顔を合わせる父親の、旗本三千二百石常磐豊後守《ときわぶんごのかみ》秀信《ひでのぶ》がいた。鍵役同心は客が二人連れと言ったはずだがと影二郎は不審に思った。

「そなたが勘定奉行常磐様のご子息とはのう」

石出が困惑の体《てい》で言った。秀信は無役の寄合《よりあい》から勘定奉行に出世したのか。

「なぜそれをいわん」

影二郎の母は浅草の料理茶屋嵐山の娘でみつといった。秀信には津軽《つがる》藩中屋敷前の本所《ほんじょ》に、屋敷付きの本妻の鈴女《すずじょ》がおり、みつは秀信の妾《めかけ》というわけだ。常磐家に婿《むこ》養子に入った父の旧名夏目を与えられた影二郎は、下谷《したや》同朋《どうぼう》町の妾宅《しょうたく》で侍の子として育てられた。

それが秀信とみつの望みだった。

八歳の時には、鏡新明智流《きょうしんめいち》の桃井春蔵《もものいしゅんぞう》の道場で剣術の修行を始めさせられた。桃井の道場は、北辰一刀流《ほくしんいっとう》の千葉周作《ちばしゅうさく》道場、神道無念流《しんとうむねん》の斎藤弥九郎《さいとうやくろう》道場とならんで、「位は桃井、技は千葉、力は斎藤……」とよばれたところだ。門下生はなぜか八丁堀《はっちょうぼり》の与力、同心が多い道場だ。

時折り顔を見せては、影二郎の上達ぶりを自ら竹刀《しない》をとって確かめる父親に本宅があり、そこに兄や妹たちがいると知ったのは、母が流行病《はやりやまい》で亡くなった十四歳の秋のことだ。影二郎は、本所の屋敷に引きとられた。が、一年もせぬうちにみつの実家に戻った。兄の紳之助《しんのすけ》との折り合いの悪さもさることながら、養母の鈴女の嫌がらせにうんざりしたからだ。なにより父の秀信が屋敷の中ではおどおどと鈴女の顔色ばかりをうかがっていることが許せなかった。

影二郎は、祖父母が甘かったことをよいことに、酒、女、博奕《ばくち》と、一通りの遊びを覚えた。金があって腕っぷしも強い。浅草界隈では名の知られた存在だった。

そんな影二郎だったが、剣の修行だけはつづけた。

武士になる気などさらさらなかったが、剣術の稽古《けいこ》がなにより好きだったのだ。どんなに心が荒《すさ》んでいても、面頰《めんぼお》をつけて竹刀を握れば、無心になれた。それだけに影二郎の上達ぶりは、

「位の桃井に鬼がいる……」

と言われるほどの評判になった。

十八歳の時には、影二郎のしなやかな連続技の後につづく面打ちや抜き胴を避けきれる者は、兄弟子のなかにもいなくなった。時には三代目の桃井春蔵直雄すら、三本に一本はとられるほどてこずらされることがあった。

二十三歳の春、影二郎は二代目の桃井春蔵直一に呼ばれた。

「道場の跡継ぎにならぬか。そなたのお父上も承知のことだ」

二代目はなにも条件はつけなかった。が、直雄の妹と夫婦《めおと》になり、跡目を継ぐことを望んでいるのは、影二郎にも分かっていた。祖父母に相談したいのでと返事を保留した。そして、次の日から道場に通うことを止《や》めた。

(なぜ父がおれの人生に介入する……)

影二郎は父に反抗するかのように悪の道をひた走った。ついには二足のわらじを履く十手持ちの聖天の仏七を叩っ斬って、縛《ばく》についた。

そんな息子のところに父親が訪ねてきたのだ。

秀信は牢奉行の石出を見た。

「石出どの、暫時《ざんじ》、部屋を借りうける」

勘定奉行は三千石高で、役料として七百俵・三百両を支給された。三百俵の牢奉行とでは格が違った。石出が憮然《ぶぜん》とした風情《ふぜい》で自分の部屋から姿を消した。

「常磐の家が役に就くのは二代ぶり、それも勘定奉行の要職じゃ」

秀信は端正な顔に誇らしさと不安の表情を交互に見せた。

「老中が支配される勘定奉行には二つの役職がある……」

租税の徴収、米銭の出納、金銀銅山の管理、諸役人の知行割《ちぎょうわり》などの財政面を担当する勝《かっ》手方《てかた》と、徳川のお膝元の関八州《かんはっしゅう》の公私領および関東外の天領で起きた訴訟、争いを裁く公《く》事方《じかた》に分けられると、父は説明した。定員は四名、それぞれ二名が勝手方、公事方を分担して職務を遂行する。

「それがしが命じられたは公事方じゃ」

数理に明るい秀信は皮肉にも勝手方に登用されたのではなかった。時に荒技を振るわねばならない公事方に就いたという。

「それも関東取締出役《とりしまりしゅつやく》を任された」

徳川幕府は文化二年（一八〇五）に関八州の無宿者、渡世人などの取締りのために関東取締出役を設置した。通称八州廻《はっしゅうまわ》りは寺社、勘定、町奉行の三奉行の手形を持ち、幕府直轄領、私領の別なく自由に立ち入って捜査ができた。

この八州廻りの役人に任命されるのは、江戸廻りの代官の手代《てだい》など三十俵三人扶持《ぶち》か二十五両五人扶持の下級武士だった。八州廻り設置から三十一年が過ぎ、当初の目的も使命も忘れて、八州廻りの役人がその巨大な権力を私利私欲のために利用していることは、影二郎ならずとも承知していた。

「就任して以来、密かに手下《てか》の八州廻りの行状を調べた、想像以上であったわ。もはや彼らの腐敗ぶりは、尋常な手立てでは立て直しができぬ。荒療治が必要じゃ。だがわしにはどうしたものか分からぬ」

十数年ぶりに会った息子に父は泣き言を言った。

「父上、本所の屋敷を出た折り、それがしは、もはや常磐との縁を絶っております る」

影二郎は父の前から立ち上がると牢に戻ろうとした。

「待て、待ってくれ。八丈島に流されれば、もはや江戸の地は二度と踏めぬぞ」

流罪遠島に期限はない。将軍家の代替わりの時などに赦免があるだけだ。が、それも明白な基準があってのことではない。

「覚悟の前でございます」

「女のせいか、萌《もえ》を死なせたせいじゃな」

影二郎は返事をしなかった。どうして父がそのことを承知しているのか、疑問を持った。

「父と子が今生《こんじょう》の別れになるやもしれぬ瀬戸際じゃ。話は最後まで聞いていけ」

影二郎は座り直した。

秀信は話題を転じた。

「そなたは国定忠治《くにさだちゅうじ》なる凶徒が関八州を傍若無人に荒らし回っておるのを存じておろう。

過日、大戸《おおど》の裏関所を破って幕府の威信をつぶしおった」

影二郎はおやという表情で父を見た。使命感につき動かされた者のみが見せる潔さが秀信の顔に漂っている。影二郎が初めて知る父の顔だ。

「奴には上州の民百姓の味方がついておるそうな。だがそれだけでは、あれだけのことはできぬ」

秀信は、疲れた顔に苦渋の色を漂わすと再び弱音を吐いた。

「新任のわしには信頼できる手下もおらぬ。私利私欲に走る八州廻りの尻をどう叩いたところで結果は知れておる」

秀信は旗本三千二百石の面子《メンツ》も父の威信も捨てて、影二郎に語っていた。

「天保の飢饉はこの先も続く。いまの幕府にはそれを改善する力はない。お膝元の関八州がこれ以上に博徒や通り者（流れ者）たちの天下となったらどうなる」

父は子に幕臣としての務めを必死で説いていた。

「そなたは夏目瑛二郎の名を捨て、江戸無宿影二郎と名乗って遊俠《ゆうきょう》の徒に混じり、闇の世界を渡り歩いてきたそうな」

秀信は妻の鈴女の前で見せる気力のない養子の顔に一瞬戻った。が、再び気迫を溜《た》めると頭を下げた。

「そなたの経験と腕を父に貸してくれぬか、頼む」

「それがしになにをせよと申されるのですか」

秀信は懐から紙片を出すと影二郎に渡した。

影二郎が広げると六人の名が書かれてあった。

峰岸《みねぎし》平九郎《へいくろう》
尾坂孔内《おさかこうない》
火野《ひの》初蔵《はつぞう》
数原由松《かずはらよしまつ》
足木《あしぎ》孫十郎《まごじゅうろう》
竹垣権之丞《たけがきごんのじょう》

それぞれの名の下には賄賂《まいない》、罪状もみ消し、職権濫用、殺傷、暴行、財産強奪など、おどろおどろしい容疑が記されてあった。

「任務地からの訴えの一部じゃ、どれもが何通もきておる。この者たちの分不相応の暮らしぶりからもそれは察せられる。この者たちの多くは妻女に料理茶屋をやらせ、妾を持っておる。八州廻りの俸給ではできぬ芸当じゃ。その金がどこから出たのか、訴えと合わせれば見当もつく」

秀信は、八州廻りには軽犯罪などを一存で裁く手限《てぎり》裁決が認められていると言った。しかし重大犯罪は江戸の勘定奉行公事方に送るのが決まりだ。だが、関八州の世情不安に、

「もし手余り候えば打ち殺し候とて苦しからず」

という特権を極秘に与えていた。これをこの六名は悪用しているというのだ。

「しかしじゃ、八州廻りに就きたい仲間が先輩を貶《おとし》める讒訴《ざんそ》讒言《ざんげん》とも考えられる」

秀信は慎重になって言った。

「わしが直接糾明したところで、これまでの訴えが反故《ほご》にされていたように、互いに結束して言い逃れするのは目に見えておる。役人という者はかばい合い、不正腐敗は見て見ぬふりをする習性を持っておるからのう。それに事は急を要する」

と秀信は言った。

「問題は、この六名のうちの一人が国定忠治と結託して、なにか事を起こそうとしていることじゃ」

「八州廻りと博徒がですか」

「訝《いぶか》しく思うのも無理はない」

秀信はしばし瞑想《めいそう》した。

「わしはおのれ自身の非力を知っておる。豪腕ぶりを発揮せねばならぬ八州担当など、この秀信に勤まるはずもない、と考えた方がおられる。関東の乱脈無法を望まれるそのお方が、

わしに役目を命じられたのだ」

秀信は矛盾したことを語った。が、その顔には熟慮した者が醸す確信があった。

「父上、だれがなんのためにそのような策略を……」

「それが分からぬ」

秀信は顔を歪《ゆが》めた。

「大きな黒い闇が徳川幕府を覆い、なにかが企《たくら》まれておる。瑛二郎、父の使命は無能な勘定奉行を演ずることにある。そのためにお役に就けられたのじゃ」

（なんと父は窮地に陥ったものか）

同時に、

（このような馬鹿げた考えは父の妄想じゃ）

とも影二郎は考えた。しかし影二郎が牢の中で見聞きしてきたことは、父の窮地を裏付けているように思えた。それほど幕府は弱体化して、先の見えない飢餓《きが》が日本じゅうを覆っていた。

「父上、それがしになにをせよと申されるのですか」

「忠治一家は、無法にも赤城《あかぎ》山中に砦《とりで》を設けて山籠りをしておるそうな。八州廻りを捕縛に向かわせておる。そこでなにが起こるか、まずは見定めよ」

それが第一の任務だと秀信は言い、さらに厳命した。

「先程の六名の八州廻り、罪明らかなれば始末せよ」

秀信は人柄に似合わぬ、決然たる言葉を吐いた。

「わしはおのれの身命を賭して勘定奉行本来の役目を務め上げたい。だれがなにを策しようともな。そのために瑛二郎、父に力を貸してくれぬか」

と秀信は息子に嘆願して、頭を下げた。

影二郎は思わずうなずいていた。

「そなたの役目は腐敗した八州廻りの大掃除じゃ。役もなければ報酬もない。殺されたとて殺され損じゃ。あるのはこの父との契《ちぎ》りだけ」

影二郎は、初めて秀信に父としての感情を抱いた。

「そちにつかわすものはこの法城寺佐常のみ。大薙刀を刀に鍛え直した業物《わざもの》は『先反佐常《さきぞりすけつね》』といわれるそうな。そなたなら使いこなせよう」

秀信は刀袋に入った剣と袱紗《ふくさ》に包んだ切餅《きりもち》（二十五両）二つを影二郎に手渡した。

「この父がそなたの骨を拾ってつかわす。事が終わるまで江戸府内に入ることは許されぬ。われらの知らぬところでなにが起ころうとしているのか、忠治一家や腐敗堕落した役人どもを追って関八州を流れよ」

父子は互いの顔を正視し合った。が、息子のわだかまりが完全に拭《ぬぐ》い去られたわけではなかった。

影二郎は秀信と顔を合わせた時から胸に生じていた疑問を訊ねた。

「父上、それがしが牢にいることをどうして知られたのですか」

町奉行所でも伝馬町の牢でも、無宿者影二郎として通してきたのだ。

「そなたの身を案じる者がおる。その者が、この父に助けを求めたのじゃ」

「わが身を案ずる者がでございますか」

秀信は手を叩いた。すると隣室の襖《ふすま》が開いた。

薄暗がりの座敷に端座する女を見て、影二郎は言葉を失った。

（萌がどうして……）

影二郎は二人目の訪問者に呟《つぶや》くような問いを発した。

「そなたはだれじゃ」


弱々しい犬の鳴き声が河原に響いた。

影二郎は立ち上がると葦《あし》の茂った水辺に歩み寄った。半ば水に没しかけた藁《わら》かごに四匹の子犬が入れられ、すでに生き絶えた三匹の兄弟の体の上で、鼠《ねずみ》色の子犬だけが弱々しい鳴き声を上げている。影二郎は生き残った子犬を摑《つか》み上げ、冷えた体を温めるために懐に入れた。かすかな鼓動が影二郎の肌を伝ってきた。

細長く畳んだ長合羽を右の肩にかけた。

渡河地《とかち》を求めて上流へと歩く。数丁も溯《さかのぼ》った時、葦の茂みに小舟が見えた。男が娘を舟底にしゃがませて座らせ、筵《むしろ》をかけたところだ。

「向こう岸に渡るのなら同乗させてはもらえぬか」

男がぎくりと影二郎を見た。その顔に恐怖が走る。

「旅の者だ。上州に渡りたいのだが、渡しの刻限にはまだ間があるのでな」

日に焼けた顔が百姓であることを示していた。

「お侍はどちらから」

「江戸だ」

「向こう岸にお連れすればよいので」

「渡し賃は払う」

しかたないといった顔で男はうなずくと舟を流れに押し出した。影二郎は舟縁《ふなべり》に手を添えると飛び乗った。男が竿《さお》を差し、舟が対岸に向かう。

影二郎が舳先《へさき》に座ると懐から子犬が顔をのぞかせ、くんくんと鳴いた。すると筵がうごいて娘がおびえた顔をわずかに見せた。年の頃、十五、六か。鄙《ひな》にはまれな美しい娘だ。

「河原でな、拾った。上流から流されてきたとみえ、腹をすかせておるのだ」

影二郎が説明すると顔のこわばりがゆるんだ。

娘の手がのびて、小さなふかし芋が差し出された。

「もろうてよいか」

娘がうなずいた。影二郎は芋を二つに割ると、さらに小さくして子犬の口に持っていった。

くんくんと鼻を鳴らして嗅《か》いでいた子犬が芋にむしゃぶりついた。

「おまえもこの世に生かされるさだめにあるらしいな」

子犬に芋を与えた影二郎は娘に礼を述べた。

天保の大飢饉は上州一円にも広がり、飢えに困った百姓は一揆《いっき》に走り、土地を離れた。

「なぜ隠れておる？　だれから逃げておるのだ」

父親なのか、船頭が当惑した顔をした。

「いやなら聞くまい」

男が迷った末に答えた。

「……荒熊《あらくま》の千吉《せんきち》親分が娘をわずかな借財のかたに妾に出せと難癖をつけますので、日光の叔母のところに預けようと思いましてな」

「それで密かに川渡りか」

小舟は巧みに流れを縫いながら、中洲を越えて上州の岸辺の葦原に着いた。

「どこらあたりかな」

「平塚河岸《かし》の下流でごぜえますよ」

そう答えた父親が、お侍、どちらに行きなさる、と影二郎に聞いた。

「国定村から大間々《おおまま》へ足をのばそうと思うておる」

「舟賃がわりに、大間々の外れまで娘を連れていってはもらえないかね」

足尾《あしお》で採掘された銅を江戸へ送る銅山街道の荷継ぎで栄えた在郷町が大間々町だ。ここからなら日光へは一本道だ。

「やくざが娘さんを追ってくるのか」

「考えられねえこともねえ」

「送り狼《おおかみ》にならんともかぎらぬぞ」

「死にかけた子犬を懐に入れて温めておやりになるお侍だ。わしはみよをあなた様に賭けました」

「分かった。街道口まで送りとどけよう」

娘のみよが筵から姿を見せてぺこりと頭を下げた。肩に小さな風呂敷包みを背負っていた。

三人は葦原から河原に出た。父と娘が別れの言葉を掛け合った。

「待たねえかい」

葦の茂みが揺れて、六、七人の男たちが躍り出た。親娘《おやこ》が悲鳴を上げた。

「二、三日前から様子がおかしいんでよ、親分がおれっちに河原を見張ってろと命じなすったんだ。加吉《かきち》、みよをどこかに逃がそうたってそうはいかねえぜ。おまえの家にゃあ六両二分の貸しがあるんだからな」

した。

「利息分だけよ。元金はそっくり残ってるぜ」

代貸格《だいがし》か、一段と人相の悪い男が顎をしゃくった。すると手下たちがみよに走り寄ろうとした。

影二郎は父と娘の前に立ち塞《ふさ》がった。

「さんぴん、止めとけ。利根の両岸に縄張りをもつ、十手持ちの荒熊の千吉親分に盾突いちゃあ、旅は出来ねえぜ」

「一飯《いっぱん》の恩義にあずかったばかりでな、この親子には舟賃も払っておらん」

「なにっ、邪魔立てする気か!」

長脇差《ながわきざし》の柄《つか》に手をかけ、影二郎らを囲んで威嚇《いかく》した。

影二郎は荒熊の千吉の手下たちの動きを目で追いながら、怪我をするといけない、と父と娘の肩に手をかけてその場にしゃがませた。

満腹して眠りかけた子犬が懐から顔をのぞかせた。

「相手になろう」

「叩きゃあ埃《ほこり》の出る体と見たぜ」

やくざたちが一斉に長脇差を抜き放った。

遠く異国から渡ってきた南蛮外衣の立襟《たてえり》を摑んだ影二郎は、薙《な》ぐように肩から引き抜いた。

うなりを上げて長合羽が広がり、男たちの頭上を舞う。さらに長く伸びた裾《すそ》がつむじ風のように男たちの長脇差をはね飛ばし、頭を、胸を強打した。

二人、三人と河原に倒れこむ。

立襟を摑む影二郎の手が振り上げられた。するとそれは燃え上がる火炎のように立ち昇った。黒羅紗の裏地は目にもあざやかな猩《しょう》々緋《じょうひ》だ。

天を衝《つ》くように伸びた長合羽はひねりを入れられて反転し、残ったやくざを強襲した。裾の両端に縫い込まれた二十匁《もんめ》（七十五グラム）の銀玉がやくざたちの肩を、眉間《みけん》を強打すると、ふいに風音が熄《や》んだ。

長合羽は再び影二郎の肩に戻っていた。

「おまえは村に戻るとよい。娘は約束通りに送りとどけよう」

驚きの余り声もない父親を、舟に見送った。

影二郎とみよは上州新田《にった》郡尾島《おじま》村へ足を踏み入れた。

二

利根川の河原から三里（約十二キロ）あまり、影二郎とみよは佐位《さい》郡国定村で歩みを止め、愛宕《あたご》大権現の境内《けいだい》の社《やしろ》の階段で休んだ。

時刻は四つ（午前十時）前か。関東平野には白い光が降りそそぎ、冷夏にしてはめずらしく暑くなりそうな気配だ。境内の夏木立ちの下には、夏菊が淡紅色の花をつけて風に揺れている。

影二郎は着流しの懐から子犬を出すと地べたにおろした。すると片足を上げて小便をした。

「おまえは牡《おす》か、名をつけてやらんといかんな」

みよが影二郎に芋を差し出した。

「ありがたい、腹が減っていたところだ」

影二郎は芋にかぶりついた。

「この犬を飼うつもりですか」

みよも芋を口にしながら聞いた。

「四匹の兄弟のなかで一匹だけ助かったのだ。兄弟の分も生きんとな」

みよがはじめて笑った。

「お侍さんは江戸から見えたのですね」

「ああ」

「江戸はどんなところです」

「江戸か……」

「きっとなんでも不自由しない都ですね」

少女の独白のような問いは相手に答えを期待したものではない。

みよの夢見るような言葉に影二郎は一人の女の面影を浮かべた。

無頼の影二郎にとって江戸は、萌自身だった。

萌がいれば、それでよかった。

萌は吉原の女郎《じょろう》だった。なんとしても請け出して所帯を持つ、と影二郎は心に決めていた。剣の師匠桃井春蔵直一からの申し出を拒んだのも、萌がいたせいだ。

一年前、吉原からその萌の姿が消えた。遊廓の主《あるじ》に聞くと、さる金持ちの旦那《だんな》に身請けされたというのだ。

(そんな……)

信じられなかった。萌も影二郎と所帯を持つことを承知し、身請けされることを楽しみにしていたのだ。

影二郎はわけを聞こうと主人に掛け合った。が、自らの意志で身請けされたのだと書かれた萌の走り書きを渡されただけで、身請けした人物がだれか、頑として教えてはもらえなかった。

萌の裏切りにも似た行為に影二郎は荒れに荒れた。

ところが半年前、萌が唐かんざしで喉《のど》を突いて死んだ。そのことを知らせてきたのは、桃井道場時代の剣術仲間の北町奉行所同心樋口重三《ひぐちじゅうぞう》だった。萌は体じゅうに痛めつけられた

傷跡があったと言う。樋口は懐から手ぬぐいを出し、

「影二郎、これはおまえにふさわしかろう」

と言って自殺の凶器となった唐かんざしを渡してくれた。わが身を守る道具だと萌が髪に挿していたものだ。

「影二郎、萌はな、おまえに身請けされると信じて吉原を出たらしい。請け人が聖天の仏七と知った時、こいつで必死に身を守ろうとした。だが、女ひとりでいつまでも身を守りぬくわけにはいかぬ。足蹴《あしげ》にされ、殴られて、思うさまいたぶられたようだ……半年というもの、おまえに詫びたくて機会を待っていたんだろう、許してやれ」

「聖天の仏七……」

影二郎は、萌の亡骸《なきがら》を母親みつの眠る菩提《ぼだい》寺、上野山下の永晶寺に埋葬したその夜、賭場から戻る聖天の仏七を襲い、刃口をどてっ腹にぶち込んで殺した。

「お侍さんは物見遊山《ものみゆさん》でもなさそうですね、上州になにしに見えたのですか」

みよの好奇心はもはや次の問いを発しさせていた。

「国定村の忠治に用事があってな、会いにきた」

「忠治親分に」

みよの顔に警戒の色が漂った。

「それは困ったな」

「親分はめったに他国の人には会われませんよ」

上州一の俠客《きょうかく》国定忠治は、文化七年（一八一〇）、中農長岡与五左衛門《ながおかよござえもん》の長男として国定村に生まれ、名を忠治郎と言った。若い頃から博奕打ちとして名を馳せ、天保五年（一八三四）には、縄張り争いから島村《しまむら》の伊三郎《いさぶろう》を闇討ちして、子分に伯父の目明かし勘助《かんすけ》と二歳の子を殺させて悪名を上げている。そしてこの夏には碓氷《うすい》峠の大戸の裏関所を、子分三十余名と鉄砲を持って破ったばかりだ。

幕府にとって、徒党を組み、禁制の鉄砲を持っての関所破りは許しがたい所業であった。代官所では関東取締出役、通称八州廻りを叱咤《しった》して、その行方を追わせていた。が、忠治を義賊と崇《あが》める農民たちの支持に阻《はば》まれて、どうしても捕縛することができなかった。

みよは上目遣いに影二郎を見ていたが、

「親分にとってためになることですか」

「それは忠治に会ってみぬことにはな」

正直に答えた影二郎の言葉を悩むように考えていたみよが言い出した。

「お侍さんは悪い人じゃない。会えるかどうか、村のだれかに聞いてきましょうか」

「ぜひたのむ」

みよは影二郎をそこに待たせると、愛宕大権現の境内から日差しの中に溶けこんでいった。それを見送った影二郎は社殿の回廊に長合羽を畳んで枕にすると法城寺佐常を抱き、ごろりと横になった。するとその鼻先に子犬がきて丸まった。夜を徹して歩いてきた疲れが眠りを誘う。

萌が寂しげな笑みを細面《ほそおもて》の顔に浮かべた。すると白い糸切り歯が唇の間からこぼれた。影二郎は萌のそばにいると身も心も安心していられた。そしてしなやかな体を抱く時、萌が影二郎と一体となる思いにしばし我を忘れた。萌さえいればそれでよかった。それがふいに影二郎の前から姿を消したのだ……死に顔は絶望に彩られていた。底知れぬ哀しみを湛《たた》えていた。聖天の仏七を殺すと決心したのはその瞬間だった。

(萌、なぜおれをおいて……)

萌の顔が別の女の顔に変わった。

いつの間にか眠りこんでいた。ふと人の気配に目を覚ました。

みよが初老の男を伴い、境内に入ってこようとしていた。

日の動きからして一刻《いっとき》(二時間)ほどは眠りこんだらしい。

「すまぬ、そなたに使いをさせて眠ってしまった」

「お侍さん、長岡の久左衛門様で」

忠治の叔父だという。

「関所破りの大罪を犯した甥になんのために会いたいと言われるので」

影二郎はすぐには答えられなかった。

秀信との黙約の後、八丈島に流罪遠島になるはずの江戸無宿影二郎の身柄と記録は、勘定奉行支配下に移された。影二郎はこの世に存在するのかしないのか、無籍のまま宙ぶらりんの身で生きることになる。

秀信は、必要とあらば忠治を始末せよと命じたのだ。が、その命が簡単にいくはずのないことを影二郎は承知していた。

「弱ったな、叔父ごどのには嘘《うそ》もつけぬし……」

久左衛門はそんな影二郎の態度を観察していたが、

「どうやら忠治郎を捕縛にみえたお人のようだ。それもたったお一人でな」

みよが悲鳴を上げた。

「叔父ごどの、そなたの甥がお上に盾突く大罪人か、飢えに苦しむ百姓衆に味方する義賊か、忠治の顔が見たい」

久左衛門は苦笑いに変えると、

「関所破りの大罪を犯した甥には、いずれ幕府から特別な手配があるとは存じてましたがな。

みよ、甥が会うかどうか知らんが、山にお侍を案内してくれんか」

「忠治親分を捕まえにきなすったお侍ですよ」

「このお侍なら甥と話が合いそうだ。その先のことは忠治にまかせればよい」

久左衛門はそう言うと赤城山の方角を眺め上げた。


この年は春先から雨が多く、六月になっても人々は綿入れを着て震えて過ごしていた。だが、今日はめずらしく夏の猛暑が戻っていた。

烈日の下に桑の葉がいきいきと茂っている。夏桑の間に伸びる道を、影二郎とみよは赤城山への登り口、宮城《みやぎ》村をめざして歩いていた。

「お侍はほんとうに親分を捕まえる気ですか」

みよが思いあまったように聞いた。

「とは思っても簡単にはいくまい。なにしろ忠治にはたくさんの子分衆がいて、鉄砲まで持っているらしいからな」

上州の北部、西部は、山また山の連なる山間地帯である。農民たちは畑作の合間に木挽《こびき》、炭焼き、山菜・茸《きのこ》採り、さらには熊、猪《いのしし》、鹿狩りなどをして、山に頼って暮らしを立てきた。殺傷力の強い鉄砲の保持は、この地方の農民の願いであった。

天和《てんな》元年（一六八一）、幕府は度重なる要請に沼田《ぬまた》領の農民に猟師鉄砲一挺《ちょう》につき、二百文《もん》の運上金《うんじょうきん》をはらわせて保持する許可を与えた。これをきっかけに山間部の各村には猟師鉄砲がかなり流れていた。天保期、これらの猟師鉄砲が忠治らの下に流れたり、鉄砲を持った農民が博徒の群れに加わったりして武装化されていた。

一文字笠の下の額から汗が滴《したた》り落ちてきた。

「反対におれが斬《き》られるかもしれんぞ」

みよの顔に困惑が漂った。

刻限は八つ半（午後三時）過ぎか、宮城村三夜沢《みよざわ》に入った。荒砥《あらと》川の流れに木橋がかかり、そのかたわらに一膳《いちぜん》めしののれんが目に入った。朝から芋を食べただけだ。

「みよ、芋の礼だ、めしを付き合え。あかにもなにか食べさせんとな」

「あか？」

「犬の名だ。こいつは産毛が生え変わると赤毛になる」

二頭の馬をつないだ馬方たちが昼酒を飲んでいた。馬の背の荷は桐生《きりゅう》あたりの織り屋のものらしい。侍と娘の二人連れに好奇の視線をじろじろと送った馬方の兄貴分が、

「竹《たけ》、そろそろ行くべえ」

と腰を上げた。影二郎はめし屋の親父に、二人と子犬になにか食べさせてくれと頼んだ。なまり節《ぶし》に大根の煮付け、漬物、それに具だくさんのみそ汁が盆にのって二人の前に出された。あかには麦飯になまり節のほぐしたものがまぶしてあった。

「これは思いがけない馳走《ちそう》だ」

二人が箸《はし》をつける前にあかが縁の欠けた皿に顔を突っこんだ。

めし屋を出て半里もいかないうちに、赤城神社の参道の松並木があらわれた。松の下につつじを配した見事な並木だ。参道はかるい登りへと変わった。松並木の左手から西日が差しこんで二人の上に小さな影を作ってくれる。

赤城山麓の南斜面で、渋川《しぶかわ》から桐生に向かう街道と交差した。

上州名物、数々あれどよ……

歌声がひびいて、老人に先導された娘たちが姿を見せた。みよとおなじ年かっこうの娘たちだ。十四、五人の娘を引きつれた老人が影二郎とみよに会釈《えしゃく》した。諦《あきら》めと使命感の入り交じった表情を浮かべた娘たちも二人に挨拶《あいさつ》をすると東に向かって消えていった。

「赤城村あたりから桐生の遊廓へ売られていく女子衆《おなごしゅう》です」

家族のために身売りを決心した娘たちだとみよは沈んだ声で言った。

「冷夏のせいでどこの農家も籾《もみ》にまで手を出しています」

徳川幕府が開かれて二百三十年余、政権のたがはゆるみ、繰り返される天災に対応できる組織は機能していなかった。それが関八州に遊侠の徒を跋扈《ばっこ》させている理由の一つでもあった。

馬蹄の響きが後方からした。

振り向くと、めし屋で会った馬方たちが荷の代わりに侍と浪人者を乗せて駆けてくる。その後方に十人余りの男たちが刺股《さすまた》や長十手などを手に追ってきた。

「荒熊一家が……」

みよが恐怖に顔を引きつらせた。二足のわらじの親分の手下だという。

影二郎は懐のあかをみよに抱かせると松並木の陰に潜ませた。

馬の荒い息とともに汗と埃まみれの一行が駆けつけてきて、影二郎の前で止まった。

「八州様、こいつですぜ」

馬方が注進顔に小太りの侍に言った。

静かな松並木はたちまち追跡者たちのざわついた殺気に変わった。

頭に白い布を巻いた代貸の弥助《やすけ》が顔を歪めて、みよをどこにやったと影二郎に怒鳴った。

「旦那、こいつが奇妙な手妻《てづま》を使いやがったんで」

影二郎は一行の頭目の侍を見上げた。

「荒熊の千吉は十手持ちだ。その手下に理由《わけ》もなく傷を負わせたそうじゃのう。そなた、国定忠治の関わりの者か」

そう言うと馬から身軽に飛びおりた。痩身《そうしん》の浪人者も下馬すると侍のかたわらを固めた。

「どなたかな」

「関東取締出役足木孫十郎様お手先古田軍兵衛《ふるたぐんべえ》じゃ」

古田は威圧をこめて名乗った。

関東地方は幕府領、寺社領、私領が複雑に入り組んでおり、悪事を起こした悪党どもはこの国境を利用しては逃げ回った。そこで遊堕の人間や博奕打ちを取り締まる八州廻りが設けられた。これによって江戸府内をはぶく相模《さがみ》、武蔵《むさし》、上野《こうずけ》、下野《しもつけ》、安房《あわ》、上総《かずさ》、下総《しもうさ》、常陸《ひたち》と、どの土地までも追っていける特別警察機構が誕生した。

泣く子も黙ると恐れられ、寺社、勘定、町奉行の三奉行の手形をもって巨大な権限を有する八州廻りの出身は、三十俵三人扶持か、二十五両五人扶持の下士であった。

この八州廻りの下に雇足軽《やといあしがる》（士分）一名、小者が一名、道案内と称する雇われ者の、土地の十手持ちが二名、計六名が正式な組織であった。八州廻りは通常は二組で一組織を作って共同で巡察に出たという。互いに不正ができぬように監視させたのだ。しかし関八州は広く、揉《も》め事、公事は多い。すぐさま二組一組織は改変され、一人の八州廻りが一組織を構成するようになった。武力の低下したところは雇われ者で固められた。そして八州廻りの腐敗が始まった。

荒熊の千吉も八州廻りの雇われ者の一人であろう。

古田が自称したお手先とは、八州廻りの補助要員、私兵といった役柄である。

「足木様がお出張《でば》りの折り、胡乱《うろん》な言動じゃ。本庄《ほんじょう》にて取り調べをいたす」

秀信が赤城山の取締りに出向かせた八州廻りが、古田の主人足木孫十郎と考えられた。

（なんとまあ、大掃除の相手が先方から飛びこんでくるとは……）

影二郎は内心ほくそ笑んだ。

「馬鹿を言ってはいけないな、十里（約四十キロ）も後戻りできるものか」

「手向かいいたすと痛い目に遭《あ》うことになるぞ」

弥助らがじわじわと影二郎への輪を縮めた。古田が、

「それっ！」

と下知《げち》した。先端に手鉤《てかぎ》のついた捕《と》り縄が四方から影二郎に投げられた。

影二郎は右肩の長合羽を頭上に放り上げた。黒羅紗の裏地の猩々緋がぱっと広がり、手鉤ははね飛ばされ、捕り縄は下から舞い上がった長合羽にあおられて絡み合った。

次の瞬間、影二郎は横っ飛びに体を移動させていた。

「逃がすな！」

浪人者がいきなり抜き打ちに影二郎の首筋を斬り下ろしてきた。

影二郎の腰が沈み、その姿勢のまま法城寺佐常を抜き上げていた。重い刀身が浪人の剣を両断すると西日にきらめいて飛んだ。

異名の由来どおりに、先反りの佐常は遠心力も加わって凄《すご》い斬れ味だ。

二人は擦《す》れ違った。影二郎は反転すると、中空で円を描かせた剣を峰に返し、たたらを踏む浪人の肩口に叩き下ろした。骨が砕ける音が響いて浪人者は地面に突っ転んだ。痛みに転

げまわる。もはや剣を使うことはできまい。

「おのれ！」

古田軍兵衛が機敏にも抜き差しの剣を両手に構えて、突きに出た。これまで血を見る修羅《しゅら》場《ば》をくぐってきた自信と余裕が全身に漲《みなぎ》っている。

影二郎はかまわず古田の剣先に喉首を投げ出すように飛びこんだ。

古田の切っ先に影二郎の喉首が串刺しになった、とだれの目にも映った。だが、切っ先に触れる直前、上体だけをひねって躱《かわ》した影二郎は、脇構えに移した法城寺佐常二尺五寸三分の刀身を古田の脇腹に掬《すく》い上げていた。

古田は、突きを躱されるやいなや素早く反転して、影二郎の攻撃に応じた。

剣と剣が火花を散らして二人は飛び違った。

古田は、正眼《せいがん》に構え直した。

影二郎は下段にとった。

直後、古田は気配も見せず影二郎の小手を巻き落とすように攻撃してきた。

影二郎も下段から撥《は》ね上げ反撃に転じた。間合いを一気に詰めると肩口へ引き落とすような袈裟懸《けさが》けを送った。

古田が思わず飛び退いた。

影二郎は体を寄せるように攻め込むと胴を抜いた。

古田は必死で堪《こら》えた。だが体勢が崩れている。

影二郎も刀を峰に返す余裕はない。重い風音を立てて法城寺佐常を宙で反転させると、古田の肩へ斬り下ろした。

夕日に映えて血しぶきが上がった。

古田は押し殺した叫びを上げて松並木の参道に突っ伏した。

影二郎が血刀を振り、

「怪我人を早く医者に連れていけ」

と弥助らを睨《ね》めまわした。

三

赤城山に陰暦六月の夜のとばりが降りようとしていた。

影二郎には夜の闇とは異なる異様な気配が赤城の峰々を覆っているように思えた。それは幕府に盾突いて赤城の山に逃げこんだ忠治一統のかもしだす妖気《ようき》なのか。

八州廻りのお手先らを赤城神社の松並木で斬った影二郎とみよは、その足で山に分け入った。

懐のあかがくんくん鳴いた。

「みよ、宿はまだか」

みよに泊まる場所を相談すると、元禄《げんろく》年間からやっているという湯治の一軒宿が中腹にあるという。みよはばば様と何度か湯治に来たことがあるというのだ。

「もうすぐとは思いますが……」

夜道を辿《たど》るみよの言葉は不安げだ。

「どうやら今夜は野宿になりそうじゃな」

影二郎がそう言った時、荒砥川のせせらぎに抗してみよが叫んだ。

「お侍、谷間に光が」

黒々とした葉陰の間にちらちらと明かりがこぼれてみえる。

「あれですよ」

みよの声が元気を取りもどした。二人は谷に下る細い道を見つけだした。

犬の遠吠《とおぼ》えがして、懐のあかが呼応した。

板屋根に石をのせた湯治宿は、谷間の窪地《くぼち》にへばりついて夜空に白く湯煙を上げていた。

犬の鳴き声に不審を感じて外に出ていた老いた主が二人を迎えた。

「遅くなってすまぬが、一夜の宿をたのみたい」

へえっ、と返事したが、泊まってよいとは言わなかった。

「部屋がなければ、軒下でも納屋でもよい」

主は二人を吟味するようにただ見ている。

「光右衛門《みつえもん》様、本庄宿の百姓、加吉の娘みよです。こちらにはばば様とご厄介《やっかい》になったことがございます」

老人は娘の顔をしげしげ見ていたが、

「おお、みよ坊」

とようやく警戒をとく声を上げた。

「このような夜分に」

影二郎をちらちらと見ながら尋ねる主に、わけは後ほどとみよは断った。

宿に入ると、囲炉裏《いろり》端で湯治客の男女が酒を飲みながら、手慰みに興じているのが見えた。

「どなたさまもおばんでごぜえます」

みよは丁寧《ていねい》に挨拶した。大半は百姓衆のようだが、茶碗を振る男は遊び人だ。腰に差した銀の長煙管《ながぎせる》が囲炉裏の火に輝いてみえる。

「お侍、湯につかってくんろ。その間にめしの用意などしますからな」

みよが影二郎からあかを受けとると、主といっしょに台所に消えた。

影二郎は客に教えてもらった湯に下りた。長合羽に法城寺佐常を包みこみ、一文字笠といっしょに湯船のそばまで持ちこんだ。
三、四人は入れそうな湯船には滔々と湯が流れこんでいた。

影二郎は湯をかぶって汗と垢を落とすと、ゆっくり湯に浸かった。

昨夜来、歩き通しの旅だ。その上、荒熊一家、八州廻りのお手先と二度ほど揉め事を起こしていた。こわばった筋肉が湯のなかでゆるんでいく。

「ふうっ」

影二郎は伸びをした。

その時、風呂場に人影が立った。

「酔いを覚ましたくなった。お侍、ごいっしょさせておくんなせい」

囲炉裏端で茶碗を振っていた、若いやくざだ。影二郎は男が手ぬぐいしか持っていないことを確かめ、気を緩《ゆる》めた。

「こんな夜更けに湯治って面じゃなさそうだ」

やくざはずけずけとものを言った。

「そなたも湯治ではなさそうじゃな」

「……桐生で諍《いさか》いを起こしてな、しばらく山籠りだ」

「名はなんという」

「銀煙管《ぎんぎせる》の卯吉《うきち》ってんで」

「卯吉か。江戸では忠治のことを凶悪な輩《やから》と恐れておる。土地の評判はどうじゃ」

「おめえさん、その口が災いするぜ。ここじゃ忠治親分はやくざ者の神様よ。民百姓にとっても味方だ」

「ならばおれも忠治の世話になるとするか」

影二郎は湯船から上がった。


翌朝、影二郎が囲炉裏端に行くと、あかが宿の牝犬《めす》と土間でじゃれついて遊んでいる。

みよが盆に菜漬、大根のみそ汁、麦めしを運んできた。

「そなたは食べたのか」

「もうとっくに」

湯治客はすでに食事を済ませ、山歩きに出かけたり、二度目の風呂に入っている刻限だという。

うまいな、とみそ汁を啜《すす》った影二郎は嘆声を上げた。

「里では米ぬかにくずやわらびの粉を混ぜて食べているが、うちはまだなんとかしのげるでな」

宿の老主人光右衛門が欠け茶碗に焙《ほう》じ茶をいれてきた。

「それにしてもめずらしい」

囲炉裏端に座った光右衛門は、めしをかきこむ影二郎の顔を見た。

「八州様と揉め事を起こした人間が高鼾《たかいびき》で五つ（朝八時）過ぎまで寝てござる。度胸が据《す》わっておられるのか、頭のねじがゆるんでおられるのか」

「ご老人、そうそう心配してもよいことはない」

と答えながら、影二郎は昨日の騒ぎをみよが話したのかと考えた。

「みよを責めなさるな。わしがな、お侍のことが気になったで問い質《ただ》したまでじゃ」

影二郎はみそ汁を二杯にめしを三杯食べて、やっと人心地がついた。

「お侍、山に登るそうじゃな」

「ああ、手蔓《てづる》があるのなら教えてもらえぬか」

忠治への仲介を頼んでみた。

「わしは温泉宿の主にすぎん」

そう断った光右衛門は、言い足した。

「銀煙管が急に早立ちした」

「知り合いか」

「いや、数日前にまぎれこんできた男よ。忠治親分を目当てにいろいろな人が山に上がるでな、あやつもそんな若造かもしれん」

五つ半（午前九時）過ぎ、影二郎とみよは赤城の一軒宿を発《た》った。

今日も烈々とした日差しが照りつけていたが、なにしろ影二郎らは二千尺《じゃく》（約七百六十メートル）以上の山中にいる。日光が肌に気持ちよいほどだ。

「あかも歩け」

山道に子犬を下ろした。その首にはみよが編んだ赤い布の首輪がはめられてあった。あかは二人の後になり、先になりしてついてきた。

影二郎はゆっくり登りながら、神経を鋭敏にしてあたりを窺《うかが》った。だれかが影二郎らの行動を見つめている、そんな気配を感じる。山籠りするという忠治一家の面々の監視の眼か、それとも錯覚か。

赤城の湯からつづら折りの山道を一刻（二時間）あまり登りつめると、熊笹《くまざさ》の生えた峠に差し掛かった。二人は、峠でしばしの休憩をとった。竹筒に用意した水をあかに飲ませ、二人も喉の渇きをいやした。二人を見つめる気配はいつの間にか消えていた。

下りの山道が大きく右手に曲がると、大小二つの沼が赤城連山の懐に抱かれるように姿を見せた。湿原地の小沼《この》と大沼《おの》だ。

「お侍、あの社が赤城神社です」

沼の南端に突き出たような社は麓の赤城神社の分社であった。

坂道を下り終えると大沼の南端に出た。駒ケ岳と黒檜《くろび》山を背に大沼の水面が光って、吹き渡る風もさわやかだ。

汗を拭った影二郎とみよは赤城神社の社殿に参った。

三代将軍家光《いえみつ》公の命により寛永《かんえい》十九年（一六四二）に再建された分社は、山の気候のきびしさゆえか、荒れるにまかせて傾《かし》ぐように建っていた。神官が常駐している風もない。

沼の畔《ほと》りで、宿で握ってもらった麦めしに瓜《うり》のみそ漬けで昼食を済ませた。

あかもほぐしてもらった握りめしを食べ、沼の水をぴちゃぴちゃと音を立てて飲んだ。

（さてこれからどうしたものか）

影二郎が考えた時、社の背後から男たちが姿を見せた。月代《さかやき》も髭も伸び放題の男たちは一様に皮の袖なしを着て、腰には長脇差をぶちこみ、手槍《てやり》や鉄砲まで持っている者もいた。

昨夜来、感じていた監視の眼が姿を見せたのか。

「忠治一家のおでましかな」

一際《ひときわ》極悪な顔付きの男が影二郎の前に立った。首筋に刃物の傷跡を持つ男は短筒《たんづつ》でも握っているのか、懐手をしたままだ。

「おめえさんかい、親分に会いたい浪人はよ」

すでに山の中まで影二郎のことが知れ渡っていた。

「おぬしは」

「忠治一家の一の子分、桐生うまれの蝮《まむし》の幸助《こうすけ》」

「幸助さんか。用は忠治に会って話そう」

「なにっ！」

蝮の顔に凶悪な表情が走った。

「あのう、久左衛門様からの口添えもありますが……」

わきからみよが言う。

「叔父ごから……」

みよが経緯《いきさつ》を簡単に話すと、

「親分は旅だ」

と幸助がぶっきらぼうに答えた。

「わざわざ赤城の山まで登ってきた女連れをむげに追い返すこともあるまい。忠治の帰りを待たせてもらおう」

影二郎の言葉に蝮の幸助が弟分たちに合図を送った。すると忠治一家の面々が影二郎とみよの前後を固めた。隠れ家まで連れていくことは最初から決めていた様子だ。

みよは境内を出たところで裸馬に乗せられた。

湖畔を上がると、駒ケ岳と黒檜山の谷間の生い茂った林のなかに獣道がのびていた。

蟬《せみ》しぐれが一行を襲った。

わずかに踏み固められた道を右に左にとって谷川を渡り、小さな尾根を越え、衝立《ついたて》のような岩峰の間を抜けた。これでは八州廻りの役人たちが赤城山中まで押し上ってきたとしても、隠れ家まで忍び寄るのは難しかろう。

半刻（一時間）も歩いたろうか。動物の臭いと人の声が風に乗って流れてきて、急に行く手の視界が開けた。

岩峰の下斜面に高く低く小屋が幾棟も散在して、広場の四方には見張り所の櫓《やぐら》まで設けられていた。これはもう隠れ家というより、赤城砦と呼ぶにふさわしい造りだ。

一行を迎えたのは、砦に残っていた手下と十人あまりの遊女たちだ。

みよが出迎えの若い男を見て、一瞬いぶかしげな表情を浮かべた。

（みよの知り合いか）

影二郎は漠然と考えた。

小太りで、暗い顔付きの若者は、仲間から馬の手綱を受け取ると、みよを乗せたまま厩《うまや》まで引いていった。それをなにげなく影二郎が見送っていると、両手を背で縛られた男が引き出されてきた。顔が大きくはれ上がって歪み、紫色に変じていた。

銀煙管の卯吉だ。

みよが広場に戻ってきて卯吉に気付き、身をすくめた。

「お侍、おめえの知り合いかい」

蝮の幸助が顎をしゃくって卯吉をさした。

「知り合いといえば知り合いだな。昨夜、赤城の湯治宿でいっしょになった仲だ」

「おめえは八州廻りのお手先の古田軍兵衛と揉め事を起こしたそうだな」

卯吉はどうやら光右衛門がみよに問い質すのを立ち聞きしたようだ。

「つい、いきがかりでな」

「蝮の、真っ赤な嘘だぜ。こいつなんかが軍兵衛に盾突けるわけがねえ」

叫んだのは卯吉だ。

「卯吉、なぜおまえがおれを讒訴《ざんそ》する」

「こいつの話じゃ、おめえは八州廻りの手先だとよ。赤城の山にはいろいろと怪しげな野郎どもが潜りこんできやがる」

蝮がせせら笑った。

「八州廻りの手先だとどうなる」

「叩っ斬って大沼に沈めるまでよ」

「なぜ卯吉をいたぶった」

「こいつが手先かもしれねえからな」

「調べることだな」

「里には人を走らせてある。明日にも身元が分かろうというもんだ。おめえらの身は預からせてもらうぜ」

忠治の子分が影二郎を囲んだ。

影二郎には抵抗する気はない。

先ほどまで卯吉一人が押し込められていた小屋には、温気が籠っていた。筵が敷いてある土間は四畳半ほどの広さで、板戸はしっかりと外から閉じられていた。

「卯吉、おまえはおれを売ってなにをしようというのだ」

「忠治親分の子分になりゃあ、上州一円の賭場《とば》を大きな顔で押し通れらあ」

「馬鹿な真似《まね》をしたものだ」

みよはあかを膝に抱いて黙りこくっていた。


六つ半（午後七時）過ぎ、三人は小屋から連れ出された。

闇と冷気が山を覆いはじめていた。広場では焚《た》き火の周りに蝮の幸助らが円座を組んで座り、遊女たちがはべって酒盛りが始まっていた。

「里からうめえこと使いが上がってきてな、おめえらのことが分かったぜ」

蝮の幸助は、凶悪な顔に笑みを浮かべて三人を座らせた。

卯吉が怯《おび》えた顔をきょろきょろさせ、汗みどろの若者を見た。卑屈そうなまなざしの男が、里から上がってきた使いだった。

影二郎ら三人の背に子分どもが立って、鉄砲の筒先を向けた。

「待ってくれ、蝮の、おれはなにも……」

卯吉が悲鳴を上げた。

「銀煙管の卯吉、おめえが桐生の五郎吉《ごろきち》の賭場で諍いを起こして、八州廻りから逃げまわっている噂はたしからしいな」

「ほら、おれは嘘なんぞつかねえ」

卯吉のつぶれた顔に喜色が走った。

蝮の視線がゆっくりと影二郎に向けられた。懐から短筒の銃口がのぞいて、影二郎の胸板に向けられた。

「この笠屋《かさや》の参次《さんじ》の話じゃ、参道の松並木で揉め事なんぞはなかったそうだぜ」

「……」

「侍《さむれえ》、こいつは宮城村の人間でな、八州廻りの動静を探らせている男の一人よ」

影二郎の背中に鉄砲の筒口がぐいとあてられ、法城寺佐常が抜き取られた。

「ご一家の衆、あたいが証人だよ。たしかにお侍は、八州廻りのお手先様と浪人さんの二人を斬りなすったよ。調べれば分かることだ」

みよが思わず叫んでいた。

「みよ、おめえは小屋に戻ってな。こいつの体に聞こうじゃねえか」

泣き叫ぶみよを遊女たちが小屋に連れ戻した。

下帯ひとつにされた影二郎は、地べたにうつぶせに寝させられた。筒口が体に押しつけられて抵抗のしようもない。地面に打ちこまれた四本の杭《くい》にそれぞれ手首足首を縛られた。

「おい、八州廻り足木孫十郎の手先が、何の用で赤城の山まで這《は》い登ってきやがった」

「要件は忠治に直《じか》に伝える」

「銀煙管」

蝮が、酒の杯《さかずき》をもらって飲みはじめた卯吉を見た。

「へえ、蝮の兄貴」

「おめえには迷惑をかけちまった。礼をしなけりゃならねえが、まずは手始めだ。こいつをいたぶってやりねえ」

「ありがてえ」

歪んだ顔に不気味な笑みを浮かべ、二尺はありそうな銀煙管を腰から抜いた卯吉は、舌なめずりをして、影二郎のかたわらに立った。

「さんぴん、赤城の湯でよ、おめえの大口が災いを呼ぶとご忠告申し上げたはずだぜ」

銀煙管を振りかぶった卯吉は、影二郎の背をいきなり殴りつけた。

「うっ!」

重い激痛が全身に走る。皮が裂け、血が飛んだ。

影二郎は筋肉を引き締めて耐えようとした。だが、卯吉は巧妙にも殴りつける間合いをずらし、場所を変えて殴りつけた。

影二郎は必死で耐えた、耐えながら言い続けた。

「里に下りた使いが戻れば、はっきりする」

「さんぴん、山に登ってきた理由を話せ」

「蝮、それは忠治に……」

銀煙管がいたぶる気配は、みよのいる小屋にも伝わってきた。

「あか……」

みよはあかを抱きしめて、拷問《ごうもん》の音から耳を塞ごうとした。

半刻（一時間）後、ぼろ雑巾のように引きずられて影二郎が小屋に戻されてきた。

「お侍さん」

失神しているのか、影二郎はぴくりとも動かない。

みよは背中に縦横に走る裂傷と流血に仰天した。だが、なにも手当てをするものがない。

あかが血をなめた。すると影二郎が呻《うめ》いて眼を開けた。

「すまん、おどろかしたな」

小屋の戸が開いて、長襦袢《ながじゅばん》の遊女が入ってきた。手には貝殻と布を持っている。

「傷に効《き》く薬草だよ」

だれに命じられたのか、女は影二郎のかたわらに座ると緑色の練り薬を背全体に塗りはじめた。

「うっ！」

影二郎は薬を塗られる度にうめいたが、火がついたように燃え上がっていた傷口がひんやりと冷まされて、わずかながら痛みが薄らいだ。遊女は丹念に塗り終えると、

「少しは楽になったかい」

と影二郎に聞いた。

「ああ、ありがたい。姐《ねえ》さんの名は……」

「あたいかい、ちえさ」

「どこの在所の者だ」

「前橋《まえばし》さ」

「望んで来たのか」

「里より稼《かせ》ぎがいいんでね」

「忠治は不在だそうだが、いつ旅に出た」

「お侍、そればかりはあたいらも知らないことさ」

女が出ていった。

影二郎は手を差し出してあかを片腕に抱いた。

悪寒《おかん》が襲ってきた。おこりがきた病人のように震えながら影二郎は夜を過ごした。

みよはなにかしたいと思ったが、どうすることもできなかった。ただ影二郎の震える手を握って、苦しみをともに耐えた。

四

影二郎とみよは、次の日も翌日も小屋に監禁されたままだった。一日二度の食事も薬草の塗布も遊女たちが交代できてやってくれる。おかげで傷の痛みも熱も急速に薄らぎ、化膿《かのう》する様子も見せなかった。

蝮の幸助も一存では影二郎らの始末を付けかねているらしい。となれば親分の忠治が砦に戻るまで拘禁が続くことになる。

影二郎はみよだけでも里に下ろしたいと思った。ちえに相談したが、さすがにどうにもならない。

「みよ、迷惑に巻きこんですまん」

「お侍には荒熊一家から救ってもらいました、おたがいさまです」

「忠治が戻ってきたら、そなただけはなんとか小屋から出してもらおう」

みよが複雑な顔で話題を変えた。

「なぜ参次さんは、八州様のお手先をお侍が斬ったことを知らなかったんでしょう」

「うーむ、そこだ」

腹這いのまま影二郎は考えた。

かりにも八州廻りのお手先と十手持ちの用心棒の浪人が斬られた事件だ。宮城村一帯を大騒ぎに巻きこまないはずはない。それを八州廻りの動静に気を配っているはずの参次は知らないという。

「ひょっとしたら八州廻りの手下に転んだのかもしれぬ」

「手先？　参次さんは忠治親分を裏切ったの」

「八州廻りも忠治一家もたがいに密偵を送りこんで動静を探ろうと努めているはずだ。古田軍兵衛が言った言葉を、みよ、覚えておるか。奴は『足木様がお出張りの折り……』と言いおった。八州廻りの足木が忠治一家に罠《わな》を仕掛けている最中かもしれぬ。参次はなにか弱みを握られ、無理やり八州廻りの言いなりになった。忠治一家を油断させるための、嘘の報告に山に上がらされたと考えられぬこともない」

「幸助さんは、お侍のことを調べるために人を里に下ろしたと言ったわ。それならほんとのことが分かるはずよ」

「使いの者は里を下りる前に八州廻りに捕まって、砦には戻ってはこぬな」

みよは声に不安をのぞかせて、卯吉さんは、と影二郎に聞いた。

「あやつは忠治という虎《とら》の威《い》を借るざこだ。おれを売って子分に潜りこもうとしただけだと思うがな。それにしてもひどく殴ってくれたものよ」

「まだ痛みますか」

「ちえの塗ってくれた薬のおかげで楽になった」

薬草を塗った上に白布をあてれば、なんとか着物も着られるまでに回復していた。

その夕暮れ、夕食に雑炊を運んできたちえが、忠治一家の見張りについて出た卯吉が山で迷って砦に戻ってないことを告げた。

「なにっ、卯吉ひとりが……」

影二郎はしばらく考え、あいつには騙《だま》されていたかもしれぬと呟いた。

「騙されたって？」

「卯吉も八州廻りの手先ということだ」

「八州廻りだろうがなんだろうが、だれも赤城の砦には辿りつけはしないよ」

ちえは平然としたものだ。

「ならばよいが……」

影二郎は胸騒ぎをおぼえたが、囚《とら》われの身ではなんともならない。

「それよりお侍、自分の頭の上の蠅《はえ》を心配した方がいいよ」

影二郎は苦笑いをすると雑炊を食べはじめた。

「まあ、これだけ食い意地が張ってりゃ死ぬこともないね」

ちえは言い残すと小屋から姿を消した。

戻ってくるぞ」

「卯吉さんはわざと迷ったというの」

「八州廻りへのつなぎに砦を離れたとも考えられる。ならばあいつが道案内に立ってここに戻ってくるぞ」

「いつ?」

「そうだな、まずは早くて明日の昼過ぎ……」

影二郎は蚊の羽音で目を覚ました。

みよもあかも熟睡していた。

背中の傷のせいでうつぶせにしか眠れない。

異様な気配に頭を上げた。いつもの静けさとは異なる張りつめた緊張が漂っている。

「起きろ、みよ。卯吉が戻ってきたようだ」

みよが慌てて身繕《みづくろ》いをした。傷の痛みをこらえて影二郎は一文字笠をかぶり、長合羽を首に巻いた。両手は自由にしておきたかったからだ。あかはまだ眠っている。

二人は闇に眼をこらして待った。

時間がゆるゆると流れていく。

みよが闇のなかでもらした。

「お侍の気の迷いかもしれないわ。多分傷のせいよ」

風切り音が立て続けに起こった。膨れ上がった緊張が突如弾けた。

影二郎は立ち上がった。

「夜襲だ！」

「屋根に火矢が……」

狼狽《ろうばい》する男の叫び声が上がった。みよは風呂敷包みを背負い、あかを両手に抱いた。

影二郎は外に向かって、開けろ、開けてくれ、と怒鳴ってみた。さらに板戸に体をぶつけてみた。だが、ぴくりとも動かない。見張りの久次《ひさじ》も応戦に走ったか。

「お侍、どうしよう」

みよが泣き声を上げた。あかも呼応したように鳴いた。

外では銃声が起こり、火の手が上がった気配があった。

怯えた馬が甲高くいないないている。

(どうしたものか)

思案にくれた時、板戸の向こうでちえの声がした。

「お侍、みよちゃん」

がたがたと物音がして扉が開いた。

靄《もや》が流れこみ、燃える臭いが鼻をついた。

しっかりと身仕度したちえが小脇に抱えていた法城寺佐常を、ほれ、と影二郎に差し出した。

「ありがたい」

「お侍の言葉が耳に残ってね、起きていたんだ。いつもなら酔いつぶれて逃げ出すこともできなかったよ」

影二郎は法城寺佐常を腰に戻した。

岩峰を背にした忠治砦は、二方から攻められている様子だ。

すでに火炎を上げて燃える小屋もあった。

「みよ、厩で待っていてくれ」

「どうするつもり」

みよが不安な声で影二郎を見た。

「女たちを救い出してくる。厩で会おう」

「わかりました」

「お侍……」

そう言ったきり絶句したちえが案内に立った。

八州廻りは鉄砲と弓と飛び道具を用意して砦を襲ってきた。かなりの数が襲撃に加わっているようだ。

「斬り捨てよ！　関所破りの極悪人じゃ、一人も逃がすでない」

飛び道具から白兵戦《はくへいせん》に突入する命令が靄をついた。

八州廻りの出張り、捕物を示す、陣笠に家紋入りの胴をつけた男が鞭《むち》を手に広場に走りこんできた。

忠治一家の一人が長脇差を振るって斬りかかった。すると、鞭を捨てた壮年の武士はあざやかな抜き打ちを忠治の子分の肩口に浴びせかけた。前のめりに倒れた子分には見向きもせずに叫んだ。暗い顔つきの男だ。

「関東取締出役足木孫十郎が赤城の山まで出張って参った。国定忠治、神妙にいたせ！」

この男が足木孫十郎か。腐敗役人とは思えない気概が顔に満ち満ちていた。

広場には武装した雇足軽、それに尻端折《しりはしょ》りして襷《たすき》掛けの捕り方たちが乱入してきた。捕り方の手の提灯《ちょうちん》に荒熊とある。二足のわらじを履く荒熊一家の面々が足木の手下として加わっている。

「八州廻りなんぞ、木端《こっぱ》役人を恐れるんじゃねえ、斬り伏せろ！」

蝮の幸助も手下たちに怒号した。

「荒熊の千吉、博徒の風上にもおけねえ。素っ首を叩っ斬ってやる」

「蝮の、年貢の納め時だ」

名乗りを上げる双方がぶつかり合った。

「お侍、こっちだよ」

炎上する建物の間をぬけたちえは遊女たちの小屋に案内した。屋根から白煙が噴き上がっていたが、影二郎らの目の前で炎に変わった。女たちの悲鳴が上がった。

影二郎は畳が敷かれた小屋に飛びこんだ。

煙が充満し、炎が棟をこがし、屋根を吹き抜けて視界を閉ざしていた。

「だれかおるか！」

「おみねさん、なっちゃん」

ちえも呼びかけた。すると畳を引きずる音がして、口を長襦袢の袖《そで》でおさえた女たちが四人ほど姿を見せた。

「ほかの者はどうした」

「ちりぢりに飛び出していったよ」

ちえの問いに一人が答えた。もはや飛び出した女たちを探す時間はない。

「よし、おれの後についてこい」

八州廻りの捕り方と忠治一家の攻防は、一段とはげしさを増していた。

不意をつかれた忠治一家だったが、どうやら陣容を立て直しつつあるようだ。

「頭を低くしろ！　一気に厩まで走るぞ」

ちえが先頭を走った。女たちがそれに続き、影二郎が最後尾をかためた。

「ひえっ！」

影二郎の前をまろび走る女がもんどりうって倒れた。長襦袢がみるみる真っ赤に濡れた。流れ弾に背を撃ち抜かれていた。

影二郎は必死で立ち上がろうとする女を抱え上げた。

「止まるな、厩まで走れ」

再び広場から砦の裏手に走りこむ。

「みよ、どこにおる」

厩にみよの姿はない。囲いのなかでは馬たちが暴れていた。

「さんぴん、ここだぜ」

厩の裏から、みよを盾に銀煙管の卯吉が姿を見せた。長脇差の刃がみよの首に当てられていた。

「卯吉、おまえには騙された。まさか参次と結託した八州廻りの手先とはな」

「忠治一家はよそ者を信じねえからな、手のこんだ策も使わあ」

「参次はなぜ転んだ」

「親父が荒熊に借金があってな」

「おれをだしに使うのはひどかろう」

「まさかおめえが古田軍兵衛様を叩っ斬っていたとはな。古田の旦那は一刀流の免許持ち、そう簡単に斬られる人じゃねえ」

「おれは嘘と坊主の髷《まげ》はゆうたことがない」

「くわばらくわばら！　まずは先反りの抜き身を捨てねえ、その後に長合羽を首から外すんだ。おかしな動きをしてみねえ、みよの命はねえぜ」

影二郎は法城寺佐常を投げ出すと右手で長合羽の襟を掴んだ。

「おまえが殴った背の傷がひきつる」

そっと首から長合羽を滑り落とした。

「八州様のお調べは、そんなものじゃすまねえぜ。おっと、動いちゃいけねえ、続いて一文字笠も脱ぎねえ」

影二郎は顎紐《あごひも》をほどくと笠の縁に手をかけた。

「ゆっくりとな、下ろすんだぜ」

卯吉が油断なく目を光らせながら、命じた。

影二郎は笠の縁に手をかけて、卯吉とみよの足元に静かに投げた。

卯吉の目が一瞬それを追った。

影二郎の片手に唐かんざしが残っていた。

「野郎！」

卯吉の叫び声に重なって唐かんざしが宙を飛んだ。

「げえっ！」

細身の両刃が卯吉の左目に突き刺さり、珊瑚玉が震えた。影二郎が間合いをつめて、みよの体を卯吉の手から奪い取った。さらにみよを抱くと横っ飛びに飛んだ。

「畜生！」

卯吉は長脇差を投げ出し、地面に転がった。

「みよ、女たちを馬に乗せろ。行く先は馬が知っておる」

「はい」

みよたちが怪我をした女を抱えて厩に走った。

「銀煙管の卯吉、おれの背の傷とおまえの左目であいこだ」

「おめえは、おめえは一体何者だ」

影二郎はそれには答えず、顔を両手で覆って転げまわる卯吉の目から唐かんざしを抜きとった。その痛みに耐えきれず、卯吉は失神して動かなくなった。

影二郎は法城寺佐常を鞘に戻し、長合羽と一文字笠を手にした。

火におどろき騒ぐ裸馬の背にしがみついた女たちが一頭、また一頭と厩の囲いから飛び出してきた。馬は影二郎のかたわらを抜けて裏山に向かう。

「お侍！」

みよが手綱を握って馬上から叫んだ。

影二郎はみよの背後に飛び乗った。

「はいよ！」

二人を乗せた馬もちえたちの馬を追った。

「撤退じゃ、砦を捨てるぞい！」

影二郎の背に蝮の幸助の命令が聞こえてきた。

馬は靄の中、夏草の生い茂る細い坂道を駆け抜ける。すると岩棚の上に一人の男が端座して、砦の戦いを黙念と眺めていた。

厩番の男だ。

草原から林に変わって馬は速度を緩めた。小さな流れを越えると馬はかってに山道に向かった。通いなれた、駒ケ岳から長七郎山《ちょうしちろう》へ抜ける道を馬は辿っていた。

一刻（二時間）後、小さな峠で、先行したちえたちと合流した。その先、上州に向かう道と下野方面に下りる道に分岐していた。

「鉄砲傷の具合はどうじゃ」

血止めをするちえに馬上から聞いた。

「急所は外れてる、なんとしても赤城の湯まで運びこむよ」

「お侍、ありがとうござえます」

「みよちゃん、助かったよ」

女たちが口々に影二郎とみよに礼を述べた。

「おたがいさまだ。ちえに助けてもらわねば、われらもあの小屋で丸焼けになるか、八州廻りに捕まっていたであろう」

一行が忠治の砦を振り返って見たが、峠からはもはや砦は望遠できなかった。ただ空には白い煙が立ち昇って忠治砦の落城を想像させた。

「ちえ、八州廻りに捕まるな」

「捕まるもんかね。上州の女はやわじゃないよ、旦那」

「山での稼ぎがふいになったな」

ちえが笑って懐から巾着を取り出した。

「女はね、どんな時にも財布だけは忘れないもんだ」

「気をつけていけ」

「旦那らはどうするね」

「みよを送って日光に参らねばならん」

ちえの一行は怪我人だけを馬に乗せて赤城の湯へと出発する。

「さらばじゃ」

「達者でね、お侍」

昼下がり、影二郎とみよは黒保根《くろほね》村を流れる小黒川に辿りつき、一休みした。馬にもあかにも水を飲ませた。

一文字笠を脱いだ影二郎は腰から矢立てを抜いた。

笠の裏に記された六名の八州廻りの名のうち、足木孫十郎を細筆で消した。砦を襲った足木孫十郎が忠治とつるんでいるとも思えない、となると足木の疑惑は消える。筆を出したついでに父秀信に宛て、赤城山での模様と日光へ向かう旨を記した手紙を書いて封をした。飛《ひ》脚《きやく》宿を探して江戸へ送る手筈《てはず》を整えた。

「お侍、日光までわたしを」

「送っていく。だがな、みよ、街道筋には八州廻りの目が光っておる。すぐには動けん。当分、どこかに潜伏じゃ」

「背中の傷も治療しなければならないわ」

ほっとした顔のみよが影二郎に聞いた。

「忠治親分をまだ追う気ですか」

みよはいま一つ正体の知れない影二郎に聞いた。

「会う、会わねばならぬ。それが仕事じゃ」

「親分とはすでに会っておられますものを」

「なんと！」

影二郎がみよを見た。

「あの厩番の若い衆が国定の忠治親分でございますよ」

「あの男が忠治か……」

「忠治親分は他国の人にはめったに名乗られません」

「おまえもちえたちも……」

なぜ黙っていた、という言葉を影二郎はごくりと飲みこんだ。

第二話　日光社参

一

じめじめと鬱陶《うっとう》しい暑さが漂う峠の空には黒い雨雲が流れていた。

下野国足尾と日光を結ぶ銅山街道の難所は、標高四千尺（約千五百メートル）の薬師《やくし》岳の西端を谷川沿いに抜ける細尾《ほそお》峠だ。

峠を上り下りする馬方や行商人風の男たちを相手の茶店が店開きしていた。

影二郎は店の端の縁台にみよを誘い、あかを懐から下ろした。

みよが竹筒にいれた水を掌《てのひら》に注いで、あかに飲ませた。

「みよ、夕暮れまでには日光に到着する。それまで天気がもってくれるとよいが」

そこが二人の別れの地だ。みよが寂しげな表情を浮かべた。

「そなたの叔母はなにをしておる」

「小さな旅籠《はたご》で女中頭をしております。お侍さん、今晩は叔母のところに泊まっていってください」

「おれの役目はそなたを送ることだ」

影二郎は素っ気なく言った。利根川の河原で会った縁で危難に満ちた旅をしてきた。

捕縛の手を逃れるためと背中の傷の治癒《ちゆ》をかねて、黒保根村の外れの、ひなびた湯治宿にこの七日あまり潜伏してきた。これ以上、日をかさねればさらに情が移る。

草餅《くさもち》と茶をたのんで涼をとっていると、後ろの縁台から話が聞こえてきた。

「馬方さん、赤城の山に八州様の手が入ったのを知っているかい」

薬の行商人が聞いた。

「おお、街道筋で評判よ。八州廻りが手勢四十人を率いて隠れ家を襲ったってな。不意をつかれた国定一家の子分衆十人あまりが斬《き》られたり、捕まったりしたらしい。だがな、主だった子分衆は、山に入って逃げのびたって話だぜ」

足木孫十郎に率いられた八州廻りの手勢の赤城山襲撃の報は、瞬《また》く間に上州から下野に流れていた。蝮の幸助ら主だった子分衆が捕り手を逃れて、方々へ散ったというのも確からしい。

「忠治親分はどうしなさった」

「旅に出ていて留守だったそうな」

「一家はちりぢり、旅の空だな」

「そんなことあるけえ」

と答えた馬方が声を潜めた。

「忠治親分はな、八州廻りが仰天するようなでけえことを考えていなさるんだとよ」

「なんだい、そりゃ」

「なんでも公方《くぼう》様の日光社参をな、襲うって話だ」

「途方もねえ」

「いや、国定の親分ならやりかねねえ」

「松！」

茶店の主《あるじ》が馴染《なじ》みの馬方に怒鳴った。

「めったなことを言うんじゃねえ、八州様に聞かれたらどうすんだ」

「だってよ、街道筋じゃだれもが噂《うわさ》してるぜ」

そう言った馬方は不安な視線を影二郎らに送り、

「雨のこねえうちに足尾までおりようかい」

と立ち上がった。薬売りも早々に西の方角へ峠道を下りていった。

「ほんとでしょうか」

みよが影二郎に聞いた。

日光は、徳川幕府にとっては大御所家康《いえやす》の遺骸《いがい》の眠る聖地である。薬師如来を本地仏とする神仏習合《しゅうごう》の神「東照大権現」への社参は、元和《げんな》三年（一六一七）の二代秀忠《ひでただ》以来、安永《あんえい》五年（一七七六）の十代将軍家治《いえはる》まで十八回を重ねてきた。歴代の将軍にとって重大な節目に日光社参を行うのは、諸大名に徳川の威光をしめす政治的な行事であった。

いま、天保の大飢饉《だいききん》が日本じゅうを襲っていた。

老年の家斉《いえなり》が日光に詣でて、飢饉からの回復を「東照大権現」様にお祈りする噂は、江戸の町でも流れていた。しかし将軍家が大名諸侯を引き連れ、江戸の地を離れての御成《おなり》行列には莫大《ばくだい》な入費《にゅうひ》がかかった。とても幕府にはそれだけの余裕はない。

「いい加減な噂だな、家斉様は日光に参りたくとも金がない」

「公方様にお金がないなんて」

「みよ、おれたちが旅するのとはわけが違う。上は老中から大名方、下は小姓からお医師、走り衆と供奉《ぐぶ》する行列は、先頭が日光に着いても後ろはまだ江戸を出られないほどの御成行列だ。百万両で済むかどうか」

「そんな御行列にならいくら忠治親分でも手出しはできませんね」

みよがやや安心したように言う。

「遠くから鉄砲を撃ちかけることぐらいはできるかもしれぬが、まあ無理であろうな」

影二郎は、いくら忠治でも将軍家の行列を襲撃する無法は考えまいと思った。だが、街道をそんな噂が流れるほど、徳川幕府は弱体化していた。

影二郎は茶代を払うとあかを抱き上げた。

細尾峠のつづら折りの坂道を下りはじめると、冷たい雨が降り出した。

影二郎は長合羽《なががっぱ》をみよに着せかけ、自分は一文字笠の紐《ひも》をしっかりと顎《あご》で結んだ。

雨が勢いを増し、夏木立ちの間に見え隠れする空は真っ黒に変わった。風が谷から吹き上げて二人の体温を奪う。

いろは坂下の馬返しまでおよそ一里（約四キロ）、ずぶ濡れになって日光の町に入った。

二人は大谷《だいや》川の流れに架かる橋の前で足を止め、東照宮に向かって旅の無事を感謝した。

「みよが日光で幸せに暮らせるように権現様に頼んでおいた」

みよは黙したまま、答えない。

雨がみよの額から顎へと伝い流れて涙を隠した。

みよの叔母が女中頭をしているという旅籠「いろは」は、門前町の端にひっそりあった。

「別れだ」

「お侍さん、一晩だけでも泊まっていってください」

みよが重ねて頼んだ。

「おれには似合いの宿がある」

みよが長合羽を脱ぐと影二郎の手に渡した。

「似合いの宿?」

「流れ宿、善根宿《ぜんこん》、御堂……雨露さえしのげればどこでもよい」

みよが影二郎の顔を見た。

「みよ、いずれ会うこともあろう。さらばじゃ」

と、影二郎はみよに背を向けた。

この時代、街道上には様々な旅人があった。

幕府の高官や大名・旗本たちは、宿の本陣や脇本陣に泊まった。農工商の民草は、宿場の旅籠や木賃宿を一夜の宿とした。そして懐の寂しい門付《かどづ》け、芸人、石工、やくざなど渡世人たちを泊める流れ宿とか善根宿と呼ばれる宿泊施設が町外れの河原などにあった。その多くを支配するのが長吏《ちようり》の頭《かしら》、鳥越《とりごえ》の住人浅草弾左衛門《あさくさだんざえもん》だ。

影二郎は無頼の徒に走った時、長吏、座頭《ざとう》、猿楽《さるがく》、陰陽師《おんみようじ》など二十九職を束ねる弾左衛門と知り合った。

初めて影二郎の面魂《つらだましい》に目をとめた弾左衛門は聞いたものだ。

「そなたの名じゃが、なぜ影二郎といわれる」

「親からもらった名は瑛二郎。だが家を捨て、親を忘れた時に影二郎と変えた」

「影を背負って生きていなさるか」

弾左衛門は苦笑いすると、

「陰の暮らしがいかにきびしいものか、味わわれるのもよかろう」

と言い、知己を得ることになった。

父秀信から極秘の命を受け、江戸を発《た》つ時、影二郎は弾左衛門だけには挨拶《あいさつ》した。

弾左衛門は流罪となる者がなぜ自分の前に立っているのか、一切理由を聞こうとはしなかった。ただ、特別の事情を察したように、渋を幾重にも塗り重ねた一文字笠を贈り、

「これがわれらが世界の通行手形、どちらに行かれてもめしと屋根には不自由はしませんぞ。もっとも金殿玉楼とは申せませんがな」

と流れ宿をつかうことを許してくれた。

今市《いまいち》を流れる大谷川の橋の下に流れ者を泊める小屋はあった。傾いだ板屋根の小屋の軒に猿がつながれて、所在なげに外を見ている。

戸口から白い湯気がもれてきた。

「すまぬが一夜の宿をたのみたい」

影二郎が薄暗い土間に声をかけた。囲炉裏《いろり》をかこんでいた影が一斉に訪問者を見た。

一文字笠の紐を解いた影二郎は笠を振ってしずくを払った。

土間では縁の欠けた茶碗と箸《はし》を前に、囲炉裏の火で作られる稗《ひえ》雑炊を幾人かの男女が待っていた。破れ放題の単衣《ひとえ》に帯代わりの縄を締めた男がじろりと影二郎に警戒の視線を向けた。

それが小屋の主らしい。

あかに気付いた猿が、きいっ！ と鳴き声を上げ、歯を剝《む》き出した。

「お侍さん、ここは旅籠じゃねえぜ」

影二郎は一座の真ん中に一文字笠を投げた。小屋の主らしい男が笠をつかむと火にかざして、息を飲んだ。

江戸鳥越住人之許
と、塗り重ねられた渋の間から梵字《ぼんじ》が浮かんだ。

「お侍さんは鳥越のお頭の知り合いで」

その問いには答えず、影二郎は聞いた。

「だれか明日にも江戸に上る者はおらぬか。鳥越につなぎを送りたい」

「へえっ、われが」

猿回しが答えた。

「ならばこれを頼む」

街道上で聞いた家斉襲撃の風聞、日光到着などをふくめて書き留めてきた記録をこよりにしてあった。弾左衛門を経由して勘定奉行の常磐豊後守秀信に届けられる第二信だ。

「お頭に渡せばよろしいんで」

「それでよい」

猿回しがこよりを自分の笠の裏にしっかりと結びつけた。

「亭主、酒はあるか」

二朱金《にしゅ》を主人に投げた。

「へえっ、濁り酒なら」

「みなも付き合ってくれ」

静かな喚声が囲炉裏端に沸いた。

「お侍、この雨でよ、稼《かせ》ぎにあぶれていたとこでさ」

鉦叩《かねたた》きの悟一《ごいち》がうれしそうな顔をした。

暗がりから影二郎の長合羽が奪いとられ、棟《むね》に張られた縄に広げて干した者がいる。

囲炉裏の明かりに照らされた顔は、艶《つや》をのんで美しい。

「すまん、姐《ねえ》さん」
二十六、七か。
「旅人同士で礼はなしさ。浴衣《ゆかた》しかないけど着替えるといい」

そう言った女は、鳥追いのしず女《め》と名乗った。

法城寺佐常を抜いた影二郎は、濡れた無紋の着流しを脱いだ。

あかを囲炉裏端に下ろす影二郎の背の傷を小屋にいた男女が見て、ごくりと息を飲んだ。

しず女の差し出す手ぬぐいで濡れた体を拭《ふ》いた影二郎は、女物の浴衣を着ると囲炉裏端に座った。当然のようにしず女も影二郎のかたわらに腰を落とした。

あかは囲炉裏端をぐるぐるとまわっていたが、そのうち背を丸めてうずくまった。

「三味線の光吉《みつきち》でごぜえます」

門付けが名乗ると次々に続いた。

「猿回しの彦六《ひころく》で」

「陰陽師の蟬楽《せみがく》と申す」

「石切りの権三《ごんぞう》と言いやす」

「辻売りの段七《だんしち》」

主が大徳利に酒を運んできて、麻吉《あさきち》と最後に名乗りを上げた。

「まずは一献……」

しず女が影二郎に茶碗を持たせ、濁り酒を注いでくれた。

「馳走になる」

影二郎はゆっくりと濁り酒を胃の腑に落とした。

氷雨《ひさめ》のように冷たい夏の雨にうたれた体が囲炉裏の火と酒に生き返った。それを見ていた泊まり客たちの間に徳利がまわり、めし茶碗に酒が注がれた。

「いただきますよ」

しず女が茶碗を顔の前に差し上げた。

「仲間に礼は無用と言ったのはそなただったな」

「でしたかね」

「江戸者か」

「浅草裏で育ちました。旦那《だんな》も江戸の方ですね」

影二郎は苦笑して、

「ぐれてからは宿なしだ」

二杯目の酒が流れ宿を陶然たる玉楼に変えた。

「旦那はどちらから見えましたな」

石切りの権三が聞いた。

「細尾峠を下ってきた」

「なら、忠治親分の噂は聞きなすったな」

「赤城山を追われた話か」

「いえ、この下野に逃げ潜んでおられるって話で」

影二郎は燃え上がる赤城の砦を黙念と見下ろしていた若者を思い出した。

「ここんとこ八州廻りの手下《てか》たちが今市から日光をうろついて、わっしらもまともに商売ができねえんで」

「赤城山を襲った足木とかいう八州廻りの一味か」

「いえね、数原由松様とおっしゃる方でございますよ」

か。

「数原が自ら出張《でば》ってきておるのか」

　数原は父秀信が忠治との関係を調べてくれといった関東取締出役六名のうちの一人だ。大間々から出した秀信への手紙で、秀信は早速第二の八州廻りを影二郎の行く先に送りこんだか。

「さあそこまでは……」

　石切りの権三はそれ以上は知らないらしい。

「岡っ引の浮舟《うきふね》の亀兵衛《かめべえ》親分は、数原の旦那の道案内ですからね。浮舟の手下があれだけ真剣に走りまわるのは数原の旦那が近くにおられる証拠ですぜ」

　宿の主の麻吉が言葉を添えた。

「浮舟は十手《じって》持ちか」

「いえ、二足のわらじは履いちゃいません。ですが八州廻りの手先の一人であることを笠に着て、弱い者いじめを繰り返す親分でしてね」

「嫌なやつさ」

　しず女が吐き出すように言った。

「浮舟の亀兵衛のことか」

「虫酸《むしず》の走らない岡っ引がいたら、お目にかかりたいもんだ。あたいの言うのは、沢蟹《さわがに》の由松のことさ」

「沢蟹……」

影二郎はしず女を見た。

「えらがはって額が異様に広い、その上、背はちんちくりんのくせに手が妙に長い。まるで彦六の猿の手のようだ」

「おれの商売道具にけちをつけるねえ」

彦六がしず女を睨《にら》んだ。

「知っておるのか、数原を」

「二年も前に真岡《もおか》の祭りでひどい目に遭《あ》わされたよ」

「しず女が沢蟹に伽《とぎ》に上げられたって話だな」

彦六がしず女にからんだ。

「馬鹿野郎、あたいはそんなに安っぽくねえや」

しず女が啖呵《たんか》を切ると、

「沢蟹は金にきたない八州廻りで有名でしてね、旅籠だろうが遊廓だろうが銭を払ったことがない……」

「……そればかりか運上金《うんじょうきん》と称して、行く先々で銭を巻き上げて歩いているんで」

「小者のひとりはもっぱら銭担ぎだそうですぜ」

しず女の言葉を裏付けるように仲間たちが言った。

「わっしらは七夕禅定《ぜんじよう》の祭り目当てに今市に集まってきたんですがね、この雨の上に沢蟹がのさばってくるとなりゃ、稼ぎもままならねえかって、いまも話していたところなんで」

新たな酒を注いでくれるしず女に影二郎は、

「忠治が下野に流れてきたのには、なにかあてがあるのか」

「二荒《ふたら》山の百兵衛《ひやくべえ》は、国定の息がかかった兄弟分の一人ですよ。浮舟の亀兵衛とは犬猿の間柄で」

「峠で馬方が根も葉もない噂をしておった。忠治が公方様の日光社参を襲撃するとな」

「風聞とばかりは……」

「……言えないというのか。いまの幕府に日光参詣の余裕などない」

「幕閣のお一人が密かに将軍家日光社参の下準備に参られているとかいう噂もございます」

となると家斉の日光社参は真実味を帯び、忠治の襲撃も考えられないこともない。

歴代将軍の日光参詣は、家康公の命日の四月の十七日に行われる。

(さてどうしたものか)

考えに耽《ふけ》る影二郎の顔を囲炉裏の火の明かりで眺めたしず女は、聞いた。

「忠治親分、八州廻り、旦那はいったいどちらの味方です」

「おれか……」

影二郎はにごり酒を口に含んだ。そしてゆっくりと喉《のど》に通した。

「どちらの味方でもない。騒ぎがあれば、応分の稼ぎにありつける」

「それが仕事で」

「そういうことだ」

影二郎はその話題に蓋《ふた》をするように茶碗に残った酒を飲み干し、

「稗雑炊を馳走してくれ」

と主の麻吉に言った。

二

影二郎は奥の小部屋に横になり、両眼を閉じた。すると脳裏を女の顔が過《よぎ》った。萌の顔ではない。

父秀信が伝馬町の牢に同道してきた女は、

「若菜《わかな》は影二郎様のすべてを承知いたしております」

と言った。驚きに言葉もない影二郎に、

「この者の姉の萌は、一家の窮状を救うために吉原に身を落としたそうじゃ。そなたとのことも妹には手紙で知らせていたそうな」

と秀信は言ったものだ。

萌は川越藩の城下で浪人者の両親の下で育った。父親が業病《ごうびょう》を患ったことが原因で萌が江戸の吉原に身売りしたことは知っていた。だが、二歳年下の妹がこの世にいようなどとは影二郎は想像だにしなかった。

影二郎はただ萌の面影と瓜《うり》二つの若菜を凝視していた。

「この一年、姉からの手紙が途絶えた。そこで妹は姉が禁じていた江戸を訪ねてきた。そこで萌の死を知ったというわけじゃ」

若菜は吉原での姉の非業《ひごう》の死と影二郎の仇討ちの一件を知らされ、途方にくれた。このまま病気の父の待つ川越に戻るかどうか迷った末に、影二郎の実家、浅草の料理茶屋嵐山を訪ねた。影二郎の祖父母は、影二郎に八丈島流罪の裁きが下ったことを告げ、

「もはや手のうちようもございません」

と涙にくれた。

「なにか手立てはございませぬか」

若菜は諦《あきら》めなかった。

「あるとすれば影二郎の父親に縋《すが》ることぐらいしか……」

「影二郎様の父上とはどなた様でございます」

「旗本三千二百石の常磐豊後守様……」

影二郎は仏七殺しの後、江戸無宿として実家との関係も口にしなかった。裁きが下った後、

祖父母に、みつのかたわらに葬った萌の菩提《ぼだい》を弔《とむら》ってくれと書状をしたためて事情を知らせたのだ。

若菜は秀信の屋敷の門前につめて、秀信へ嘆願することを決心した。

「……それゆえ、わしはそなたの牢入りと流罪を知ることができたというわけだ」

と影二郎に面会した秀信が経緯を説明したものだ。

秀信のかたわらから影二郎の顔を凝視する若菜に聞いた。

「なぜそなたはおれを助ける」

「姉上が恋したお人は、私にとっても大事なお方……」

それが若菜の答えだった。

「そなたには礼を述べねばなるまいな」

「影二郎様、礼などは必要ございませぬ。姉の遺髪を上野永晶寺のご住職に分けてもらいました。私はいったん川越に戻ります。ですが、いま一度、お目にかかりとうございます」

「おれと萌の縁はもはや終わった」

若菜は顔を横に振った。

女の顔が消えて、眠りについた。

影二郎は化粧の匂《にお》いで目を覚ました。雨の音が板屋根を叩いていた。

「旦那……」

しず女が影二郎の胸に顔をうずめようとしていた。

鳥越のお頭の通行手形を持った客として、影二郎はひとり宿の奥の小部屋をあてがわれた。

猿回しの彦六たちは囲炉裏端でごろ寝をしている。

「抱いてくださいな」

「なにが狙《ねら》いじゃ」

「狙いなんてありゃしませんよ。この長雨にくさくさしていたところに旦那が紛れこんできたってわけさ」

しず女は影二郎の手をとると自らの乳房に誘《いざな》った。

「据膳《すえぜん》を食うても恩義には感じない男だ」

「そんな男にどういうわけか惚《ほ》れちまう」

影二郎は乳房におかれた片手で襟《えり》を広げた。女の匂いが影二郎の鼻孔をついた。

若菜の顔が浮かんだ。だが、もはや縁なき女だ。

影二郎はそれを振り払うと、舌先をしず女の乳房に這《は》わせた。

ううっ……。

しず女は呻《うめ》き声をもらした。

影二郎は巧妙に舌先をつかいながら、しず女の着物の裾《すそ》を手で大胆に割った。

腰巻の上から秘部を撫《な》でた。ぴくりと体を硬直させたしず女は、自ら太股《ふともも》をゆるめた。

影二郎の手はさらに腰巻をもぐりこみ、豊かな茂みに触れた。

「あっ、うっ」

指先に湿った感触が触れた。

影二郎は指先を複雑に動かしながらも、舌先は乳房から腹部へ這わせつづけた。

しず女の体がゆっくりと波うちもだえる。そしてうすく開けられた口から喜悦の声が高く低くもれて影二郎を刺激した。

指をしず女のなかへ静かにうずめてみた。すでにしっとりと潤って温かい。

「あっ、いい」

一際《ひときわ》高くしず女が呻く。

「みなに聞こえる」

「さっきから聞き耳を立ててますよ、それが楽しみなんでさ」

しず女はそれを承知で仲間に功徳《くどく》を与えているのだとあえぎあえぎ言った。

「ならばそなたのよがり声で悦楽の淵へ誘ってやれ」

影二郎はしず女のしなやかな肉体の上にのしかかると、すでに怒張《どちょう》したものを一気に沈めた。

「あ、いい！」

しず女が腰を突き出し胸を反《そ》らすと、両手を影二郎の腰に巻いた。

影二郎はゆっくりと腰を動かした。するとしず女の抑揚をもった楽の声が、白く明けはじめた宿に響いた。

「……旦那」

朝の光のなかで見るしず女の顔は恥じらいを漂わせて紅潮していた。

「だれにもこんなことをしてるわけじゃないよ」

四半刻《しはんとき》（三十分）あまりも呻き、泣きつづけたしず女は体を弓ぞりにして果てた。

あえぎ声が静まった時、しず女が影二郎に言った。

「言いわけすることもあるまい」

「だってそんな女に見られたくないもの」

しず女は、あたいの体はどうだったかと訊ねた。

「江戸でもめったにお目にかかれぬ味だ」

しず女がうれしそうに影二郎の顔のかたわらに顔を寄せて、掌を汗ににじんだ胸に這わせている。

「旦那……」

「………」

「ほんとのお仕事はなんです」

しず女が耳元で呟《つぶや》くように聞く。

「なぜだ？　気にするのは」

「役に立ちたいのさ」

「ならば沢蟹の由松のことを教えてくれ」

「なにが知りたいんです」

「洗いざらい」

「酒も煙草も博奕も興味なし。金と女だけがあの八州廻りの関心事さ」

「………」

「……変態野郎でね、人妻にしかあいつの一物は感じないよ。行く先々の土地の名主たちが他人の女房に因果をふくめて用意するのさ。そのせいで首を吊った女も二人や三人じゃすまない」

「探索の腕はどうだ」

「蛇のようにしつこい。あいつに狙われたら諦めるしか手はないって話さ」

しず女は立ち上がると脱ぎ捨ててあった襦袢《じゅばん》を身につけた。そして小部屋を出ていった。

囲炉裏のある居間から、

「しず女、楽しんだようだな」

猿回しの彦六の声が聞こえた。

「おれにもよ、おめえの観音様を拝ませてくれねえか」

「江戸へ早立ちじゃないのかい」

しず女の声が応じた。

「いま立つぜ。そのまえに」

「馬鹿野郎、あたいの声を聞いただけでも極楽往生だ」

夜中じゅう降りつづいていた雨は上がっている様子だ。

「どなた様も失礼いたしやす」

彦六が猿をかかえて出立していく声がした。

しず女が煙をくゆらせながら戻ってきて、煙管《きせる》を影二郎に差し出した。

影二郎は香りのよい刻みを受けとると、口にくわえた。

「今日はなんとか商売にいけそうだ。沢蟹のことを探ってくるかい」

「無理はするな」

そうだ、としず女が思い出したように影二郎を見た。

「沢蟹は夢想神伝流《むそうしんでん》とかいう居合いの達人だとさ」

「出会ったら、尻に帆かけて退散しよう」

「旦那もなかなかの食わせ者のようだね」

煙管と煙草入れを影二郎に残したしず女は、

「旦那の犬が腹を空かせている風だ。麻吉さんになにか餌《えさ》を都合してもらうよ」

しず女が再び小部屋から消えた。

影二郎は煙管を投げ出すと二度目の眠りについた。


その男が橋下の宿を見回りにきたのは、影二郎が二度目の眠りから覚めて一刻（二時間）ほどしたころだ。しず女の浴衣を着た影二郎は、流れのそばであかが遊ぶのを漫然と見ていた。河原には長合羽や無紋の着流しが広げて干されてあった。

中年の男は二人の手下を連れて、単衣の裾を端折《はしょ》り、ぞろりとした長羽織を引っ掛けて、腰に長脇差を落としこんでいる。

「麻吉」

小屋から麻吉が出てきて、深々と腰を折った。

「これは浮舟の親分さん」

「うさん臭い野郎は、入りこんでねえかい」

「赤城の一統らしき者はだれも」

「まあ、小汚ねえ小屋にもぐりこむとも思えねえがな」

亀兵衛は、じろりとした視線を影二郎に送ると、

「おめえさんは」

と聞いた。

「見てのとおりの風来坊だ」

「浪人者か。植木の浅次郎《あさじろう》、三ッ木村の文蔵《ぶんぞう》が流れてきたって情報もあってな、おめえさんは国定一家とのつながりはなかろうな」

「なにっ！　十手持ちでもない者が取り調べかな」

「おれは八州廻りの数原由松様の道案内だ。いわばお上の御用をうけたまわっているも同然の身だ」

二人の手下が影二郎のところにやってきた。

「おめえの犬か」

手下の一人が水辺から上がってきたあかを足蹴《あしげ》にしようとした。その足が影二郎の手で払われると、三下奴《さんしたやっこ》は体を宙に浮かせて流れに顔から落ちた。

「野郎！」

もう一人が懐から匕首《あいくち》を抜くと横合いから突っ込んできた。影二郎の手が、干してあった長合羽の片襟をつかんで手首を宙に返す。匕首を持つ腕に合羽が巻きつき、引き落とすように流れに投げた。

あっという間の早技だ。

浮舟の亀兵衛が長脇差を抜こうとした。

「やめておけ、おたがい損をするだけだ」

影二郎がその鼻先を鋭く叱咤《しった》した。

亀兵衛が手を止め、迷った。

「季節も季節、水遊びもわるくない。なんなら亀、おまえも一泳ぎするかい」

「大きな口を叩きやがって。あとで吠え面をかくことになるぜ」

流れから這い上がってきた手下たちを従えると亀兵衛は早々に河原から消えた。

「おめえさん、浮舟に喧嘩《けんか》を売っていなさるのか」

麻吉がなじった。

「まあ、そんなところだ」

「鳥越のお頭の知り合いでもうちに泊めておくわけにはいかねえ、宿が潰される」

「麻吉、おれはここが気に入った。当分厄介になることにした」

麻吉は困惑の顔で、のんびりと立ち上がった影二郎をみた。

あかがお囃子《はやし》の音にひかれるように神社の境内《けいだい》に入っていった。

影二郎がつづくと杉木立ちの下に奇妙な造りもの（天小屋）が鎮座して、囃子はそこから流れてきていた。

竹で組まれた小屋には鏡餅《かがみもち》やお神酒《みき》、猪《いのしし》の首などの供物がささげられている。

天上には日天、月天を模した幣束《へいそく》が飾られ、五穀豊穣などの札がぶらさがっているところをみると、天候不順の回復を祈る行事らしい。

ここは流れ宿から半里（約二キロ）ほど大谷川を日光方面に溯《さかのぼ》った村外れだ。

お囃子がやんだ。

天小屋からお囃子に加わっていた老人や子供たちが姿を見せた。

あかは小さな尻尾を振ってしきりに愛想を振りまく。

鳥越の頭を経由して父秀信から麻吉の宿に書簡が届いた次の日のことだ。

「お侍さんの犬かい」

子供の一人が影二郎に聞く。うなずいた影二郎が、

「なんという祭りか」

と聞き返した。

「あんば様」

と答えを返したのは赤い鼻緒の女の子だ。

「雨ばかりつづきますんでな、雨止《や》み祈願の、あんば様の天小屋を作ったのじゃ」

世話役の老人が天を仰いだ。

「効き目はありそうか」

「いや、今晩あたりから長雨がきそうで心配しております」

小さな神社の階段に影二郎と世話役は腰を下ろした。

あかは子供たちといっしょに境内を走り回っている。

「どちらから参られた」

「上州を通って日光にやってきた」

「大権現様にお参りかな」

「信心にはとんと縁がない」

老人は遠い昔を回顧するようなまなざしで影二郎の顔を眺めた。

「ならば明日の晩から賭場《とば》が立ちますよ」

「二荒山の百兵衛か、それとも浮舟の亀兵衛かな」

「二荒山の親分のほうですよ」

「忠治がわらじを脱いでいるとの噂もあるが」

「いくら国定の親分でも、八州様に盾突いて、東照大権現様のおわす日光に舞い降りるわけにもいきますまい。日光はお上の目が光っておりますよ」

「来春の四月には公方様の日光社参の話もある。だれかは知らぬが幕閣の一人がその準備のために日光を訪れているという噂も流れておる」

「江戸のお方で」

老人が聞いた、

「そなたはどなたかな」

「七里の名主、勢左衛門《せいざえもん》と申します」

秀信が会うように今市の流れ宿に指示してきた人物が、皺《しわ》のきざまれた顔に笑みを漂わせて影二郎の顔を見た。

「日光に来られておるのは老中本荘伯耆守宗発《ほんじょうほうきのかみむねあきら》様……」

噂は真実だった。

「しかしいまの幕府の内情はひどいものだ。とても日光御行列を仕組める支度金はないと思うがな」

「お侍、それは日光とていっしょ……」

と言い、言葉を継いだ。

「将軍様の日光迎えには何十万両という莫大《ばくだい》な費《つい》えが要《い》りまする。日光滞在三日につかわれる費用などどこにもございません」

寛永十三年（一六三六）の三代家光の社参の折り、家康の二十一回忌にあたった。そこで東照宮遷宮《せんぐう》の改修工事を行って迎えた。その費用、五十七万両に達したという。

代々、幕府は東照大権現（家康）を祀《まつ》る聖地の日光領に本高一万三千六百石、実高二万五千石の所領を与え、領内の村でもゆるやかな租税措置がとられてきた。しかし、この神領もたびかさなる天災と飢饉に疲弊しきって、蓄えなどないと老人は嘆いた。

「お断りしたのか」

「いや、それが……」

「……本荘様はなんとしても実現したいと必死なそうな。門跡《もんぜき》様はじめ学頭《がくとう》、御留守居《おるすい》、別当《べっとう》様らは頭をかかえておられまする」

幕府としてもたがいの緩んだ政治、経済、治安を徳川の祖家康の威光によって回復したいという切なる願望の末の決断であろう。

「家斉様が日光に参られたら参られたで、忠治一家がお行列を襲う風聞もあるしな」

「弱り目にたたり目ですよ」

と正直に答える老人に影二郎は聞いた。

「それにしても老人は幕府の内情をよくご存じだ」

「日光は徳川の聖域、ここには逸早く風聞、噂が流れて参りましてな。しかし、お侍、あまりあてにするとひどい目に遭う」

勢左衛門は苦笑いした。

「二荒山の賭場はどこかな」

「東照宮の森の東外れにある慈光寺でございますよ」

「のぞいてみよう」

「お侍、勢左衛門の紹介だと言ってください。ただし騒ぎはなしですよ」

「ついていたら、この神社の賽銭箱《さいせん》に儲《もう》けのいくらかを放りこもう」

「そう言って実行した者はいませんよ」

影二郎はふと思いついたことを頼んでみた。すると老人は気前よく聞き入れてくれた。

老人から分けてもらった猪肉を縄に結んで流れ宿に戻ると、琵琶《びわ》を背負い、口からよだれを垂らした大男と座頭が麻吉に迎え入れられたところだった。

「いま戻った。迷惑料にしては少ないがとってくれ」

あんば様の祭壇に猪の頭が捧げられてあった。そこで肉はないかと尋ねてみると一貫目(三・七五キロ)一分《いちぶ》で売ってくれたものだ。

「猪鍋にしますかい」

「そなたにまかす」

と影二郎は麻吉に渡した。腰に三尺はあろうかという道中差を差したよだれくりの若者が、

「猪肉は体があったまる、うまいぞお」

と舌なめずりしながら、まどろっこしく言った。それを主人の座頭が叱《しか》って、見えないはずの眼を影二郎に向けた。

「手前は琵琶法師の与一《よいち》にございます。このよだれくり、手前の杖代《つえ》わりの潮五郎《ちょうごろう》、数年前までは村相撲の大関を張ったほどの男ですが、土俵から転げ落ちた時に頭を打ちましてな、このようなよだれくりになりました、ゆるしてくだされ」

「どこから来られた」

「へえ、関八州をあちらこちらと流れております」

与一が答えて、火もない囲炉裏端ににじり寄っていった。すでに馴染みの鳥追いのしず女、石切りの権三、辻売りの段七も顔を揃えている。

「旦那、こっちに」

しず女が女房面で自分のかたわらを指した。

「あかになにか食べさせてくれ」

土間に下ろした犬の世話をしず女に頼んだ。

「あいよ」

しず女が気軽に立ち上がると影二郎に代わって土間に下りた。

橋下の小屋に冷たい風が吹きこんだ、どうやら雨が降りはじめた様子だ。

あんば様の御利益はなかったなと影二郎は腰を下ろした。

「旦那、浮舟の亀と揉《も》めなさったそうで」

石切りの権三がにたにたと笑いながら、影二郎の顔をのぞいた。

「揉めたというほどのこともない」

「いやさ、麻吉のおやじがさ、困ったような、うれしそうな顔でね、おれたちに報告しましたぜ。旦那は、手下二人をあっという間に川の中に叩きこんだというじゃないですかい。見たかったねえ。どうだい、いま一度亀と八州廻りの沢蟹を一緒にしてさ、おれたちの前で水遊びさせてくれないかい」

しず女が大徳利と茶碗を持って戻って来て、

「権三、旦那を焚き付けるんじゃないよ。今日はあたいのおごり……」

とうれしそうに言った。

「稼ぎになったか」

「相変わらずしけてるよ」

「ならば無理はするな」

「飲みたいのさ。旦那が亀の鼻をあかしたというんでね」

「勝手に水に飛びこんだ。それだけのことだ」

「どうやら事はこれで終わりそうじゃねえな」

辻売りの段七も揉み手をした。

影二郎はみんなの期待の表情をよそに濁り酒を口に含んだ。

「わしにも酒をくれ」

潮五郎が言い、与一が慌ててなにかを言いかけた。

「しず女、みんなに茶碗を渡してくれ」

影二郎の命にしず女がみんなの前に茶碗を配る。

「ありがてえ」

　段七が手をうつと、お返しだと言い出した。

「旦那、浮舟の亀兵衛親分の手下の一人が八州廻りを迎えに上都賀《かみつが》郡は粟野《あわの》村に走ったんですよ。しず女、おめえのむかしの旦那はなんと言ったかな」

「馬鹿っ！　沢蟹はあたいの旦那なんかじゃないよ」

影二郎は与一の耳がぴくりと動いたのを見てとった。潮五郎は渡された茶碗を両手で抱えて、喉を鳴らして一心に飲んでいる。

「数原由松は粟野村にくすぶっていたのかい」

石切りの権三が辻売りの段七に聞いた。

「おお、それよ。ちょっと渋皮の剝《む》けた百姓の女房がいやしてね、この女に執心で泊まり先の名主の家に毎晩連れこんでるらしいや」

「ひでえことをするじゃねえか」

「沢蟹は他人のかみさんが好きだからな。ともかくよ、この旦那が亀の手にあまるてんで、粟野村から誘いだそうという算段だ」

「となると二、三日うちにはここに姿を見せるぜ。どうするね、旦那」

権三が影二郎を見た。

「どうもこうもない、おれはここが気に入った」

「となるとただで見せ物が見物できるぜ」

権三と段七が顔を見合わせ、うれしそうに笑った。

三

二荒山の百兵衛の賭場は、七里の名主勢左衛門老人が教えてくれたとおりに東照大権現の森の東外れにある慈光寺の本堂で開帳されていた。畳三枚をつないで白布をかぶせた盆ござには、百目蠟燭《ひゃくめろうそく》の明かりが四方から落ちていた。丁《ちょう》側、半《はん》側に今市の大店《おおだな》の旦那衆、鬼怒《きぬ》川の山持ちの主、鹿沼《かぬま》の大百姓の老人、名の知れた博奕打ちがそれぞれ十人ばかり分かれて、なかなかの繁盛ぶりだ。

影二郎は一文字笠を脱ぎながら賭場を見渡した。

赤城山で見知った顔はひとりとしていない。そんなことを考えていると、しず女が影二郎を肘《ひじ》でつついた。すでに影二郎も、客のなかに座頭の与一とよだれくりの潮五郎がいるのに目をとめていた。

与一は前かがみに座って駒札《こまふだ》を山と積み、白目をあらぬ方角に向けている。潮五郎はよだれもくらず、油断のない両眼でさいころの目を追っていた。

「与一と潮五郎のやつ、あきれたったらありゃしない」

小声で言ったしず女が今度は壺振りに注意を向けた。

「壺振りは一転《ピン》がしの才蔵《さいぞう》さんですよ」

壺振りは初老の男だ。

影二郎も江戸で一転がしの名は聞いたことがあった。

才蔵の行う一転がしはいかさまではない。客の流れを読みながら、二個のさいころの目を自在に操り、一をからめて場を盛り上げる演出だ。だからこそどこの親分も壺振りに才蔵を呼びたがった。

「客人、どうぞこちらへ」

眼光鋭い中年の中盆が二人に声をかけ、席を作ろうとした。

「席はひとつだ」

影二郎が応じた。

「あたいでいいんだね」

しず女が影二郎に念を押した。

「ああ、今晩は見物させてもらおう」

しず女が影二郎から渡された十両を手札に替え、商人風の男たちの間に座った。

対面するのは与一と後見の潮五郎だ。

しず女も影二郎も知らないふりをしたが、潮五郎が一瞬鋭いまなざしを二人に向け、無言の威嚇《いかく》をした。

「どちらさまもお手やわらかに願いますよ」

しず女がきりりと挨拶をする。

女が入ったことで盆ござが華やぎ、活気づいた。

影二郎は、法城寺佐常を着流しの腰から抜くと一文字笠のかたわらに置き、しず女の後ろに座った。

「吉祥天女《きっしょうてんにょ》の到来で盆ござに勢いがつきましてございます。どちら様も丁の目、半の目に駒札を存分につんでおくんなせえ」

中盆が博奕《ばくち》の再開を告げた。

「いないかいないか、半の目はいないか」

中盆が半の駒札が少ないことを告げる。

しず女が駒札を揃えて、

「丁半、駒が揃いましてございます」

と、間よく中盆が叫んだ。

与一は丁に駒札を盛り上げている。

「勝負！」

肌ぬぎの才蔵の手が白い盆ござの上をあざやかに舞って、壺がふり下ろされた。わずかに壺が盆ござを上下に滑ってぴたりと止まった。

壺が開けられた。

「三一《サンピン》の丁!」

駒札がしず女の前から運びさられ、それに大きく足されて与一の前に移動した。

「勝った、また勝たせてもらいました。皆の衆、ありがとうございます」

白目を派手に動かし、ぺこぺこと頭を下げた。

「おい、座頭さん、いちいち勝負の度に頭を下げられちゃ気が抜けらあ。やめてくんな」

半の目の客の一人が文句を言った。

「へいへい、つい勝ちなれねえもんでございますから、余計な口を叩きまして、どなた様も気に障られたらおゆるしを……」

「だからさ、それがいけねえと言ってるんだ」

応酬のとぎれたところを見計らって中盆が声をかける。

しず女は半の目に駒札を合わせた。

与一と潮五郎の組は徹底した丁狙いだ。そして今度も、

「四ゾロ」

の丁の目だ。

駒札が与一の側へと流れた。

「もうそろそろ潮の流れも変わろうというもんだ」

与一が独り言にしては大きな声で呟き、

「半の目」

に乗り換えた。客のなかには与一の勝ち運にのっかった客もいた。

しず女は丁に目を変えた。

出た目は久し振りの半目だ。

客がさらに増えた。

その夜、与一の一人勝ちといった形勢だ。

盆ござ周辺にいらいらが募っている。だれもがすっきりした勝負を望んでいたが、与一の奇妙に間を外す張り方にじらされ続けていた。

ここで中盆が引き、竪盆に代わった。

中盆が壺振りの隣に座るのに比べ、竪盆は壺振りに相対して丁、半を見渡せる中央の境に座る。

「竪盆さんが二荒山の百兵衛親分ですよ」

しず女が影二郎に囁《ささや》いた。

竪盆は賭場を仕切る親分がつとめる習わしだ。

若い忠治とは兄弟分というから、せいぜい壮年の親分かと考えていた。だが、すでに還暦を超えた風合いの老人だ。さすがに東照宮のある日光を仕切る親分の貫禄があった。

「皆さん、今晩はようおいでくださいました。挨拶代わりにあっしがしばらく盆を仕切らせてもらいやす」

百兵衛は賭場の空気を変えるように間をとった。

いらいらと煙草を吸っているのは与一だ。

再び賭場が再開されようとした。

「竪盆さん、駒を替えてくれ」

影二郎は切餅《きりもち》（二十五両）を板の間にすべらせた。

父秀信に渡された五十両のうち、懐にわずかな小粒《こつぶ》を残して、すべてが消えようとしていた。

しず女が影二郎を振り向いた。彼女の前の駒札はほとんど残ってない。

「代わるかい」

「おまえに任せてある、好きにしろ」

百兵衛の手下が二十五両分の駒札を運んできた。

影二郎の声に誘われたように駒札に替える客の声が頻《しき》りにした。

百兵衛が影二郎に好意の目を向けた。

しず女が不安そうな顔を盆ござに向け直した。

「座頭さんの話じゃないが、潮の流れも変わろうというものだ」

影二郎の言葉にしず女の背がうれしそうに笑った。

与一は中断したいらだちを隠すように半の目に、それも大きく賭けた。気弱な客の大半がそちらにのった。

「丁の目、ないかないか」

竪盆の百兵衛のしぶい声が淡々と誘った。

しず女が持ち駒をそっくり丁目にのせた。

盆ござの周りがぴーんと緊迫した。

「丁半、揃いました。勝負！」

一転がしの手が小気味よく弧を描いて、壺が伏せられた。

唾を飲む音が重なった。

ござの上を壺がすべってぴたりと止まった。

老壺振りの手が壺といっしょに上がった。

「一《ピン》ゾロの丁！」

百兵衛の声に張りがあった。

賭場の空気が熱く膨れて溜《た》め息がもれた。

「いかさまだ！」

叫んだのは潮五郎だ。

一拍の静寂があって竪盆の百兵衛が、

「客人!」

と静かに声をかけた。

「ここは二荒山の百兵衛が仕切る賭場だ。いかさまと言われては、客人たちの手前もある。理由《わけ》を聞こうかい」

影二郎は、ひっそりと賭場に入ってきた人影に目を止めた。

旅仕度の忠治と蝮の幸助だ。二人は暗がりに静かに座った。

「壺振りの才蔵が奥の手を使いやがった。なんで大勝負のときに一ゾロの丁なんだ」

「無理を言っちゃいけねえ。壺のさいころは運否天賦《うんぷてんぷ》だ、半にも転べば丁にもなびく。その証拠におめえさんらは随分と稼いでいなさるじゃねえか」

「こりゃ竪盆さんの言われる道理じゃ。潮五郎、親分に頭を下げねえ」

潮五郎は素知らぬ顔だ。

「百兵衛親分の賭場にけちをつける気は毛頭ねえ。詫び代わりに引き上げよう」

与一がぬけぬけと言った。

「座頭さん、おめえさん、賭場の掟を知らねえわけではあるめえ。いわれもねえのにいかさまと難癖をつけ、そのまま引き下がろうというのはどういう了見だい」

百兵衛は声を荒らげず、与一を見た。

潮五郎が手元に長い道中差を引き寄せた。

与一が頭を大袈裟《おおげさ》にぺこぺこと下げ、両手をぶるぶる震えさせながら、盆ござの端をつかんだ。

影二郎の手が一文字笠の骨の間に差した唐かんざしに伸びた。気配もなく唐かんざしは宙を飛び、盆ござをひっくり返そうとした与一の手の甲を縫いつけた。

「うっ！　なにをしやがる」

白目を影二郎に上げながら、唐かんざしを抜いた。

ぼたぼたと血が落ちて白い盆ござの上を染めた。

「与一、おまえの白目は鯛のうろこかい」

「いってえ、なにを証拠に……」

与一の顔が凶悪に変わった。怪我をした手を懐に入れ、左手には唐かんざしを握っている。

「二荒山の親分、お節介をしたな」

「客人、謝るにはおよばねえ。礼を言うぜ」

百兵衛が一座を見渡し、

「ちょいと時間をいただきますぜ。なあに賭場に遊びにおいでの客人を怖がらせる百兵衛じゃねえ」

と言うと与一に顔を向け直した。

「おめえさんら、八州廻りの狗《いぬ》のようだね。なぜおれの賭場に潜りこみなさった」

「関東取締出役数原由松様のお指図だ。神妙にしろ、百兵衛」

与一が満座のなかで居直った。

「賭場はお目こぼし、そいつは沢蟹の旦那の懐が知っていることだぜ」

数原に賄賂《まいない》が流れていることを百兵衛が示唆《しさ》した。

「百兵衛、上州から逃れてきた忠治一家を匿《かくま》っていよう」

与一はさすがにこの場に忠治と一の子分の蝮の幸助がいることに気付いていない。

「おれと忠治は義兄弟の間柄だ。この下野に流れてきたとありゃ、匿うのが兄弟の仁義だ」

「忠治は、国定の関所破りの大罪人。百兵衛、あとで困ることになるぜ」

「それよりも座頭、おめえの命の心配をしねえ」

潮五郎が横に転がった。

百兵衛の子分たちがそいつに覆いかぶさった。

与一が影二郎に向かって唐かんざしを投げ返した。

影二郎はしず女の帯をつかむと横に投げ、一文字笠を顔の前に立てた。

唐かんざしが音を立て、一文字笠に突き刺さった。

与一の懐の手が抜かれると、怪我をした手で短筒《たんづつ》を発射した。

客の間から悲鳴が上がった。

飛び掛かる百兵衛の子分三人をはね飛ばした潮五郎が、火も入ってない火鉢を宙に投げた。

灰かぐらが立って視界が奪われ、悲鳴の交錯する中、客たちが逃げ惑った。

「逃がすんじゃねえ！」

「ああ、裏に走った！」

影二郎は両眼を閉じて、その場に座っていた。

「旦那」

裾を乱して転がっていたしず女が這いずって影二郎の前にきた。

「じっとして動くではない」

騒ぎはどうやら外へと移ったらしい。

影二郎は眼を開けた。

灰かぐらはようやく静まろうとしていた。

賭場には半分の客も残っていない。

影二郎は忠治が座っていた暗がりを見た。

蝮の幸助だけが影二郎を見詰めて、にたりと笑った。

壺振りの才蔵は姿を消していた。が、竪盆をつとめていた百兵衛は苦虫を嚙《か》みつぶした顔で、荒らされた盆ござの前に座している。

「親分さん、駒を替えてもらおうか」

影二郎は静かに言った。

「おめえさんには世話になった。名はなんといいなさる」

百兵衛が銭箱と駒札を前にした手下に顎でしゃくりながら聞いた。

「流れ者の影二郎とでも名乗っておこうか」

「影二郎さん……」

「蝮の兄貴がご存じだ」

旅姿の蝮が立ち上がり、

「おめえには赤城の山の借りがあったな」

「蝮、忠治に伝えてくれ。八州廻りが縄張り内で好き放題をしているそうだ。今も、粟野村で他人の女房を夜な夜な伽に呼んでおるという話だ」

忠治がどう出るか、影二郎は誘いをかけた。

「聞いておこうか」

蝮の幸助は無表情に答えると賭場から姿を消した。

大谷川のかたわらに立つ神社にはもはや天小屋はなかった。

影二郎は百兵衛の賭場で儲けた十六両のうち、六両を賽銭箱に放りこんだ。

「しず女、おまえの稼ぎだ」

十両をしず女に渡した。

「いいのかい」

「稼ぎはあんば様の御利益とおまえの度胸だ」

「今夜はさ、清酒をさ、一斗樽《いっとだる》で買ってきて浴びるほど飲むよ」

唐傘を手にしたしず女は、弾《はず》んだ足どりで朝靄《あさもや》の立つ大谷川の土手を流れ宿へと下っていく。

今朝もしとしとぐずついた雨が降っている。

朝靄のなかから大小二つの影が浮かび、行く手を塞《ふさ》いだ。

座頭の与一とよだれくりの潮五郎だ。

「待ってたぜ」

「騒ぎで儲けの金をふいにしたか」

「琵琶を弾くばち手を痛めつけやがった。ゆるせねえ」

与一の右手には手ぬぐいで血止めがしてあった。懐から短筒の筒先がのぞいている。

長合羽を着流しの上に巻きつけるように着た影二郎はしず女を土手下に突いた。

しず女が唐傘を飛ばして転がり落ちた。

影二郎は長合羽の下で片襟をつかんだ。

「よだれくり、おまえの大力にはおどろいたぞ。さすがに草相撲のふんどし担ぎだな」

「足利《あしかが》の大関だ。ふんどし担ぎじゃねえや」

叫んだ潮五郎が三尺はあろうかという道中差を抜いた。

「おめえの正体はなんだい」

そう問うた与一の筒先が懐からにゅっと伸びた。

長合羽の両裾が大きく開き、襟にかけた影二郎の手がぱらりと落ちた、と与一の目に映った。

次の瞬間、襟を引き抜いた手が弧を描いて躍った。

「野郎!」

与一は短筒の引き金を引こうとした。

眼前で広がった長合羽が視界を閉ざして赤く燃えた。

与一は仕方なく猩々緋《しょうじょうひ》の真ん中を撃ちぬいた。

真っ赤な烈風が与一の身を襲った。

それを避けようとした瞬間、脇腹に激痛が走り、鈍い音が響いた。

かたわらをなにかが走り抜けたのを感じながら、与一はしずず女が転がり落ちた河原に崩れていった。

潮五郎は長合羽が広がって影二郎の姿が消えた時、地べたに身を這わせた。

影二郎の足が見えた。

突進しながら、与一の脇腹を峰に返した先反《さきぞ》りの剣が叩いたのを見た。

三尺の道中差が横に旋回して、影二郎の突進してくる足を存分にないだ。手応えが、と思った瞬間、雨空といっしょに長合羽が頭上に落ちてきた。片手でそれを振り払い、あたりを見回した。

その首筋に影二郎の法城寺佐常の刃がぴたりと止まった。

「沢蟹に伝えろ。役目を忘れて無法をするでないとな」

手にした道中差がはね飛ばされ、中腰の腹を蹴られて、与一のかたわらに潮五郎も転落していった。

四

池に棲《す》む蛙たちがにぎやかに鳴き声を上げている。

影二郎は、蚊の大群に襲われていた。長合羽の襟をしっかりと手で重ね合わせてみたが、蚊の群れは一文字笠の下の顔や足を容赦なく襲ってくる。

(畜生!)

上都賀郡粟野村の名主の家の離れに明かりがともって、関東取締出役の数原由松の一行がにぎやかな宴を繰り広げていた。

明朝には日光に上がっていかねばならない。

「与一と潮五郎に怪我を負わせた野郎は、忠治の身内の者か」

数原の声が一座の者に聞いた。

「数原様、いえ、それがどうも通り者のようなんで。風体は、侍とも遊び人とも見分けがつかねえ。南蛮外衣を手妻《てづま》のように操るそうなんで」

道案内をつとめる十手持ちらしい人物が答えている。

「それと笠にかんざしを仕込んであるそうなんでございます。短筒使いの与一が手の甲を串刺しにされちまいやがった」

「これまで聞いたこともない流れ者じゃな」

「どうやら江戸を追われた無宿者と思えます」

「いや、ちがうな」

数原の声が答え、しばらく座が沈黙した。

「なあに、出会ったが最後、逃がすもんじゃありませんぜ」

「いや、そう簡単ではあるまい」

「なぜでございます。相手は無宿者ひとりですぜ」

「同僚の足木孫十郎どのの手下どもが、赤城山を襲う以前にこの男を見掛けておる」

「……」

「お手先の古田軍兵衛と荒熊一家の用心棒の浪人をあっという間に先反りの大刀で斬り倒したそうじゃ」

再び一座が沈黙した。

「……ただの鼠じゃない」

影二郎は音をたてないように蚊を手で払った。暗がりに身を潜め、自分の噂を盗み聞きするのは奇妙なものだ。

「数原様、では何者なんで」

その時、廊下を名主の下男が小走りに離れにやってきた。

「あやがめえりやした」

下男の報告に離れが沸いた。

「数原の旦那にはお待たせいたしやした」

「それそれ、皆の衆はこれにてお開きお開き……」

急に騒然となった。雇足軽、村役人、道案内の十手持ちたちが離れから母屋に去り、女中たちが宴の膳《ぜん》を引き下げ、布団を敷いて去った。

静寂が訪れた。

長脇差を腰にした二人の三下奴《さんしたやっこ》に前後を固められた若い女房が観念したように肩を落と

して、離れに連れこまれた。

「おお、来たか」

女が部屋に連れこまれ、男たちが廊下の端に護衛に立った。

数原は手酌で酒を飲んでいる様子だ。

身をかたくした女の影が障子に映っている。

「あや、おれたちは明日、日光に参る」

女の顔が上がった。体にも喜色が走ったのが分かる。

「おれはな、そなたを日光に連れて参ろうと思う」

「お許しを、うちの人が……」

「……許さぬというのか」

「はい」

「では今宵が最後か、名残りおしいのう」

数原の影が立ち上がった。

「そなたをな、そなたの亭主に戻すのが惜しゅうなったわ」

「そんな……」

あやの影が後退《あとじさ》りして、立ち上がった。

影二郎はどうしたものかと迷った。

数原は腰を落とした。

裂帛《れっぱく》の気合いがあたりに響いた。

見張りの二人が首を竦《すく》めた。

数原が得意の夢想神伝流居合いで剣を抜き、あやの立ち姿に刀身が襲うのが影絵で見えた。

女の着物の帯でも切られたか、はらりと着物がはだけた様子で体を竦めた。

人妻の豊かな体の線がはっきりと障子に映った。

「八州様、お許しください、名主様との約定は今夜かぎり」

「どうしたものか……」

数原の影は剣を鞘《さや》に戻した様子であやに接近した。

ふいに蛙の鳴き声がやんだ。

影二郎は忍び寄る複数の人の気配を感じた。

頭を低くして身を屈《かが》めた。

影は廊下の不寝番の二人に音もなく接近していく。

庭先の池に石でも投げ込まれたか、水音が響いて見張りが一瞬そちらに注意をやった。その首に縄が巻き付けられ、一瞬のうちに締め上げられたか、ぐったりして意識を失った。

襲撃した男たちは庭にうずくまった。

さらにいま一つの影が庭に現れた。

三度笠を被った男の面体は見えない。が、小太りの影だ。

単衣を尻端折りして手甲脚絆《てっこうきゃはん》、草鞋《わらじ》履きの旅姿の影が縁側に飛び上がった。が、毛筋が落ちる音も立てない。身のこなしが猫のように敏捷《びんしょう》だ。

「あや、今宵はそなたがおどろくほどに可愛がってつかわす」

「明かりを消して下さい」

「ならぬ」

忠治の手下たちが障子を左右に引き開けた。

数原がびくりと縁側を見ると、

「何者じゃ」

と誰何《すいか》した。

「国定村の長岡忠治郎……」

影二郎は赤城山で厩番をつとめていた若者の声を初めて聞いた。

野がらすの鳴き声のような、かすれ声だ。

「おまえが忠治……」

数原が忠治に向き直った。

さすがに三十俵三人扶持から関東取締出役に抜擢《ばってき》されただけのことはある。一瞬のうちに動揺をおさえると忠治に対峙《たいじ》した。

連れこまれた人妻が切り落とされた着物を集めると部屋から逃れようとした。それを忠治の手下たちが引き止めてなだめた。

「忠治、おまえとは初だったな」

影は黙って答えない。

「関八州に探しまわる手間が省けたというもんだ」

「……おめえの所業に命を絶った女房が二人、離縁された女が三人はいるそうな」

「それはそちらの勝手……」

数原はそう言いながらも足場をしっかりと固めている。

「おれの縄張りうちで好き勝手は許しがてえ」

「若造にはこの味は分かるまい」

数原が母屋にいる手下たちを呼ぼうとした。機先を制して忠治が言った。

「おれとおめえの差しの勝負だ」


八州廻りの数原由松は、腰の差料《さしりよう》の位置を変えた。

忠治はその様子を黙念と眺め、気配もなく庭に飛びおりた。

足場のよい庭は、居合いの得意な数原を有利に導く。

忠治はそのことを知ってか知らずか、自ら戦いの場を屋外に求めた。

数原はにたりと笑い、行灯《あんどん》を手に縁側に立った。

影二郎はしず女が言った、

「えらがはって額が広い、その上、背はちんちくりんのくせに手が長い」

という奇怪な風貌《ふうぼう》に初めて接した。まさに沢蟹そのものだ。

母屋の八州廻りの手下たちは主人の危難も知らず、酔いの勢いで眠りに就いている。

行灯を縁側に置いた数原は、悠然と庭に下りた。

影二郎は、一文字笠を脱いだ。

戦いの緊張に、蚊さえ行動を中断したようだ。

忠治は三度笠を被ったまま、長曾禰虎徹《ながそねこてつ》の下げ緒をほどき、襷《たすき》にかけた。その動作は手早く、無駄がない。あのもっさりとした厩番《うまやばん》からは想像もつかないほどだ。

数原は静かに腰を沈め、刀を寝かせると柄《つか》を腹前においた。

居合いの勝負は鞘のなかで決まるという。

逆袈裟を使おうとする数原に対し、忠治は左足をわずかに引いただけの構えで対面した。

その手はまだ柄にもかかってない。

間合いは一間半。

忠治が仕掛けなければ、数原は得意の技を使えない間だ。

ゆったりと時間が流れる。

忠治は小太りの体を微動もさせずに立っている。

数原は長い両手を折り曲げて、鞘と柄に手を添えて腰を沈めている。

時の経過とともにじれてきたのは数原由松だ。

「ふうっ」

肩で一つ息をついた。そして再び息をためた。

その瞬間を待っていたように忠治の手が三度笠の縁にかかり、数原に向かって投げると、突進の構えを見せた。

数原が低い姿勢をせり上げながら、鞘を走らせた。

長い手が伸びて光が走り、三度笠が両断された。

忠治は間合いを詰めると見せかけ、飛び下がっていた。

数原は抜き身を振り上げたまま、二間の間に呆然《ぼうぜん》としていた。

「居合いは、抜き付けにしくじったらざまはねえ」

忠治も数原が夢想神伝流の達人であることを承知していたらしい。

「博徒風情の百姓剣法には、これで十分……」

数原は強がりをいうと刀を下段にとった。

忠治がゆっくりと長曾禰虎徹を抜いた。そして、正眼にぴたりと構えた。

再び両者が静止した。

それは長くは続かなかった。

今度も仕掛けたのは忠治だ。

無造作に間合いを二歩三歩と縮めた、さらに……。

数原の姿勢がまるで蟹のように地面に這いつくばった。剣は地面に寝かされ、刃が上に向けられている。

上段に変わった長曾禰虎徹を振りかざして忠治が走った。

数原が伸び上がるように剣を逆袈裟に振り上げた。

「えいっ！」

忠治は飛び上がると足を縮め、両手に持った長曾禰虎徹を、剣とともに伸び上がってくる広い額に撃ちこんだ。

掬《すく》い上げる剣先、振り下ろされる虎徹。

一瞬を制したのは振り下ろされた忠治の一撃だった。

額が割れた。

「ぐえっ！」

絶叫が上がって、血潮が飛んだ。

よろよろと歩いた数原由松は、朽木《くちぎ》が倒れるように横倒しに崩れた。

「なにごとじゃ！」

待っていた。

そして大谷川の河原の宿に戻るため、立ち上がった。そこにはあかとしず女、仲間たちが

影二郎は手にしていた筆で一文字笠の裏に書かれた数原由松の名を消した。

異常な気配に気付いた母屋に明かりが入った時、忠治の一行は闇に紛れて消えていた。

「離れに賊が入ったぞ！」

秋の気配を見せはじめた日光街道の杉並木の茶屋に座った夏目影二郎は、老中本荘伯耆守宗発の行列が江戸に向かうのを見送っていた。

「老人、本荘様の用向きはかなったのかな」

影二郎が聞いた相手は七里の名主勢左衛門だ。

「はい、来年、家斉様を日光にお迎えする仕儀にいたりました」

在職五十年におよぶ十一代将軍家斉が日光社参にくるというのだ。なんとも慌ただしい決定である。噂はどうやら真実であった。

「家康様のご命日は四月の十七日であったな。となると八か月あまりしかない」

「日光社参は徳川家の行事でもっとも重要なもの、これほど拙速に決まった例はございません。これから冬に向かう時期に日光は、冬眠もできかねます」

「支度の金はいかがする」

「日光領の周辺に負担が重くのしかかります。どうしたものやら……」

勢左衛門の口調は憂いに満ちていた。

「幕府の無理強いまではあんば様もお聞きにはなるまいな」

さようで、と言いかけた勢左衛門が、

「そうそう賽銭箱に六両もの大金が入っておりました」

「そいつは奇特な」

「礼を申したところで知らぬと言われるのがおち」

「父とはどこで知り合われた」

影二郎は聞くか聞くまいかと迷っていたことを口にした。

「秀信様があなたほどの歳の折り、日光を旅されてな。奥日光の温泉場で知りおうた私に若き日の悩みを打ち明けられたものです」

「悩みを」

「常磐家の養子話を受けるべきか、部屋住みのまま一生を終わるべきかを悩まれておられた」

「なんと……」

「私はな、常磐家に養子に行きなされと申し上げた。なにをするにも家の当主と部屋住みでは違う。まずは足場を固められよとな。余計な忠告をしたものじゃ……以来、手紙だけの交情が何十年も続いてきた。そしてこの度、勘定奉行の要職に就かれたと聞いてな、私の忠告が間違ってはいなかったとほっとしておるところじゃ」

「ご老人、それがしのことは……」

「存じております、秀信様がただ一人愛された女性《にょしょう》の忘れがたみということをな」

影二郎は若き日の秀信のことを知り、父を少しだけ身近なものに感じた。

「瑛二郎様、父上様からの御手紙にございます」

勢左衛門は懐から書簡を出して渡した。

影二郎は老人に断ると封を切った。

〈瑛二郎御許へ　過日鳥越を経由して発信致し候。本日は飛脚便にて勢左衛門どのを通じ改めて送付致し候。本日赤城山打込みの大任を果たし、足木孫十郎が役宅に無事帰着。その首尾を報告せり。余は足木の功績を大いに称賛致し候。さてそなたには今市滞在との事、数原由松とは遭遇せしや否や、報告を待ちおり候。さて別行にて火野初蔵を下野領に派遣し候事、告知致し候。くれぐれも御身大切に活動の事、祈念致し候……〉

秀信は勢左衛門宛てにも書簡を送ってきた。

(念のいったことよ)

影二郎は秀信の慎重を笑った。

「瑛二郎様、どちらに行かれますかな」

「ご老人、下野になにか気になる動きがありますかな」

勢左衛門はしばし考えた後、言い出した。

「二宮金次郎《にのみやきんじろう》というお方がこの度、大田原《おおたわら》藩の求めに応じて藩財政の立て直しに着手されることになりましてな」

二宮金次郎？　影二郎はその名に記憶がない。

「二宮様は小田原藩内の住人でございますよ。藩主大久保様の命で下野領内にある分家、旗本宇津《うづ》家四千石の知行所桜町領の復興に力をかされて成功に導かれました。それを聞いた近隣の藩が競って二宮様を招聘《しょうへい》されようとしておられるそうな」

「それがし、仁徳の人物にはとんと縁がない」

「噂ですがな、その方に忠治親分が会いに行かれたと申しましたら」

「ご老人……」

影二郎はゆっくりと縁台から立ち上がった。

「ご老人にひとつ頼みがある。日光宿の旅籠いろはの女中頭の下に、みよという娘がおる。時折り、会いに行ってくれぬか」

影二郎は出会った経緯《いきさつ》を述べた。

勢左衛門は胸を叩いた。

「よろしゅうございます。上州の十手持ち風情に東照宮様の霊廟の地を荒らさせるもんじゃありません」

「また会う折りもあろう」

「お達者で、夏目瑛二郎様」

第三話　血風黒塚宿

一

長雨をためた鬼怒《きぬ》川の流れは滔々《とうとう》と音を立てていた。

いつの間にか濃い秋の気配が下野一帯に忍び寄っている。

赤く燃えた日輪が夏目影二郎の背を染めた。すると鬼怒川も血の色に変わった。

懐からあかが顔をのぞかせて下ろせともだえる。

「まあ、待て」

ここは下野河内《かわち》村、対岸にはなにやら不気味な暗雲が漂っていた。

(さてどこから渡ったものか)

駕籠《かご》かきの掛け声が土手に響いた。

影二郎があかを土手の草むらに下ろした時、駕籠がかたわらに止まり、鳥追い姿のしず女が三味線を片手に転がり出てきた。

「旦那《だんな》、黙って発《た》つなんて薄情ですよ」

しず女は駕籠かきに一朱金を放り投げた。

「どうしておれの行方が分かった」

「七里の名主様と会われた後、急に宿を発たれたというのでね。勢左衛門様にお目にかかって聞いたのさ」

「おまえに追われる理由はないが」

「ひどい言いようだね」

しず女は帯の間から三角に結んだ文を出して河原に投げる振りをした。

「あっちこっちで若い娘をたぶらかして」

「……………」

「勢左衛門様に会って宿に戻ってみたらさ、日光の旅籠《はたご》に厄介になっている娘が旦那に会いたいと立っていたんだよ」

「みよが……」

「旦那はいないといったらがっくりしてね。会うことがあったらこの文をと託されたのさ。影二郎の旦那、礼ぐらい言ったって罰《ばち》はあたらないんじゃないかい」

しず女が文を渡した。

影二郎が結びをほどくとたどたどしい字があらわれた。

〈おさむらいさま、ほんじょうじゅくよりのしらせで、あらくまのおやぶんがおさむらいのあとをおって、たびにでたとのことです、きをつけてください、おさむらいさまとたびしたひびがなつかしいです　みよ〉

文面からみよの必死が伝わってきた。

「礼を言う」

「若い女からの付け文となると急に態度が変わるんだね」

「荒熊の千吉という二足のわらじがおれを捕縛するために旅に出たとな、知らせてきたのだ」

荒熊の背後には八州廻りの足木孫十郎がいると見たほうがいい。

「旦那も忙しいね」

しず女の口調に心配の情がこもっていた。

影二郎は赤く染まった急流を見た。

「しず女、渡しを知らぬか」

「渡し守はあたいらの仲間だよ」

しず女はそういうと下流に向かって歩きだした。ちょこちょことあかが追って走る。その足取りはだいぶしっかりしてきた。

しず女が案内したのは葦原《あしはら》に切りこんだ流れの淵に立つ小屋だ。煮炊きでもしているのか、葦で葺《ふ》いた屋根から煙がもれて夕闇に漂っていた。

「鶴吉《つるきち》じいさん、いるかい」

出てきたのは、汚れた褌《ふんどし》に半纏《はんてん》を着た老人だ。

「しず女か、泊まりかい」

目をしょぼつかせた老人は歯の抜けた口をふがふがさせた。

「連れがさ、向こう岸に渡りたいとさ。舟を出してくれないかい、渡し賃ははずむよ」

鶴吉と呼ばれた渡し守は影二郎を見た。

「お侍、今日はやめといた方がいい、向こう岸は物騒だ」

「なにが起こっておる」

「飛島《とびしま》の権三《ごんぞう》親分と岩桜《いわざくら》の下駄《げた》屋一家が河原で出入りするとかしないとかでえらい騒ぎだ」

「博徒の喧嘩《けんか》か」

しず女が影二郎に今晩はここに泊まるかいと目顔で聞いてきた。

「おまえはここに残れ」

「行くよ、あたいも」

しず女が慌てて言い、小粒《こつぶ》を鶴吉老人の手に握らせた。

鶴吉が葦の間に隠してあった舟のところに二人を案内した。

鶴吉と影二郎は流れの淵に舟を浮かべた。

兄弟を失った漂流を思い出したか、あかが悲しげに鳴いた。

影二郎はあかの頭を撫《な》でると舟に乗った。

しず女が舳先《へさき》に座った。

「この流れだ。だいぶ下流に着くことになる」

「喧嘩場は避けられるというもんだ」

鶴吉が竿《さお》を力強くつくと舟が急流に出た。竿が櫓《ろ》に替えられた。

濁った残光のなか、舟は矢のように流れる奔流にのった。巧みな櫓さばきで瀬を躱《かわ》し、波をよける。

影二郎が見るともなく行く手を見ると、どちらの側のかがり火か、明かりが葦の間にちらちらとした。

「鶴吉じいさん、忠治親分が鬼怒川を越えた噂《うわさ》は聞かないかい」

舳先からしず女が問う。

「渡りなすったよ」

鶴吉があっさりと答えた。急ぎ旅の流れ者が川越えする場所は限られていた。

「いつのことだい」

「二日前の夜中のことだ」

「忠治ひとりか」

影二郎の問いに、

「いや、蝮の幸助どん、桐生小僧の七五郎《しちごろう》どん、栗浜《くりはま》の半兵衛《はんべえ》どんと、三人の子分衆が従っておりなすった」

影二郎とはすでに赤城山で馴染《なじ》みの顔ばかり、いずれも国定一家を支える面々だ。

舟が波に叩《たた》かれて横にねじれ、しず女が悲鳴を上げた。だが鶴吉は巧みに舟を立て直した。

本流を越えた舟は、中洲と岸の間のゆるやかな流れに入っていった。

「どこいらあたりだい」

「石神《いしがみ》の渡しの下だよ。岸に上がれば高根沢《たかねざわ》の里だ」

影二郎は、岸辺に御用提灯《ごようぢょうちん》の明かりが浮かんだのを認めた。

法城寺佐常を抜いた。大薙刀《おおなぎなた》を鍛え直した先反《さきぞ》りの大刀を鶴吉に突きつける。

「なにすんだい、じいさんは仲間だよ」

しず女がわめいた。

「しず女、旦那はわしのためを思って抜き身にされたのじゃ」

鶴吉は影二郎の意図を悟っていた。

「二人してわけの分からないことを言うね」

「背中を見ねえ」

船頭の言葉にしず女が後ろを振り返った。河原に御用提灯が四つ五つ浮かんで、舟の着く岸に走り寄ってきた。

「ひやっ！」

しず女の悲鳴に、

「鶴吉、夜中の渡しはご法度《はっと》だぜ」

というどすの利《き》いた声が重なった。

「十手《じって》持ちの大金《おおがね》の治三郎《じさぶろう》親分が網を張ってやがる」

鶴吉じいさんが影二郎に囁《ささや》く。

どうやら国定一家渡河の情報を得て、待ちかまえていたらしい。

「おれたちを下ろしたら、すぐに対岸に戻るんだ」

鶴吉に指示すると影二郎は舟に立ち上がり、法城寺佐常の切っ先を鶴吉の胸に突きつけて見せた。

「親分さん、どうもこうもねえよ。この侍《さむれえ》がいきなり舟を出せ、と脅《おど》しやがったんで。こちとらも、日が落ちての渡しはご法度だと断ったんだが、だんびら突きつけられちゃそうそう断れるもんじゃねえよ」

鶴吉はなかなかの役者ぶりだ。

「じいさん、世話になったな」

影二郎が舟の舳先に片足をかけて岸に跳んだ。しず女も足を濡《ぬ》らしながら舟を下りた。

竿が差されて鶴吉の舟は戻っていった。

二人を半円にとり囲んだ捕り方は提灯を河原に置き、得物《えもの》を構えた。

「忠治の身内だな」

先ほどの声が尋ねた。問い掛ける言葉はゆったりとしている。

「冗談はよしてくれ。おれは旅の者だ。それに、この女は向こう岸でいっしょになったばかりだ」

影二郎は法城寺佐常を鞘《さや》に戻した。

「旅の者だと、在所はどこだ」

影二郎は提灯の明かりに浮かぶ大金一家を眺めた。

長十手、刺股《さすまた》、突棒《つくぼう》などを持った五名の子分、その輪の外に初老の親分と、夏羽織を着た中年の剣客が控えていた。

「生まれは江戸だが」

影二郎はのんびりと答えた。

「面をよおくおれっちに見せろい」

一文字笠が影二郎の両眼をわずかに隠していた。

「見せるほどの顔でもない」

大金の治三郎の声が険しく変わった。

「いけすかねえ野郎だぜ、女ともども代官所まで引っ立てろ」

子分の一人がいきなり長十手で影二郎の一文字笠を下からはね飛ばそうとした。

その場でくるりと影二郎の体が回転した。

首に巻いていた長合羽《ながかっぱ》の襟《えり》に手がかかり、引き落とすように回転させた。

両裾《りょうすそ》に縫い込まれた二十匁《もんめ》の銀玉が遠心力で浮かび上がり、夜空を飛ぶ大鷲《おおわし》が翼を広げたように裾が開いた。

「あっ！」

「なにをしやがる」

慌てふためく声が鎮《しず》まった時、長十手、刺股、突棒が長合羽の裾に絡めとられて河原に投げ出されていた。

影二郎は円弧を描いた長合羽を片手に引き寄せた。

「奇妙な手妻《てづま》を使う浪人者が関八州を流れているとの知らせがあったが、てめえだな」

影二郎の行動はどうやらお上の知るところらしい。

「先生」

大金の治三郎が無言で立つ剣客に声をかけた。

「うーむ」

小さく答えた剣客は手早く羽織を脱いだ。

それを見た影二郎は懐のあかをしず女に渡した。

「大金の親分、ものは相談だ、見逃してくれるわけにはいくまいか」

治三郎はそれには答えず、用心棒の剣客に命じた。

「先生、この野郎は油断がならねえ。手に負えねえとなりゃ叩《たた》っ斬ってかまわねえ」

刀の下げ緒で襷《たすき》をした剣客は影二郎に対面すると驚いたことに一礼した。

「念《ねん》流修行者、佐々木越後《ささきえちご》」

と名乗りを上げる。

念流の流祖が上坂半左衛門安久《うえさかはんざえもんやすひさ》ということしか、影二郎には知識がない。

「夏目影二郎」

影二郎も名乗った。

「佐々木どの、そなたにはなんの恨《うら》みつらみもござらん。無益な勝負は避けたいのじゃが」

「それがしには大金の親分に一宿一飯の恩義がござる」

佐々木が剣を抜いた。そしてゆっくりと右肩に担ぎ上げるように構えた。実践の剣法はどっしりとして、並々ならぬ手並みを予感させた。

影二郎は長合羽を手から滑らせ、足下に落とした。

再び二尺五寸三分の法城寺佐常を抜く。

厚みのある先反りの剣が提灯の明かりに異様に光る。

驚きの声が大金の子分たちからもれた。

影二郎は峰を返して正眼に構えた。

間合いは一間。

すでに生き死にの境に入っていた。

鬼怒川の河原の時が静止した。

五つの提灯が二人の戦いを照らしつけて緊迫を浮かび上がらせた。

二人の剣士は、無限とも思える戦いの時に身をゆだねていた。

影二郎は、ただ眼前の佐々木の心を観察することに集中した。

佐々木の右肩に構えた剣がゆっくりと天を目指して上がっていった。

影二郎の切っ先は微動だにしない。

両手が伸びきって切っ先が動きを止めた。

「え、えいっ！」

佐々木越後が前進してきた。

天を衝《つ》いた剣がなだれるように影二郎の左肩口に落ちてきた。

影二郎も姿勢を低くして走った。佐々木の右脇に飛びながら法城寺佐常を脇に振った。

佐々木の剣が影二郎の左肩口をかすめてかすかな痛みが腕に走った。

影二郎の切っ先は佐々木の小袖を斬っていた。

両雄は擦《す》れ違うと向き合った。

今度の方が間合いがわずかに広い。

佐々木は再び剣を肩に担ぐように構えた。

影二郎は切っ先を佐々木の腰骨あたりにつけ、刃を上に向けて構えた。

あかが、
くすん……

と鳴いた。

影二郎は鳴き声に重なるように出た。

佐々木は影二郎の首を断ち斬るように鋭く剣を振り下ろす。

影二郎は法城寺佐常を撥《は》ね上げた。

不動の佐々木越後。

突進する影二郎。

影二郎の体が横っ飛びに動いて、落ちてくる刃を紙一重で避けた。そして法城寺佐常の峰が体勢を落とした佐々木の脇腹を打った。

ぐえっ！

提灯の明かりに佐々木が崩れ落ちるのが見えた。

佐々木は前のめりに河原に突っ伏した。

「野郎、やりやがったな！」

大金の治三郎が狂気に満ちた声を上げた。

影二郎の佐常の切っ先が二足のわらじを履く治三郎の胸に伸び、

「これ以上のいざこざは無益だ」

と静かに争いの終結を命じた。影二郎の気迫に呑《の》まれた相手は動けない。

「しず女、行こうか」

影二郎は足先で長合羽を巻き上げると手に摑《つか》んだ。そして抜き身のまま、河原から遠ざかっていった。

二

月明かりの夜道を歩く影二郎としず女は、田舎道の三叉路《さんさろ》に小さな地蔵堂を見つけた。ほのかな明かりがこぼれている。鬼怒川の河原からすでに二里（約八キロ）は東にきていた。

「今夜はあそこに泊まるか」

しず女がほっと吐息をもらす。旅には慣れた鳥追いだがうんざりしていたらしい。

地蔵堂の扉を開けると明かりの主がいた。外に明かりが漏《も》れないように道中合羽で覆った男女の連れが肩を寄せ合い、怯《おび》えた顔で訪問者を見た。

「驚かしてすまぬ。行き暮れて地蔵堂の明かりが目に入った、朝まで同宿させてはくれまいか」

影二郎が女連れと分かると男はすこし安心したように明かりを覆っていた合羽を外した。

すると小さな灯心に若い二人の姿がはっきりと浮かんだ。

影二郎は、飢饉《ききん》に土地を捨て逃散《ちょうさん》する百姓と見た。

「ごめんなさいよ」

しず女が地蔵堂に上がりこみ、先客とは反対側の板壁に三味線を立て掛けた。

「あのう、足を洗われるなら地蔵堂のかたわらに小川が流れております」

男がおずおずと言った。

「それはありがたい」

影二郎は一文字笠と長合羽を三味線のそばにおいた。すると影二郎の懐からあかが顔を突き出して甘えて鳴いた。

男の背後に隠れていた女がびっくりした顔を突き出した。

「利根の河原で拾った犬でな」

影二郎は男に教えられた小川に下り、あかに小便をさせた。

月が流れに映ってほのかに明るい。

影二郎は肌脱ぎになると流れに濡らした手ぬぐいで体じゅうの汗と埃《ほこり》を拭《ぬぐ》った。岸辺に腰を下ろして足を洗い、手ですくった水をあかに飲ませた。

「あか、今夜は餌《えさ》はなしだぜ」

そう言い聞かせると地蔵堂に戻った。

「おまえも夜旅の汗を落としてくるとよい、すっきりする」

あいよ、と女房気取りで答えたしず女は、

「お二人は芳賀《はが》郡に行かれる道中なんですと」

と言い残し、地蔵堂から出ていった。

「どこから参られた」

あかを板の間に下ろした影二郎は聞いた。

「那須《なす》でございます」

「あちらも飢饉はひどいかな」

「この夏の長雨で稲は花穂をつけません。これで不作の年が三年続きます」

男も女も聡明な顔をしていた。

「芳賀郡に知り合いでもおるのか」

「いえ……」

としばらく返答を迷った男は、

「尊徳《そんとく》先生を頼ってまいるところです」

と語を継いだ。

「知り合いかな」

「いえ、尊徳先生は本名を二宮金次郎と申され、小田原藩の住人でございますよ」

忠治が会おうとしている人物だ。

「そなたたちは逃散者と思うたが、違うようだな」

違いますと首を振った男は、

「このままいけば、村は打ち毀し、一揆《いっき》に走ります。なんとしても村を立て直して騒ぎを鎮めねばなりません」

影二郎は相手を改めて見直した。

「そなたの名は」

「那須豊原の名主吉左衛門《きちざえもん》のせがれ俊吉《しゅんきち》、これは許婚《いいなずけ》のさとにございます」

「俊吉さんとおさとさんか。二宮どのは不作続きの村を明るくする手妻でも教えてくれるのかな」

「いえ、そのようなことがあるはずもございません。先生は三か村四千石の宇津様知行所を立て直すのに、文政六年（一八二三）から十三年の歳月をかけられたときいております」

四千石の知行所を立て直すだけで十三年の歳月がかかるという。日本じゅうに広がろうとする天保の大飢饉が復旧するにはどれほどの時間と労力を要するのか。

影二郎は勘定奉行の父、常磐豊後守秀信の努力も無駄に終わるような気がしてならなかった。

「そなたの村はそれまで待てるのか」

「とてもとても」

「それでも二宮どのを頼るのか」

「どこもが不作、飢饉にあえいでいる時、知行所の三か村は借財もなければ、逃散する百姓もいないと聞いております。尊徳先生の指導される報徳仕法がどのようなものか、私はみたい。それにすがろうと思います」

俊吉の言葉に迷いはない。

「二宮どのはどちらにお住まいかな」

「芳賀郡の桜町領内と聞いております」

しず女が戻ってきた。

「ああ、さっぱりした」

「しず女、行く先変更だ。明日は芳賀郡に下ってみよう」

「お侍さん方も尊徳先生に……」

俊吉が不安な顔をした。

「おれの用事は二宮どのに会いに行った人物だ」

俊吉の顔が訝《いぶか》しげに変わった。

「先生の下にはいろいろな方が教えを請いに行かれると聞いております。しかしながら幕府のお役人のなかには、先生の報徳仕法を嫌っておいでの方もいるとか」

「なぜ役人が、ご領地の復興に尽くされる二宮どのを嫌う」

「上州から野州《やしゅう》は遊び人の世界でございます。親分方やお役人のなかには、濁った水の方がやりやすいと考えられる方もございますそうな」

俊吉は二人に心を許したか、影二郎に向かってはっきりと言った。

「博徒や役人が二宮どのを狙《ねら》っておるのか」

「そのような噂も聞いております」

まるで天地が逆様、呆《あき》れた世の中だ。

しず女は背に負っていた道中嚢《のう》から広布を出して体にかけ、横になった。

「これもなにかの縁だ、芳賀郡まで同道させてくれ」

影二郎は俊吉に頼むと、たたみこんだ長合羽を枕にごろりと横になった。あかがかたわらに丸まった。

(忠治はなんのために二宮金次郎に会うのか)

自問半ばで眠りに落ちた。

旗本四千石宇津銀之助《ぎんのすけ》の知行所桜町領に入ると、風景ががらりと変わった。

行き交う村人たちの顔が明るく、影二郎たちに生き生きと挨拶《あいさつ》を送ってくる。

田圃《たんぼ》の実りが格別にいいわけではない。だが、そのことを憂えている風もない。畑には影二郎が初めて見る農作物が青々と葉を茂らせていた。

「これは馬鈴薯《ばれいしょ》でございますな、私もほんものを見るのは初めてです」

「馬鈴薯？」

「ええ、異国から渡来した芋でございますよ。寒さにも暑さにも強く、どんな荒れ地にも育つそうな。これがあれば米のない年も乗りこえられます」

俊吉は野良作業の百姓に馬鈴薯についていろいろと聞いている。

影二郎はあたりを見回した。

村道、畦道《あぜみち》がきれいに整備され、灌漑《かんがい》用水路にも雑草ひとつ生えてない。

「尊徳先生の屋敷はあちらですよ」

なにも聞かぬ先から、俊吉と話していた百姓が雑木林を指差した。

「二宮どのの下にはたくさんの訪問者があるとみえるな」

「それはもう……大名方の使者もあれば、他村の百姓衆も」

俊吉とさとは急に元気になって影二郎に聞いた。

「お侍さんはどうなされます」

「おれたちのような者が寄りつく場所ではないな。ここで別れよう」

「名残り惜しゅうございますが」

「また会う日もある」

俊吉とさとは勇躍、二宮金次郎の住まいのある林を目指して足を早めた。

「さてどうします」

しず女が影二郎の顔を見た。

「人にはそれぞれ似合いの場所がある。濁った澱《よど》みを探そう」

「こんな村にあるかしらねえ」

しず女は首を傾《かし》げた。

影二郎は俊吉と話していた百姓に飲み屋はないかと聞いた。

「遊び場かね、桜町にはねえよ。領外れに黒塚《くろづか》ちゅうところがあるがよ」

「遠いのか」

「たった一里（約四キロ）だ」

百姓は俊吉たちが歩いていったのとは反対の方角を指した。

宇津家の知行地を外れた途端、それは忽然《こつぜん》と現れた。街道と街道とが交差する、うらぶれた四辻《よつつじ》にめし屋や飲み屋がのれんをかかげ、曖昧宿《あいまいやど》の窓越しに白首《しろくび》の女たちが街道を見ている。桜町領内の整然としたたたずまいとは対照的に退廃のかげりを漂わせていた。

さすがにしず女を連れた影二郎に声をかけてくる女はいない。その代わり冷ややかなまなざしを投げかけてきた。

刻限は昼下がり、あやしげな宿場に足を止める旅人はいない。

白首に視線を向けたしず女の顔に暗い翳《かげ》が走った。

影二郎としず女は、馬方たちが昼酒を食らって丼にさいころを投げ入れているめし屋に入った。

二人は昨夜からなにも口にしていない。

「しず女、ここで待つことにしよう」

「なにをさ」

「それが分からん」

秀信には日光の経緯を書いて早飛脚で送ってある。なにか反応があるとしたらそちらからだ。

二人は馬方たちが騒ぐ縁台から遠い場所に腰を下ろした。真っ黒に日灼けした小女《こおんな》が注文をとりにきた。

「なにができる」

「鮎の塩焼き、野菜の煮付け、酢の物ぐれえだが」

「それは上々……」

しず女は鮎と酢の物を、影二郎は鮎と煮付けと酒を頼んだ。

「姐《ねえ》さん、すまないが、こいつにもなにか食べさせてくれまいか」

あかを懐から出した。

「鮎の骨を、麦飯に混ぜたものでどうかね」

「それでよい」

影二郎はあかを渡した。

「旦那のいう濁った澱みというのはここのことかい」

「水清ければ、居心地がわるいからな」

しず女が小さくうなずいた。

湯飲み茶碗が二つ添えられた酒が、小女によって運ばれてきた。

「お侍の犬はがっつきだね、茶碗まで食いそうな勢いだ」

「昨夜から餌を与えていないからな」

影二郎は二つの茶碗を酒で満たした。

影二郎もしず女も酒を口に含んだ。

「おい、侍《さむれえ》、おめえの犬か」

さいころ博奕《ばくち》に興じていた馬方の一人が二人のそばに来て、喚《わめ》いた。手にあかの首ねっこを摑んでぶらさげている。あかは苦しさに暴れた。

「なにか粗相をしたか」

「粗相？　おれの足に小便をしやがった」

「熊蔵《くまぞう》さん、犬を預かったのはあたいだ。がまんしておくれ」

小女が血相を変えて飛んできた。

「おめえの出る幕じゃねえ、すっこんでろ！」

小女の詫びを一蹴した熊蔵は、あかを振り回した。どうやら博奕に負けて、酒代でもたかろうという魂胆らしい。

「熊蔵、どうすればよい」

「熊蔵だと。てめえに呼び捨てにされる覚えはねえ。この子犬、叩っ殺してくれるわ」

血走った眼を見開き、あかを投げようとした熊蔵の顔に、しず女が茶碗の酒を下からあびせかけた。

「わあっ！」

あかを思わず手から放した。それを影二郎が受け取った。

「なにをしやがる、この女《あま》！」

「よしとくれ。おめえなんぞに女《あま》呼ばわりされる姐《あね》さんじゃないよ」

熊蔵がしず女に摑みかかろうとした。その股間《こかん》を影二郎の足が蹴《け》り上げた。

熊蔵は腰砕けに後退して街道に尻餅《しりもち》をついた。

「やりやがったな！」

成り行きを見ていた仲間たちが棒切れなどを手に立ち上がって、影二郎としず女の前に飛んできた。

影二郎が縁台から立ち上がろうとした時、

「八州様のお見廻りだ！」

という声が辻に響いた。

馬に乗った関東取締出役を真ん中に雇足軽、道案内と称する十手持ち、村役人といった十数人の一行が辻に姿を見せた。十手持ちの手下が騒ぎの場に駆け寄ると、

「何を騒いでやがる！」

と怒鳴りつけた。

「親分、こいつがおれの仲間を蹴り上げやがった。そんで仇《かたき》をとろうとしたところでさ」

陣笠、馬羽織に道中袴《ばかま》の八州廻りが馬からひらりと下りると、鞭《むち》を片手に騒ぎのめし屋に近付いてきた。馬方たちが怯えてその場に這いつくばった。

陣笠の下の顔が影二郎をじっくりと観察して言った。

「馬方ども、おまえらが束になっても敵《かな》う相手ではない。江戸はあさり河岸、鏡新明智流桃井春蔵道場の師範代をつとめていた男だ」

声に驚きをとどめた八州廻りが陣笠を脱いだ。

影二郎は、同門の兄弟子の八巻《やまき》初蔵の顔を仰ぎ見た。

「夏目瑛二郎、なつかしいのう」

「これは八巻様……」

「養子に行ってな、今では火野初蔵だ」

影二郎と八巻とは十四、五も歳が離れていた。入門したころ、数回竹刀《しない》を合わせただけだ。癖のある竹刀さばきで、影二郎は何度も羽目板に叩きつけられた記憶がある。

影二郎が桃井道場で頭角をあらわしはじめた頃には、もはや八巻は道場に姿を見せなかった。養子に入って火野と改名した八州廻りが影二郎のそばに寄ると潜《ひそ》み声で言った。

「夏目、そなたが十手持ちの聖天の仏七を殺したわけを知らぬではない。惚《ほ》れた吉原の女郎を仏七が騙《だま》してものにした……」

「…………」

「……人ひとりを殺したそなたには、八丈流罪の沙汰《さた》が決まった。それがなぜ関八州を流れているのか、おれにはとんと分からぬ」

会話を聞くことのできない八州廻りの手下たちは、息を潜めてその様子を眺めていた。

「火野様、桜町領に行かれるのですか」

影二郎も兄弟子だった八州廻りに小声で聞いた。

「国定忠治が同僚の数原由松を斬殺《ざんさつ》してこちらに逃げたという情報を得たのでな」

火野はふと思い当たったか、影二郎を睨《にら》んだ。

「利根の河原でも赤城山でも南蛮外衣に一本差しの流れ者が見かけられておる。どうやらそなたらしいな」

「……………」

「瑛二郎、今日は見逃す。だが次はないと思え」

火野初蔵は大声を発すると馬上に戻り、桜町領内へと消えていった。

三

その夜、影二郎としず女は、黒塚宿の外れにある百姓屋の納屋に泊まった。めし屋の小女に泊まり場所を尋ねると、父っつあんに相談してみべえと請け合い、納屋なら宿泊してよいと許しを得たのだ。土間の一部が板の間になっていた。そこにごろ寝をすることになった。

影二郎は寝る前にあかに小便をと外に連れ出した。

黒塚宿がほのかに明るい。

早くも空《から》っ風が土を巻き上げて吹きはじめていた。

あかの小便するかたわらで影二郎も裾《すそ》を捲《まく》った。

「お侍……」

闇の中から声がした。

影二郎は身構えた。

「おっと、危害を加えようってわけじゃねえ。おれはただの使い奴《やっこ》だ」

影二郎は小便を終えると裾を合わせた。

「おめえの誘いに乗って、親分は八州廻りの数原の旦那を叩っ斬った。今度はさ、おめえの手並みをじっくり見ようってんで、桜町の尊徳先生の住まいにな、ご招待だ」

「なにかあるのか」

「そいつはおめえの目で確かめてくれ」

「いつのことだ？」

「明後日の明けの七つ半（午前五時）」

「承知したと親分に伝えてくれ」

闇に潜む人の気配が遠のいた。

納屋に戻るとしず女が板の間で煙草を吸っていた。

「風が出た」

「これからの季節は、門付《かどづ》けにはきびしいよ」

「冬は江戸に戻るのか」

そうするつもりだけど、と答えたしず女が、

「旦那は?」

と問い返す。

「おれは江戸には戻れぬ身だ」

しず女が影二郎を有明行灯《ありあけあんどん》のほのかな明かりで透かし見た。

「あさり河岸の桃井様の道場の師範代といえば、大した腕前だ。女のあたいさえ知っているよ。それが女郎さんのために……」

しず女は火野との会話を聞きとったらしい。

「旦那に惚れられた女《ひと》がうらやましいよ」

「……」

「だってそうじゃないか。わが身のために命を張ってくれた男がいる、女冥利《みようり》に尽きるってもんだ」

「死んでしまっては……」

影二郎はごろりと板の間に横になった。

しず女はしばらくその姿を見ていたが、一つ溜《た》め息をついて行灯の明かりを消した。

雑木林に囲まれた二宮尊徳の住まいは名主屋敷のようだ。小田原藩では分家の旗本領に派

遣する尊徳に五石二人扶持、名主格を与えた。その座敷四間をぶちぬいた広間に大勢の人があふれて、尊徳の報徳仕法の講義を熱心に聞いている。

忠治の使いの伝言を受けた翌日のこと、影二郎は無紋の着流しに法城寺佐常を落とし差しにした姿で桜町に戻った。

影二郎は庭石に腰掛けて、尊徳の説く話に耳をそばだてる。

徳川幕府の開設から二百三十余年がたち、野州の大名領、旗本領は疲弊にあえいでいた。天候不順による不作、飢饉も影響していたが、四公六民、あるいは五公五民といった納税の仕組みがもはや機能しなくなっていた。

江戸にある旗本たちは、家計の苦しさに土地の豪商や豪農を金主に立てる『勝手賄《まかな》い仕法』を採用した。

この方法は、旗本家の家計資金を優先的に支給するために領内の百姓に年貢の先納を命じた上で、それを抵当に、金主に金の運用をまかせるという方法であった。これでは反対に高利の負担をかかえることになり、領民に負担として重くのしかかった。

農民は生産意欲を欠き、旗本はただ知行の先借りをして暮らしをしのぐ、それが『勝手賄い仕法』である。

尊徳はこの悪循環を絶たねばならないと日本じゅうから集まってきた人々に説く。

「藩の財政なり、家政なりを一夜で解決する特効薬は、ない、ありません……」

聞いている人々の間から溜め息がもれた。そんな人々のなかに那須からやってきた俊吉とさとの姿もあった。

「ひたすら領主と領民が理解しあい、信頼しあってこそ、財政は改善される。そのためには、最低十年の歳月を必要とする。よいですか、まず過去十年の年貢収穫を書き出して、その平均を知ることから報徳仕法は始まる……」

座敷を埋め尽くした人々が手元の帳面に尊徳の話を書きとめる。

影二郎は、そのなかにただひっそりと耳だけを傾けている男を見つけた。

上州は佐位郡国定村の長岡忠治郎こと国定忠治だ。忠治は故郷上州に報徳仕法を持ち込もうと考えたのか？

「……農民は十年来収穫した平均ならさほどの無理もなく上納できる。この年貢水準を割り出して『分度』とし、これを基礎にして収入と支出を組み立てる。よいか、大名家、旗本家のご用人どの、この枠内で厳格にご主人方の暮らしを立てていただく。この倹約がまず最初の一歩でござる。農民たちに『分度』の範囲内での上納を守らせる……」

忠治は顔をひたっと尊徳に向けて話を聞いている。

「しかしながらこの定免法《じょうめん》による上納だけでは、ことは解決しない。ここからが肝心じゃ、まず領地内の荒れ地の開墾《かいこん》、新田《しんでん》開発に力を注ぐ……」

「尊徳先生、そげんことはじいさんの代からやり尽くしましたじゃ」

二宮は一座の百姓の反論にうんうんとうなずいた。

「その荒れ地開墾、新田開発はこれまでもやられた。だが、その新田は早速年貢米のなかに組み入れられていった、そうじゃな」

「へい、そのとおりで」

「まだ収穫が安定せぬ新田に旧田なみの租税をかけられたのでは農民もたまるまい、負担が増えるばかりじゃ。そこで新しい耕地には鍬下年季《くわしたねんき》をもうけて、十分に時間的な猶予をあたえた後に年貢収納地に加えていく」

「それならええ、鍬下年季は何年じゃ」

「それはその土地その土地の地味によって異なる。まあ、目安は五年から十年」

「ならできべえ、先生」

「さらに農民への貸付金には利息はつけない」

嘆声と喚声が交錯した。一座には立場が異なる人たちが同席していたからだ。

「じゃが、農民にも応分の負担は強いられるぞ。新しい耕地からの収入の一部を報徳冥加《みようが》金として上納する……」

「それならこれまでといっしょじゃ」

反対の声が農民から上がった。

「いや、違う。報徳冥加金は領主側の歳入とはせず、報徳金としてその地の名主なり、庄屋など世話役が管理して、次の荒れ地開墾などの費用にあてる……」

「……これはよい」

一座がざわめいた。

頭を抱えているのは大名家や旗本の用人たちだ。

士農工商、明確な身分制度のなかで生きてきた武家にも農民といっしょの立場に立てと説く報徳仕法の考えを、危険なものと考える大名や旗本がいると影二郎は思った。

「さて開墾した荒れ地になにを植え付けるか、江戸においてこの九月に新しい書物が出版される。高野《たかの》長英《ちょうえい》先生が書かれた『勧農備荒二物考《かんのうびこうにぶっこう》』というご本でな、それがしは先年高野先生より、その草稿を見せられたことがある。この書物では、飢饉に備えて、そばと馬鈴薯の植え付けを奨励されておられる。それらの作物はこの桜町の畑ですでに栽培されておるから、午後にでも見てもらう……」

影二郎は、立ち上がると尊徳の敷地から外に出た。


黒塚宿に戻るとしず女があかを抱いて、めし屋の縁台に座っていた。

「朝早くからどこへ行ったんだよ、腹が減ったよ」

「先に食べておればよいものを」

隣の飲み屋では他国者《よそ》と思える武士や浪人者がちびちびと酒を飲んでいた。いや、めし屋の奥の土間にも風体《ふうてい》の怪しい流れ者がいた。

「お侍さん、納屋じゃ寝れなかったか」

「いや、よく眠った。ちょいと用事があってな、桜町領に行ってきた」

「そうかい。今日の菜は、こんにゃくと油揚げの煮物、みそ汁に漬物ぐれえしかねえがね」

「十分じゃ」

「酒はどうする」

「夜まで待とう」

しず女と影二郎は、黒塚宿を見渡すめし屋で朝昼兼用のめしを食べはじめた。

「あやつらが集まりはじめたのはいつからだ」

「昼前からかね、宿の内外に二十人はいるかもしれないね」

「通りすがりの者たちとも思えぬな」

「仕事があるってんで集められたそうだよ、出入りの助っ人かな」

しず女は声を潜めた。

「あいつらは支度金が三両になるとか五両になるとか、おだを上げて前祝いの酒を飲んでるのさ」

「だれに扇動されて集められたか、それが問題だな」

「あいつらは知りはしないよ。そのうち奴らの雇主が姿を見せそうな気配だがね」

「ならばその御仁に尋ねてみようか」

影二郎は箸《はし》の先につまんだこんにゃくを口に放りこんだ。

その夜、黒塚宿で一番大きな女郎屋の朝霧屋の二階に、たむろしていた浪人者や博徒たちが呼び集められた。その数、およそ五十名……着流し姿の影二郎も混じっていた。

時刻は五つ半（夜九時）過ぎ、仕事を求めてやってきた男たちは座に酒が出てないことに不満を言いはじめた。

「おれはよ、昨日まで鬼怒川の喧嘩場で岩桜の下駄屋の助っ人に加わっていた。あそこじゃ酒は飲み放題、出入りの前は女もあてがわれたぜ」

「おれは敵方の飛島の権三一家にわらじを脱いでいたがな、酒はあったが女はなしだ」

「そんなあんべえだからよ、出入りに負けたんだ」

鬼怒川の出入りから流れてきた男たちが言い合っていると、隣座敷の襖《ふすま》ががらりと開いた。だが、明かりはない。暗がりのなかに数人の武士が正座しているのが、おぼろげに見えるだけだ。

「おのおの方、待たせたな」

闇のなかから武家らしい声が横柄に響いた。

「そなたらの腕を借りるのは明早朝、日当として一人一両……」

「なんだと！　えらくみみっちいぜ」

「道中賃にもならん」

不平不満が上がった。

「ならばいますぐ退散するがよい！」

闇の声が傲慢《ごうまん》にも言い放った。

腹を空かせた流れ者たちだ。だれ一人として立ち去る気概を見せた者はいない。

「仕事はわずか半刻《はんとき》（一時間）、難しいものではない」

「出入りの相手はだれじゃ」

「桜町領において農民らを扇動せんとたくらむ二宮金次郎を討つ。それだけのことだ」

「なにっ！　尊徳先生を」

「寝覚めが悪いぜ」

ががやがやと文句は言ったが、だれも立つ気配は見せなかった。

「だれでもよい。二宮を斬殺した者には五両の報償金をとらす」

一座に喚声が上がった。

「八つ（午前二時）の出発までこの座敷で過ごしてもらう。酒は後ほど運ばせる」

正体を見せない雇主は、忠治一家に先んじて夜襲をかけるつもりのようだ。

「女はどうでえ」

「図に乗るでない」

闇の声はぴしりと言い放った。

「日当はどうなる」

「出立《しゅったつ》の折りに渡す、よいな」

襖が閉じられた。

「わざわざ鬼怒川から来るほどの仕事じゃないぜ」

「まあ、わいわい騒いでいれば一両にはなるんだ」

「酒を持ってこい！」

女郎屋の男衆が徳利と茶碗、焼きするめなどを運んできた。

「おい、こっちが先だ」

「徳利を回せ」

男たちの手に酒が配られ、喉を鳴らしてようやく座が落ち着いた。

「おめえさんはどこから来なすった」

下駄屋一家の助っ人にいたというやくざが影二郎に話しかけた。

「上州じゃ」

「上州？　忠治親分を知っているか」

「赤城山に籠っていた。だが八州廻りに追われてこのざまだ」

影二郎はでたらめを答えた。

「浪人さんは忠治親分の身内かえ」

相手は尊敬のまなざしで影二郎を見た。

「なんといっても忠治親分はおれたちの神様だ。八州廻りなど目じゃねえぜ」

「野州に親分が潜んでいると聞いて後を追ってきた」

「おれも聞いたぜ」

二人の会話を聞いていた飛島の権三一家にいたという博徒が割って入り、

「おい、おれたちの雇主はだれだ」

と聞いてきた。

「だれだってかまうことはねえ、金さえくれりゃな」

「忠治親分が尊徳先生の下におられるという噂が流れておる。おれたち忠治一家とかまされるんじゃねえか」

「一両なんて端《はし》た金で忠治親分に盾突けるか」

「おれもこまるぞ」

と下駄屋の助っ人と影二郎が口々に言った。

「よし、おれが確かめてくる」

「やめておけ」

「なあに掛け合うだけだ」

岩桜の下駄屋一家の助っ人だったという男は長脇差《ながわきざし》を手に仲間たちを掻《か》き分け、女郎屋の廊下に出ていった。

影二郎は手近にあった徳利を摑み、飛島一家にいたという男の茶碗を満たした。すまねえ、と言った相手は、

「どうも気にいらねえ」

「なにがだ」

「奴らの口振りよ。あれじゃまるで役人の口調だぜ」

不審をかぎつけた男がさらに言った。

「なんでも大田原藩では尊徳先生の報徳仕法によ、百姓衆が熱を入れるのに反対じゃそうな」

大田原勝清《かつきよ》の支配する大田原藩一万一千石は、那須領を中心に塩谷《しおや》領、そして芳賀郡と、飛地《とびち》に分かれていた。

「するとわれらの雇主は、大田原藩か」

影二郎の問いに相手は首をひねった。

「いや、大名家の家来じゃこんな荒事はできねえ」

影二郎もそう考えた。

大田原藩は一万一千石。二宮尊徳を派遣した相州《そうしゅう》小田原藩は十一万石、家格が違う。小田原藩との諍《いさか》いを避けるために正体を明かそうとしない武士たちは、汚れ仕事を流れ者にさせようというのか。

「あいつ、戻ってくるのが遅くはないか」

不安げな顔をした流れ者のやくざが首をすくめた。

「そうだな、おれが小便がてら様子を見てこよう」

影二郎は法城寺佐常を手に廊下に出た。するといきなり、

「どこに行く」

と侍に怒鳴られた。座敷の助っ人たちの行動を監視しているらしい。

「厠《かわや》だ」

「廊下の突きあたりじゃ。階下に下りてはならん」

影二郎は酔った振りをしてふらふらと厠の扉を開けた。すると外から空っ風の音に混じって悲鳴が漏れてきた。厠の板戸を細く引くと月明かりに裏庭の一部が見える。

三人の男たちが地べたに横たわる男を見ていた。

転がっているのは、先ほどまで影二郎の隣にいたやくざ者だ。

「いらぬ詮索はせんことだ」

痛めつけられたやくざ者は、それでも立ち上がろうとした。

「てめえら、仲間に言いつけてやる。そんな勝手があってたまるか」

やくざは最後の強がりを吐いた。

皺文章《ひきはだ》の柄袋を一人の武士がとると、その腰が気配もなく沈んだ。

とおっ！

静かな気合いが漏れ、剣が闇に一閃した。

やくざの喉首から血しぶきが上がって、横倒しに倒れた。

影二郎は久し振りにその男の手並みを見た。

「いつまで厠に入っておる」

座敷を見張っていた侍が厠の戸を叩く。

「小便がなかなか出なくてな」

影二郎は扉を引くと同時に法城寺佐常の柄頭《つかがしら》を厠の前に立つ侍の鳩尾《みぞおち》にたたき込んだ。

くたっと崩れる侍を厠に引き入れた。

廊下の雨戸を薄く引き、屋根に忍び出る。

青い月に雲がかかり、宿場に冷たい風が吹き抜けていた。

影二郎は、女郎屋の屋根を伝うと桜町領に向かう街道に飛び下りた。そして月夜の道を、昼間訪ねた二宮尊徳の住まいに向かって歩き出した。

四

影二郎は雑木林の一角から、一両の日当で二宮尊徳の斬殺を請け負った浪人者や渡世人《やくざ》たちが二宮屋敷に接近する様子を眺めていた。

うすい月が西の空にかかっている。

風は熄《や》み、静かな夜明け前だ。

二宮の住まいはそのことに気付いた様子もなく、ひっそりと眠りについていた。

どこかで犬が遠吠えをした。

接近する影が動きを止めて、あたりをうかがう。

およそ二刻《ふたとき》（四時間）も前、桜町知行所に到着した影二郎は、黒塚からの道中、用意してきた小石にくるんだ文を二宮屋敷に放りこんだ。だが、屋敷のなかにさして変化が起こる様子はない。

次の手立てをと影二郎が考えたとき、屋敷から影が三つ四つと闇にまぎれて消えた。どうやら影二郎の意は達したようだ。

雇われた殺し屋の集団が再び動き出した。その行動にはまったく統一性がない。

影二郎がみるところ、雇主たちが加わっているようには見えない。

ふと襲撃者たちの群れを監視する気配を影二郎は感じた。群れの外に本物の襲撃部隊が潜んでいる。

影二郎はかすかな月明かりを透かした。どうやら二宮屋敷の雑木林に隣接した栗林のなかと見た。

八州廻りの火野初蔵に指揮された手下《てか》たちと、大田原藩の家臣からなる攻撃部隊であろう。

栗林から火矢が放たれ、夜空に弧を描くと二宮屋敷の雨戸に突き刺さった。

それが浪人や渡世人たちの攻撃の合図となった。

わあっ！

行くぞ！

空元気の叫びを上げた一団が屋敷の敷地に突っ込み、先頭の男が掛け矢を振るって雨戸を叩き破ろうとした。すると一斉に内部から雨戸が開け放たれ、強盗提灯が庭に向かって照射された。

「なんでえなんでえ！」

襲撃のやくざたちが立ちすくむ。

「深夜に徒党を組んで押し寄せるとは何者でございますな」

二宮尊徳に私淑する名主が凛然《りんぜん》と叱咤《しった》した。

その周りを決然とした面持ちの男女が囲んでいた。

「待ち伏せてやがる！」

攻撃の烏合《うごう》の衆に動揺が起こった。なかには逃げ出そうとする者もいる。

雇われ者たちの攻撃は失敗に終わろうとしていた。

「待て！」

栗林から新たな襲撃部隊が姿を見せた。

「関所破りの忠治一家の者ども、神妙にいたせ！」

陣笠をかぶった八州廻りの火野初蔵が馬上から鞭を振るって下知《げち》した。

突棒、刺股、長十手の一行には無言の武士たちが従っていた。忠治一家捕縛の混乱の最中に二宮尊徳を斬殺しようという大田原藩の家臣たちだ。

整然と輪を縮める八州廻りと大田原藩の連合軍は、逃げ去ろうとする雇われ者の渡世人や浪人たちに、

「日当分の仕事をせえ！」

「逃げ出す者は叩っ斬る！」

と脅迫した。

「八州様とも思えない乱暴な取締り、ここには忠治一家どころか渡世の衆は一人もおりませんぞ」

再び名主の声が響いた。

大田原藩の意向を受けて八州廻りの火野初蔵が絵図面を描いた、酷薄な計算を影二郎は読んでいた。

事件を終結させた後、二宮尊徳暗殺は雇われ者たちの仕業にすればよい。そのために黒塚宿の女郎屋に集めて騒がせ、烏合の衆を二宮屋敷攻撃の先陣として突入させたのだ。

そこで影二郎は尊徳の屋敷に投げ文を投げ入れた。

尊徳らは影二郎の忠告に従い、忠治一家をすでに外に出していた。

出入りや喧嘩を渡り歩く博徒や浪人者たちは、すばやく身の処遇を考えた。

「嘘《うそ》を申すでない、すでに探索はついておる。皆の者、一人残らず引っ捕らえよ。抵抗する者は斬り捨ててかまわん」

火野の無情な命令が響き渡った。

渡世人、浪人者が鉄砲玉として突っ込もうという寸前、それは起こった。

二宮屋敷の周りの畑に無数の松明《たいまつ》がともされた。松明を手にする桜町領内の百姓衆が口々に叫んだ。

「尊徳先生は無事かね」

「なんの騒ぎじゃ」

「われらは、旗本四千石宇津銀之助様の領民じゃ」

屋敷の内外は真昼のような明るさに変わった。

さすが八州廻り火野初蔵でも大勢の領民の前での殺戮《さつりく》はできない。形勢が変わった、そのことを敏感に察した火野は馬首を巡らした。

そして影二郎も立ち上がった。


四半刻（三十分）後、影二郎は、夜明けの黒塚宿に戻った。

空っ風が砂塵を巻いて辻を吹き抜けていく。

宿は深い眠りの中にある。

影二郎がしず女の待つ納屋に戻りかけたとき、行く手に大小ふたつの影があらわれた。

馬に乗った火野初蔵の手に綱が持たれ、女が胸高に括《くく》られて引かれていた。

「しず女！」

影二郎の声にしず女が顔を上げた。

「旦那！」

影二郎に向かって走り寄ろうとするしず女の体を、火野は片手で引き戻した。その反動で両足を高く上げ、裾を乱して路上に叩きつけられた。

影二郎と火野らの距離は、二十余間と離れている。

「火野様、女を放していただきましょうか」

「瑛二郎、そなたしだいだ」

「そなたが関八州をさすらう狙いはなんだ。だれの指図で動いておる」

「……」

「言えんか。そなたはわざわざ赤城山まで上がって足木孫十郎の襲撃に居合わせた。さらには忠治と数原由松をかませて忠治に数原を殺させた……すべてはおれの推測だが、そう見当はずれでもあるまい」

「火野様、まずは女を放してもらいましょう。その後、それがしがなぜ関八州をさすらうのか、ことの真相を話しましょうに」

火野は綱を引いてしず女を立たせた。

「鳥追い、そなたは自由の身じゃ」

しず女は火野を振り仰いだ。

火野が綱を宙に投げた。

しず女はくるりと顔を影二郎に向け、縛られた綱を引きずりながら走り出した。

影二郎は、火野の出方が読めなかった。

しず女は影二郎と火野が対峙する真ん中に差し掛かった。

突然、火野が鐙《あぶみ》を蹴って馬を突進させた。

「しず女、地面に伏せよ！」

影二郎は叫ぶと、しず女に向かって走った。

火野初蔵は、片手手綱で馬を全力疾走に移し、剣を抜いた。

「それっ!」

走る影二郎の目には、火野が馬から半身を乗り出すようにしてしず女に迫る姿が映った。

「しず女、地面に突っ伏せろ!」

が、恐怖に駆られたしず女は影二郎に向かって走りを止めなかった。

火野は体がさらに横倒しになり、剣が朝まだきの辻に一閃《いっせん》した。

「しず女……」

火野の振るった剣は、しず女のうなじから頸動脈をなで斬った。

血が帯状に弧を描いて飛び散り、しず女が影二郎の眼前で足を乱すと、顔から辻に突っ転んでいった。

影二郎のかたわらを疾風のように火野の馬が駆け抜ける。

しず女の体に飛びついた影二郎は、手で傷口を塞《ふさ》いだ。

「しず女……」

「……旦那」

わずかな日々、旅をともにした男女が見つめ合った。

「死ぬな、しず女」

手の間から血が噴き出し、しず女の命がこぼれていく。

荒い呼吸が弱まり、顔色がみるみる青く変わった。

しず女は懐をまさぐると三味線のばちを出し、影二郎に渡した。

「萌様のように……」

しず女の顔ががっくりと影二郎の腕からこぼれ落ちた。

影二郎はしず女の体を横たえ、立ち上がった。

馬のいななきが宿場に響いた。

火野が馬を捨て、路上に立っていた。

夏目影二郎はしず女のばちを帯に差しこむと、かつての兄弟子のそばへと歩いていった。

火野もまた影二郎に向かって歩を進めた。

「金儲けの口をふいにしたそなたは許せん」

鏡新明智流桃井道場の兄弟弟子は、三間の間合いで歩みを止めた。

「火野様、関東取締出役の本来の任務とはなんでございますかな。昨夜は無残にも渡世人を殺し、今またしず女を斬殺した。あなたの体には死臭が染みついておりまする」

「われらには現場裁量の、生殺与奪《せいさつよだつ》の権限が付与されておるのだ」

「勝手な解釈を……大田原藩の家臣どもと結託して、疲弊した村落の改善を図られる二宮どのの暗殺を図ろうとするは、あなた様の任にあらず」

「言うな、二十五両五人扶持の気持ちが分かるか」

火野が鋭く叫ぶと、血に濡れた剣をゆっくりと斜に構えた。

「夏目、そなたは何者じゃ」

影二郎は、それには答えず、

「しず女の敵、その命、夏目影二郎がもらいうけた」

「若造が」

影二郎は、法城寺佐常二尺五寸三分を抜き放った。

火野が右脇構えのまま、右へ右へと円を描くように移動を始めた。

影二郎はその場を動かず、剣を正眼にとった。そして左足を基点に右の足をずらしながら、火野の動きに合わせた。

一陣の風が舞ってうらぶれた宿場を吹き抜ける。

影二郎は両眼を細めて砂塵が眼に入るのを防ごうとした。

火野が動いたのはその瞬間だ。

影二郎の右手に飛ぶとみせかけて左に入りながら、斜に構えた剣を影二郎の首筋に伸ばした。しなやかな動きで切っ先が伸びてきた。

影二郎は逃げなかった。弧を描いて襲いくる剣の内側に入りこむと、火野の額に面打ちを振るった。それを火野は上体だけねじって躱《かわ》した。

二つの剣が空を斬って、擦れ違った。

両者はくるりと回転して向き直った。

間合いは一間。

火野の剣は上段に差し上げられた。

影二郎は、長身を縮めて法城寺佐常を下段につけた。

子犬の鳴き声がした。あかだ。

影二郎の視線が彷徨《さまよ》った。

火野の背後、戦いの場から遠く離れてあかの姿がちらちらした。あかは主人を見つけたのか、走り寄ってくる。

(あか、来るでない)

影二郎はそう願いながら、注意を火野に戻した。

「道場の羽目板の味をそろそろ思い出してもらおうか」

火野の上段が正眼に下がりながら突進してきた。

影二郎はさらに姿勢を沈め、伸ばした。地すれすれに下りていた法城寺佐常が円弧を描いて伸び上がった。

二つの剣が中空でからんで火花を散らした。

影二郎の佐常は火野の剣をはね飛ばすように朝空へと駆け上がり、反転した。

火野の剣は重い刃に飛ばされながらも横に滑ってくるりと向きを変えた。

火野の刃が、伸びきった影二郎の胴を薙《な》いだ。

火野の剣は、しず女がくれたばちを小気味よい音を立てて両断すると帯に食い込んだ。

影二郎の法城寺佐常は火野の首筋をとらえた。

身幅の広い、重ねの厚い豪壮な佐常の刃は、火野の肩口から胸を深々と袈裟に斬り割った。

影二郎がよろめく足下にあかが飛びついてきた。

「あか……」

火野初蔵は剣を構えて立っていた。

「瑛二郎、さすがにあさり河岸の師範代を務めた腕前だ、褒《ほ》めてとらす」

「八巻様……」

旧名で呼んだ。

火野の切っ先が徐々に下がり始め、腕から剣がこぼれると口から血が噴き出した。

「瑛二郎、八州廻りをなめるでないぞ……」

朽木《くちぎ》が倒れるように火野初蔵が倒れた。

影二郎はあかを抱いて懐に入れると、しず女の倒れている場所によろめいていった。その跡に血がぼたぼた垂れて染める。

影二郎はしず女の亡骸《なきがら》を必死の思いで肩に担ぎ上げた。

（遠くへ、少しでも遠くに逃れ、しず女の菩提を弔《とむろ》うてもらうのだ……）

そう考えながら影二郎は黒塚宿から益子《ましこ》へと向かって歩き続けた。


影二郎は益子宿の北の外れにある円通寺で怪我の治療をしながら二か月を過ごした。

あかを従えた影二郎が再び寺門に立ったのは、野州に本格的な木枯らしが吹き始めた初冬の季節だ。

「御坊、世話になった」

「なんのなんの、これが坊主の務めじゃて」

老住職の円海《えんかい》和尚は、怪我を負いながらも女の死骸を担ぎこんだ影二郎を黙って匿《かくま》い、しず女の弔いまで出してくれた。鳥追いのしず女は、円通寺の墓地に三味線と火野の一撃に両断されたばちとともに眠っている。

「どこへ行きなさる」

転がりこんできた直後、寺男に笠間《かさま》の流れ宿まで文を届けさせた影二郎に、円海は聞いた。

秀信への密書は笠間から江戸鳥越の弾左衛門の役宅へ、さらに勘定奉行の常磐豊後守秀信へと届けられた。桜町知行所の紛争と火野初蔵との戦いの結末を詳しく書いた報告であった。

その返書が十日余り前、江戸の秀信より届いていた。

「海を見たくなりましてな」

筑波山を眺めた円海は、

「きびしい季節に旅はしんどい。かといって引き止めても無駄であろう。達者で行かれよ」

「さらばでございます」

あかはもはや自分の足で歩けるまでに成長していた。みよが作ってくれた赤い首輪が窮屈なほどだ。

関八州を流れる影二郎とあかの漂泊は、再び常陸国に向かって始まった。

第四話　八州殺し

一

首に紅絹《もみ》を巻き、南蛮外衣とも呼ばれる、黒羅紗長合羽《くろらしゃながかっぱ》の立襟《たてえり》をきつく合わせた。

一文字笠の下、無精髭《ひげ》の顔を叩《たた》く横殴《よこなぐ》りの雪が、首筋から容赦《ようしゃ》なく入りこむ。身に巻きつけた長合羽の下は無紋の着流し。雪駄《せった》を履いた足先の感覚はすでにない。

ここは常陸の国を太平洋に向かって流れる那珂《なか》川土手。

影二郎とあかは海に向かっていた。

天保七年（一八三六）もあと残りわずか。

影二郎は、関東取締出役もご三家水戸《みと》藩の城下の巡察は遠慮するという領内を北に迂回《うかい》して、那珂川の河原に出ると、右岸を河口に向かってひたすら下る。

河原に生えた葦《あし》は、立ち枯れて雪を被《かぶ》っていた。

時刻は七つ半（午後五時）前というのに暗い。雪明かりがただ一つの頼りだ。

「あか、大丈夫か」

近ごろとみに四肢《しし》が逞《たくま》しくなったあかは、二寸（約六センチ）ばかり積もった雪道をしっかりした足取りで影二郎の後になり先になりして従っている。

「河口に出れば、漁師小屋などあろう」

益子宿外れの円通寺に届けられた秀信の手紙には、影二郎の判断を支持する言葉とともに、とある危惧《きぐ》が記されてあった。

〈……瑛二郎、日光にてそちが察知致せし家斉様社参の一件、幕府の秘事中の秘事にて、それが巷間《こうかん》に流布《るふ》するは公儀の威光廃《すた》れ、綱紀乱れし証拠にて候。老中本荘伯耆守様は将軍家社参を幕府威信回復の手立てとして推進しておられる様子なれど、事は拙速に過ぎ、その入費《にゅうひ》の当てとてなきは嘆かわしき事にて候。国定忠治なる博徒が社参の折の家斉様暗殺を図るなどという風聞こそ、余が恐れるものにて、老中水野越前守忠邦《みずのえちぜんのかみただくに》様らは博徒風情《ふぜい》が将軍家に刃を向けるなど笑止千万と歯牙《しが》にもかけられぬご様子なれど、世情の乱れは関東を流浪する浪人者、遊侠《ゆうきょう》の輩《やから》の多さが証明致しおりし候事、明白なり。また取り締まるべき関東取締出役の腐敗はそなたが見聞した通りにて、余の心痛きばかりか頭の痛き事にて候。

瑛二郎、忠治の家斉様暗殺の企て、早急に探索し、忠治と結託せし八州廻りを突き止めれん事、改めて厳命致し候。家斉様の日光社参は内々にて諸大名家に通達されおり、日光社

参の四月までもはや旬日の猶予《ゆうよ》もなきものと心得……〉

と影二郎に嘆息に満ちた書簡を送ってきた。

さらに赤城山を追われた忠治一家の主《おも》だった者が笠間領内に潜入した形跡があり、探索に八州廻り尾坂孔内を向かわせたという情報を伝えてきた。

影二郎は笠間の流れ宿《ぐ》に滞在して探索を始めた。

江戸より二十八里（約百十二キロ）の笠間は牧野日向守《まきのひゅうがのかみ》様八万石のご城下、佐白山に築かれた山城の笠間城は、赤穂《あこう》へ移封前の浅野《あさの》家が支配していたこともあった。

石高《こくだか》は八万石ながら武芸熱心な城下として知られ、影二郎が見ただけでも唯心一刀《ゆいしんいっとう》流、示現《じげん》流の看板を上げた道場から熱心な稽古《けいこ》の声が聞こえてきた。

また創建白雉《はくち》二年（六五一）、宇迦之御魂《うかのみたま》神を御祭神とする笠間稲荷《いなり》は、京都の伏見《ふしみ》稲荷、九州の祐徳《ゆうとく》稲荷とともに日本三大稲荷として称され、五穀豊穣、商売繁盛、除災招福に効験ありとして関東一円から参詣する人々が多い。

参詣客の懐をあてに門前町を牛耳っているのが博徒の親分、稲森《いなもり》の征吉《せいきち》だ。

影二郎は稲森の縄張りうちに忠治潜入の痕跡を追ったが、忠治一家も八州廻りの尾坂孔内が出張《でば》っている様子もない。

無益な日々が流れ、影二郎は那珂湊《みなと》で大きな出入りがあるという話を聞き込んだ。

那珂湊を古くから縄張りにしてきた阿字ケ浦《あじがうら》の木兵衛《きへえ》一家と磯浜から稼《かせ》ぎ場を広げようと

那珂湊に乗りこんだ荒天《こうてん》の猪平《いへい》がぶつかり合うというのだ。

笠間にいた流れ者たちは稼ぎを求めて那珂川を下った。

それでも影二郎は秀信の情報を信じて笠間に滞在していた。

腰を上げたのは阿字ケ浦一家に忠治の残党が加わっているという噂《うわさ》を聞いたからだ。

情報をもたらしたのは、那珂川を上がってきた御幣《ごへい》売りだ。

忠治一家が那珂湊にいるとするならば、八州廻りの尾坂孔内も当然その近くにいると見たほうがいい。


叩きつけるような風雪に潮の香りが混じった。

さらに視界が閉ざされる。

あかの眉毛《まゆげ》に積もった雪が凍った。

このままでは凍死してしまう。どこかに避難所をと影二郎が目をこらした時、吹雪の向こうに明かりがちらちらした。

「あか、助かったぞ」

明かりに勇気づけられた影二郎とあかは、感覚のなくなった足を強引に動かした。

一瞬、とぎれた雪の向こうに白い波が見えた。

荒らぶる海、冬の太平洋だ。

明かりの漏《も》れる小屋はどうやら漁師の網小屋らしい。近付いてみるとなかなか大きな造りだった。

板戸を肩で押し開けると風と一緒に転がりこんだ。

鼻孔に魚の臭いが押し寄せ、目の前が曇って視界が再び閉ざされた。それでも温気が影二郎の全身を包みこみ、寒気に凍った体が緊張を解いた。

(助かった……)

「だれだ、てめえは」

影二郎には誰何《すいか》する声に応じる元気がまだ蘇《よみがえ》ってこない。

一文字笠と長合羽を脱ぐ影二郎の両眼は小屋の様子をとらえた。

天井の高い土間に網が干されて見えた。その向こうの板の間では囲炉裏《いろり》をかこんで酒を飲む、喧嘩《けんか》仕度の男たち二十人ばかりが雪まみれの影二郎とあかを見ている。やくざもいれば浪人者もいる。壁には竹槍《たけやり》やら目潰《めつぶ》しやらの喧嘩道具が積まれている。どうやら荒天か阿字ケ浦、どちらかの見張り小屋らしい。

「おどろかしてすまない」

影二郎は首に巻いていた紅絹で顔や手足を拭《ぬぐ》った。長合羽のせいで袷《あわせ》までは濡《ぬ》れてない。身なりを整えた。あかも身震いして体に張りついた雪を振り落とした。

「笠間で、那珂湊に出入りがあると聞き込んだのでな、那珂川を下ってきた」

「犬ころなんぞを連れやがってふざけた野郎だぜ」

剣客風の侍が吐き捨てた。

「腕は立つか」

一座から中年の男が立ち上がった。代貸格《だいがし》か、猪首《いくび》の上の顔には一筋の刀傷が見えた。それが自慢の男らしい。

「そこそこには働く」

「日当を先取りしてとんずらする手合いだろうて」

先ほどの剣客が鷹揚《おうよう》に笑った。口の端には焼いたするめを銜《くわ》えている。一家の用心棒の頭分《かしらぶん》という風体《ふうてい》だ。

「うちの親分の荒天の猪平はな、すでに相手方の阿字ケ浦一家の四倍の人数を集められた。おめえさんがうちに加わりてえのなら、なにか芸を見せねえ」

磯浜から繰り出した荒天一家の拠点だった。

「相馬《そうま》先生、犬にちんちんでもさせますかい」

用心棒の頭分に追従《ついしょう》するように子分の一人が言い、一座の者たちがそれはいい、やらせろと呼応した。

影二郎の片手が脱いだ一文字笠の縁《へり》にかかり、笑いを凍らせるような気合いが網小屋に響いた。

先端が両刃の唐《から》かんざしが宙を飛んだ。

用心棒の口に銜えたするめを突き刺すと後ろの板戸に縫いつけ、珊瑚《さんご》玉が揺れた。

一瞬、網小屋からざわめきが消えた。

するめをもぎとられた用心棒は体を凍《い》てつかせていたが、顔を朱《あけ》に染めた。

「おのれ！　無礼な」

太刀を手に立ち上がった。

「やめておけ、そなたと斬《き》り合っても一文にもならぬでな」

影二郎は脱いだ長合羽を、網を干した棒に広げようとした。

その背に抜き打ちの一撃が襲いかかった。満座の中で面子《メンツ》をつぶされた用心棒の反撃だ。

影二郎は、後ろも見ずに長合羽を背に旋回させた。

濡れて重さを増した長合羽の裾《すそ》に縫い込まれた銀玉が用心棒の顔面を襲い、
ぐしゃっ！

という音を立てた。

用心棒は板の間から土間に転がり落ちて気絶した。

見向きもせずに影二郎は長合羽と一文字笠を干した。すると土間の隅にかまどが設けられて、二人の女が大鍋を前に煮炊きしているのが見えた。

「あか、なにか食べ物をもらおうか」

声をなくした一座を無視して影二郎とあかは、かまどの前に寄った。

「姐《ねえ》さん、なにか食べさせてくれまいか」

「あいよ」

年増女が大鍋で作られた汁をどんぶりに注いで、影二郎に手渡してくれた。この海で獲《と》れる魚をぶつ切りにして野菜と味噌で煮込んだ具だくさんの汁だ。

「犬にはいわしの煮付けがあるがね」

「それでよい」

小女《こおんな》が急いであかの餌《えさ》を用意する。

影二郎がどんぶりに箸《はし》をつけようとすると、

「ほれっ」

と唐かんざしが差し出された。振り向くと、赤城山で影二郎が小屋に閉じ込められていた時の見張り役、久次だ。

影二郎は受けとると笠の骨に戻す。

久次はもう一方の手に茶碗酒を持っていた。

「まずは温まるといい」

「ありがたい」

「流れ者は相身互《あいみたが》いだぜ」

どんぶりを置くと茶碗酒をもらって飲んだ。

「ふうっ、生き返った」

影二郎の五体は、胃の腑《ふ》に落ちた熱燗《あつかん》の酒とかまどの火で蘇った。

久次は大徳利を板の間から持ってくると自分と影二郎の茶碗に注ぎ分けた。

「お初にお目にかかる」

「ご丁寧に」

二人は見知らぬ者同士のように挨拶《あいさつ》を交わし、茶碗の縁を合わせた。

影二郎と久次は、かまどの前にあった縁台に腰を並べて座り、汁を食べながら酒を飲んだ。

その足もとではあかが煮いわしと麦めしを混ぜた皿に口を突っこんでいる。

「旦那《だんな》、おまえさんを桜町知行所で見掛けたぜ」

久次が小声で囁《ささや》く。

「闇夜で忠治を見たような気がしたが」

「やっぱり旦那か。八州廻りの火野の襲撃を知らせたのはよ」

「さてな」

影二郎は魚を口に放りこむ。寒さの中を歩いてきた身にはなんとも美味だ。

「姐さん、うまい」

煙管《キセル》をふかす姐さんに礼を言った。

「あんこうはここいらの冬の名物だからね」

これがあんこうか、影二郎が初めて口にする魚だった。

腹を満たしたあかは、小女に手ぬぐいで濡れた体を拭いてもらっていた。

「旦那の目当てはなんだね」

久次が聞く。

「出入りでおこぼれにあずかる」

「赤城以来、おれっちの親分に付きまとってやがるぜ」

「おれもあかも食わねばならぬでな、方々を流れ歩く。その先々に忠治の影がある、それだけのことだ」

「黒塚宿に火野初蔵の死体が転がっていた。袈裟《けさ》に一撃、並の腕の者の仕業じゃねえ」

久次が影二郎の顔をのぞきこむ。

「その前後におめえさんと鳥追い女が黒塚宿から消えた」

「……」

「八州廻りの火野初蔵を殺《や》ったのは旦那だな」

「馬鹿げた詮索《せんさく》はやめておけ。おれも真似《まね》したくなる」

「なにをだ」

「おまえがこの一家に潜りこんでいるということは忠治が近くにいるということだ」

「さあてな、おめえさんの言うとおり、詮索は抜きだ」

影二郎は、あんこう汁をお代わりして食べた。すると腹も落ち着いた。

「姐さんたちはここに泊まりかい」

影二郎が聞くと、年増の方が干された網の裏のはしご段を顎《あご》で差した。どうやら中二階があるらしい。

「めしの礼だ」

影二郎は一朱《いっしゅ》ずつ女たちに渡した。

「明日の朝までわたしらが犬を預かろうか」

年増が言い出した。小女は最初からその気のようだ。

「頼む」

濡れた雪駄も生乾きに乾いてきた。影二郎は足袋を脱いだ。

「干しておくよ」

年増が足袋を影二郎の手から奪った。板の間に上がる。

用心棒はすでに意識をとり戻していた。が、顔が紫色に腫れている。頭が朦朧《もうろう》としているのか、板の間の隅に悄然《しょうぜん》と座っている。

「荒天一家のご一統《いっとう》さん、世話になりますぞ」

影二郎の挨拶に二十人ばかりいる男たちが怯《おび》えて迎えた。

「先ほどはすまねえ。酒の勢いでつい嘗《な》めた口を利《き》いちまった」

顔に傷のある兄貴株が、隣に影二郎の座を作って招く。

影二郎は先ほどまで用心棒が占めていた座布団の上にどっかと座った。

「そなたは」

「挨拶が遅れちまった。おれは荒天の代貸の向こう傷の多我吉《たがきち》だ。おめえさんみてえな、凄《すご》腕《うで》がうちに来たと知ったら、磯浜の親分も喜びなさるぜ」

「親分はまだ出張ってはこないのか」

「年内にも決着をつけようと算段していなさったが、この雪だ、天気ばかりはどうにもならねえ」

「出入りは年明けか」

「いや、天気が回復ししでえ、那珂湊に突っ込む。だからよ、おれたちが魚臭え小屋まで出張ってるわけだ」

「相手方には国定忠治がついていると、街道筋ではもっぱらの噂だが」

「落ち目の木兵衛に忠治親分が肩入れするものか、嘘《うそ》っぱちだ」

そう言った多我吉は、影二郎の茶碗に酒を満たした。

「代貸、おれの腕をいくらで買う」

「そうだな、日当は一分《いちぶ》。出入りの時は一人頭、二両の上乗せだ」

「仕度金二十五両、喧嘩に勝った暁《あかつき》には報償金二十五両をもらおう」

「ふざけたことは言いっこなしだぜ、客人」

「猪平の親分なら話が分かる、おれを雇うのが損か得かな」

影二郎の難題に一座の者が聞き耳を立てていた。

代貸の多我吉は、怒りを必死で抑えていた。なにしろ凄腕を見せつけられたばかりだ。その上、正体が知れない。不気味だった。

「代貸、おまえが承知しなければ、木兵衛に売り込むまでだ」

荒天一家の面々の前で影二郎はぬけぬけと言った。

「おめえ……」

しばし絶句したのち、代貸は言い募った。

「客人、おれっちには強い味方がついていなさるんだ。勝ち戦《いくさ》はうちがもらったようなもんだ」

「強い味方とはだれだな」

「親分は磯浜の十手《じって》持ちだ。その後ろにはだれが控えていなさるか、察しがつこうというもんだ」

「代官所かな」

「馬鹿こくんじゃねえ、斬り捨て御免の八州様だ」

「おれが先方に付くと形勢が変わるぞ」

影二郎がにたりと笑った。

「どうする、代貸」

影二郎に睨《にら》まれた多我吉は、

「親分の意向を聞いてみらあ。それまで待ってくんねえ」

一座が白けた。

自分たちは日当一分、凍死しかけて小屋に転がりこんできた男は大口叩いて仕度金だけで二十五両を要求したのだ。それを代貸の多我吉は断りきれなかった。

「ちえっ、日当一分の助っ人はよ、博奕《ばくち》でもするか」

板の間の向こうでさいころ博奕が始まった。その中には忠治一家の久次の顔も混じっている。

「返答は明日まで待つ」

多我吉にそう言った影二郎は、ゆっくりと酒を口に含んだ。

二

囲炉裏端で法城寺佐常を抱いて眠った影二郎は、あかの鳴き声に起こされた。

女たちはすでにかまどの前に座って朝めしの仕度を始めていた。

助っ人たちはまぐろのように板の間のあちこちでごろ寝をしていた。

影二郎はあかを散歩に連れ出し、海まで下りてきたところだ。

那珂川河口から見る海は荒れていた。船の影などどこにもない。

海鳥が低く高く飛翔《ひしょう》して、白い波が岩場に当たって鈍色《にびいろ》の空に真っ直ぐ立ち昇り、豪快に砕け落ちる。

雪はもはや降ってはいなかった。気温も昨日に比べればずっと暖かい。

影二郎は雪が残った砂浜を歩いていた。あかは波打ち際で押し寄せる波と戯れている。初めて見る海が怖いのか、尻が引けている。

「旦那」

久次が旅仕度で浜に下りてきた。

「出かけるか」

「およその頭数が分かったんでね。八州廻りの旦那に目をつけられる前に那珂湊にとんずらしようってわけだ。おめえさんはどうなさる」

「まだ値をつけてもらっておらぬ。猪平が駄目なら木兵衛のところに転がりこむつもりだ」

「昨夜《ゆうべ》は冷や冷やしたぜ。向こう傷の代貸はまたの名を鉄砲玉の多我吉といってな、血の気の多い男だぜ。おめえさんはわざとあいつを挑発しなさったね」

「そうでもない」

「猪平は江戸相撲《ずもう》で十両までいった男だ。体もでけえし、性根もよくねえ。気をつけるこった」

「木兵衛はどうだ」

「この稼業を張るには年を食いすぎた。猪平に目をつけられるのも不思議じゃねえ」

「金は」

「代々、網元だ。五千両もの銭が蔵にうなってるって話だぜ」

「それは豪儀だ」

「ところがよ、金勘定がただ一つの道楽、吝嗇《けち》ときてらあ」

「そんな木兵衛に忠治はなぜ肩入れする」

「おれは親分が木兵衛のところにいなさるなんてこれっぽっちも言ってねえよ」

と笑った久次は、

「どうにも分からねえ」

と影二郎の顔をのぞき込み、頭をひねった。

「なにがだ」

「おめえさんよ」

「お互い様って昨夜も言い合ったはずだが」

「そうだったな。おれはもう行くぜ」

久次は冬の浜から姿を消した。


網小屋に戻った影二郎は、囲炉裏端にどっかと大男が座っているのを見た。帯の間には十手がこれ見よがしに差し込まれてある。多我吉がその前に畏《かしこ》まり、助っ人たちは板の間の隅に固まっていた。

「おお、戻りなすったか」

多我吉が言うと、

「親分、この客人で」

と顎で影二郎を指した。

「ほっ、おまえさんか。助っ人になりてえってのは」

「お初にお目にかかる。代貸には伝えてあるが、助っ人になるかどうかは金次第だ」

「仕度金二十五両、出入りの報償にもう二十五両だそうだな。高えな」

「木兵衛の蔵には金がうなっているそうだ。親分が駄目ならあっちに付くまでだ」

「あいつはけちだぜ。日当にしたって二朱、うちの半分だ」

「命には代えられまい」

「おまえさん一人でなにほどのことができるものか」

「試してみるかね、猪平親分」

「だれに物を言ってなさる。磯浜の猪平はお上の十手を預かる身分だぜ」

「二足のわらじが怖くては、関八州は歩けまい」

「おい、野州あたりを奇妙な旅人が流れていると聞いたが、さんぴん、おめえらしいな」

「交渉は決裂のようだな」

影二郎は長合羽と一文字笠を手にした。

「黙って行かせるわけにゃあいかねえぜ」

猪平が脅しをかける。

「出入りの前に人数が減るのは得策とも思えんな」

「先生」

猪平の声に網の陰から相馬がぬうっと現れた。すでに抜き身を下げていた。

「昨夜は油断した」

影二郎は長合羽と一文字笠を足下に置いた。

「あか、下がっておれ」

犬は影二郎の命が分かったように網の背後に身を潜めた。

相馬が剣を右肩に立てた。

「大利根《おおとね》神当流《しんとう》相馬甚五郎《じんごろう》」

影二郎が初めて耳にする流派だ。昨夜の所業から考え、修羅場《しゅらば》剣法と見た。

「先生、こいつを叩っ斬ったら五両出す」

猪平が相馬を鼓舞するように叫んだ。

とおっ！

相馬が踏み込みざまに上段の剣を影二郎の眉間《みけん》に叩きつけてきた。

影二郎は前に走った。走りながら相馬の上段打ちを搔《か》い潜《くぐ》り、法城寺佐常二尺五寸三分を抜いた。大薙刀《おおなぎなた》を鍛え直した先反《さきぞ》りの大刀が鞘走《さやばし》り、峰に返された剣が相馬の胴をしたたかに叩いた。胸骨が折れた音が不気味に響く。

うっ！

呻《うめ》いて棒立ちになった相馬が崩れ落ちた。

「やりやがったな。野郎ども、かまうことはねえ、押し包んで殺せ！」

猪平の叫びは空しく響いた。

眼前で見せられた腕前に助っ人たちはすくんでいる。

「てめえら、さんぴん一人が怖くて喧嘩に役立つか」

「荒天の猪平、おれの助けが欲しくば、金を揃えて那珂川河口の流れ宿に参れ」

影二郎は法城寺佐常をゆっくり鞘に戻し、長合羽と一文字笠を再び手にした。

「あか、那珂湊に行くか」

影二郎とあかは網小屋から退去した。

常陸の那珂湊の空気には寒さと魚の臭いが混じり、どこからともなく餅《もち》つきの音が響いてきた。

新年はもうすぐそこだ。うねうねした通りを歩く人々の足取りも心なしか忙《せわ》しげだ。だが、世は天保の大飢饉《だいききん》、顔色は冴えない。その上、磯浜の荒天の猪平が今日にも那珂湊に押しかけてくるという噂《うわさ》だ。

那珂湊は水戸藩の商港として開発された。河港のせいで船の出入りが難しく、危険な港として知られていた。それだけに船乗りの気性も激しい。

那珂湊の港の前に間口十二間《けん》の屋敷を構える阿字ケ浦の木兵衛は、本来、阿字ケ浦の網元を世襲してきた。が、若い頃、船乗りや流れ者を束ねて博徒稼業にも乗り出し、硬軟二つの顔を使い分けて、阿字ケ浦から磯崎《いそざき》、平磯《ひらいそ》、那珂湊と街道に沿って勢力を伸ばした。また那珂湊近郊の農家で栽培される紅花《べにばな》、なたね油、刻《きざ》み煙草などを一手に買い取り、北海道や東北地方の海産物と交易して巨万の富を集めた男だった。

河港近くの流れ宿に寄り、あかを預けてきた、一文字笠に無紋の着流しの影二郎が阿の字を染めだした軒看板の下に立ったのは、昼下がりの時刻。

土間では三人の若い衆が竹槍の穂先を火鉢の火にあぶっている。ぎくりとした男たちがそれでも身構えた。

「親分は在宅か」

「何用だね」

「助っ人に加わりたい」

兄貴分らしい背の高い男が影二郎の頭から足先までじろりと眺めた。

「うちの親分は腕のいい者しかとらねえ。腕試しがあるぜ」

「どうすればよい」

「庭に廻りな」

そう言った兄貴分が言葉を足した。

「腕に自信がねえのなら、悪いことは言わねえ、那珂湊から消えな。怪我するのが落ちだ」

「ここで尻尾を巻いたとあっては、飯が食えなくなる」

にたりと笑った兄貴分は、弟分に案内するように顎で命じた。

裏木戸に回ると懐かしい音が響いてきた。

木刀がぶつかり合う音だ。

板戸を押し開けると庭で二人の侍が対戦していた。その周りに博徒や浪人たちが控えている。その数、十七、八人。

だが、久次をはじめ、忠治一家の面々は一人もいない。

影二郎は、葉を落とした欅《けやき》の大木の下に立って戦いに目を注いだ。

腕試しにしては真剣勝負の重苦しさが漂っていた。

大兵肥満の剣客は、正眼に構えた赤樫《あかがし》の木刀を突き出し、必死の形相で右に左に位置を変える中年の浪人者を追い詰めていく。手にした木刀は三尺はありそうなほど長い。それをかろやかに扱うところをみると手練《てだ》れのようだ。

「それ、そのようなことでは相手は斬れん。もそっと間合いを詰められよ」

阿字ケ浦一家の先生格の剣客が対戦者を挑発した。

「参る！」

「参られえ」

流浪の翳を痩身《そうしん》に漂わせた浪人は、左右の動きを止めると巨漢に向かって突進した。

だが、巨漢は実に身のこなしが敏捷《びんしょう》だ。攻撃してくる木刀の先端を自分の木刀で叩いて、狙いの小手《こて》を簡単に外した。

浪人は面打ちに転じた。

剣客は浪人者を存分に手元に引きつけ、赤樫の木刀で喉元《のどもと》を直撃した。

げえっ！

血しぶきを散らして浪人者は昏倒《こんとう》した。

「これで喧嘩場に出る気か」

剣客の叱咤《しった》にその場は震撼《しんかん》とした。

阿字ケ浦一家の子分二人が、地面に倒れて動かない浪人者の手足を抱えると、裏木戸から通りに運び出していった。

荒天一家は四倍の人数を集めたと言ったが、粒は阿字ケ浦の方が揃っているかもしれない。

「次はだれじゃ」

助っ人志願者がまだいると見える。

剣客の木刀が回り、古びた羽織に道中袴《ばかま》の侍を指した。貧弱な体の上にうらなりのような顔が乗っている。

「それがし、遠慮つかまつる」

うらなりは後退《あとじさ》りした。

「遠慮はご無用、参られよ」

「それがしの腕ではご一家の役に立ち申さん、退散いたす」

「ならぬ。この庭に入ったからには試しは受けていただく」

「それは無体《むたい》」

「なにが無体か、われらも遊びでこのようなことをしているのではない。荒天の猪平の身内がいつ何時押し寄せてくるかもしれん。ここは戦場じゃ。必死で援軍を求めておる時、遊び半分で来られては迷惑、戦と思うて参られよ」

「それがしの浅慮、この通り謝る」

うらなり侍は泣き顔になって土下座した。その尻を子分たちが足蹴にして剣客の前に転がした。その前に木刀が投げ出された。

「ささ、木刀を持って立たれよ」

「なにとぞお許し下され」

「ならん」

剣客は踏み出した。もはや逃げ道はない。覚悟したようにうらなりは立ち上がった。

影二郎が戦いの場にふらりと入った。

「邪魔するでない」

「代わろう」

影二郎はうらなり侍の前の木刀を摑《つか》んだ。

うらなりは脱兎《だっと》の如く戦いの場から後退した。

「そなたも血へどを吐きたいか」

剣客の言葉を無視した影二郎は素振りをくれて、叫んだ。

「木兵衛はおるか。それがしの腕に値をつけてもらいたいのでな」

障子が開いて、縞紬《しまっむぎ》の丹前《たんぜん》を着て首に綿の入った布を巻いた老人が顔を見せた。かたわらに目付きの悪いばあ様が黒猫を抱えて控えていた。

「騒がしいな」

「木兵衛、値をつけてもらおうか」

「売り込みか。名はなんという」

「夏目影二郎」

「いくら欲しい」

「荒天の猪平には仕度金二十五両、出入りの手間賃に二十五両を要求した」

なんと……と絶句した木兵衛は、急《せ》き込んで聞いた。

「猪平は承知したか」

「断られた」

「当たり前じゃ」

「そなたはいくらつける」

「うちの武術師範安中羽左衛門《あんなかうざえもん》先生に勝てば、まずは二両」

「じい様、高いぞ」

と叫んだのは、ばあ様だ。阿字ケ浦は夫婦して因業《いんごう》にできているらしい。

「あとになればなるほど値は吊り上がる」

「ぬかせ」

ばあ様が吐き捨て、木兵衛が安中に目配せした。

「こやつの傲慢《ごうまん》を叩きのめしてくれよう」

安中は自慢の赤樫の木刀を突き出した。

影二郎は左脇につけ、木刀の切っ先を地面に向けて構えた。

二人は五間の距離をおいて睨《にら》み合う。

庭を凜《りん》とした緊迫が支配した。

安中はまなじりを決して影二郎を睨んだ。

影二郎は菜の花畑に吹きつける風のように駘蕩《たいとう》と立っていた。

「竹、竹はいらんかね」

通りから煤《すす》払いの竹を売り歩くのどかな声がした。

苛立《いらだ》って仕掛けたのは安中羽左衛門だ。突き出すように胸の前に構えていた三尺の木刀が空に上がっていき、屹立《きつりつ》した。

お、おうっ！

安中は獅子吼《ししく》すると、天を衝《つ》く木刀を振り下ろしながら突進してきた。

三間、二間……影二郎は動かない。

一間に接近した時、影二郎が動いた。背を丸めると木刀の下に走った。雪崩《なだれ》くる赤樫の木刀の下を掻い潜り、同時に地ずりの木刀が安中の脇腹を鋭く叩いた。

安中は短い悲鳴を上げるとよろよろとよろめいた。赤樫の木刀が両手からずり落ち、横倒しに倒れた。

「あばら骨が二、三本折れておるかもしれぬ、早く医者を呼ぶことだ」

影二郎は手にしていた木刀を投げた。

「木兵衛、おれの腕が欲しければ、那珂川河口に架かる橋まで金を揃えて参れ。おれは高い方につく。よいな」

木兵衛ががくがくと頷《うなず》くのを見た影二郎は裏木戸を出た。

「じい様、鐚一文《びたいちもん》だって払っちゃなんねえぞ！」

背にばあ様の怒号が聞こえてきた。


影二郎は那珂湊の外れに縄のれんを見つけた。漁師や水夫を相手に酒も出せば、めしも食わせるという煮売り酒屋だ。

影二郎は街道を見渡す店先に座を占めた。

「酒かね」

色黒い女が影二郎に聞いた。

「ああ、肴《さかな》はまかせる」

「と言われても魚しかねえよ」

女が料理場に下がった。料理から客の応対と店の一切を切り盛りしている風だ。

「率爾《そつじ》ながら、ご挨拶申し上げる」

振り向くと先ほどのうらなり侍が立っていた。

「最前は誠にもって助かり申した……」

「あれは売込み、そなたとは関わりのないこと」

「影二郎どのが代わってくれなんだら、殺されておった。それがし、旧藩の名は控えさせてもらうが……」

「待った、酒がまずくなる。かたぐるしい挨拶は抜きだ」

うらなりは困ったような顔で立っている。

酒が運ばれてきた。

「姐《ねえ》さん、猪口《ちょこ》をいま一つ持ってきてくれ」

影二郎は手でかたわらに招いた。

「よいのですか。ご相伴《しょうばん》にあずかって」

酒が好きなのか、うらなり侍は舌なめずりをして影二郎のかたわらに腰を落ち着けた。

「それがしの名は相良多門《さがらたもん》でござる」

影二郎は徳利から相良の猪口に酒を注ぎ、自分の猪口も満たした。

「まあ、たがいに命あっての物種じゃ」

酒を口に含んだ。相良も一気に飲んで安堵《あんど》の吐息を肩でついた。

「そなたは助っ人を稼業になさっておられるのか」

「まあ、そんなところだ」

肴が運ばれてきた。大皿にいわし、鯵《あじ》の刺身が盛り上げられている。新鮮な様子は一目で分かった。

「これはうまそうだ」

影二郎はいわしの一切れを口に放りこんだ。すると視線の先に那珂川を渡ってくる女の姿が映った。荒天一家の網小屋のめし炊き女の一人、年増の方だ。

女は影二郎に向かって軽く腰を折った。

「どうやら猪平から使いが来たようだな」

影二郎は女を呼んだ。

三

「姐さんの名はまだ聞いてなかったな」

「しげ」

と答えると、しげは影二郎と相良の間に割りこんで座った。

影二郎は自分の猪口をしげに持たせ、酒を注いだ。

豪快に飲み干したしげが破顔して、使いの口上を述べ始めた。

「猪平が承知したよ」

「なにをだ」

「なにをって、仕度金と報償金合わせて五十両を承知したということさ。あのけちな猪平がよくまあ出したもんだ。前渡しの二十五両をここに……」

しげは胸をぽんと叩いて、切餅を出そうとした。

「事情が変わった。百両に値上げだ」

「呆《あき》れた……」

と言うわりにしげの顔は驚いてはいない。

「阿字ケ浦に乗りこんだかね」

「ああ」

「派手に手並みを見せたのかい」

しげが空の猪口を持って剣術の真似をした。

「それどころではないぞ。頼みの武術師範の安中羽左衛門が、脇腹をこうな、下から一撃されて倒されたわ。いやはや電光石火とはまさにあのこと、驚きいった早業であったわ」

酒で口が軽くなった相良が会話に割りこんだ。

「木兵衛に売りこんだちゅうわけだね」

しげは猪口を影二郎に返すと徳利を持ち上げ、注いだ。そうしておいて調理場に向かって大声を上げた。

「おふささん、茶碗を一つと酒をおくれな」

女同士、知り合いらしい。

「猪平は年内に決着をつける気か」

「その気だったよ。ところが旦那がうちの先生を使いもんにならなくしちまった上に、さんざ引っ掻き回して行ったもんだからさ、猪平一家は、たがが外れたみたいでどうにも締まらない」

「……」

「旦那に大金を払うとなると、他の助っ人たちが日当一分ぽっちじゃ命のやり取りはできねえとごね始めた。猪平は旦那のせいで泣きっ面に蜂だ」

「そりゃ困ったな」

「そう、困った」

おふさが茶碗と新たな酒を持ってきた。しげは茶碗になみなみと酒を注ぐ。

「八州廻りはどこまで出張っておる」

「尾坂様かね、磯浜の神社前の旅籠《はたご》の離れに陣取ってよ、水戸から呼んだ馴染《なじ》みの女郎と乳繰りあって過ごしていなさるちゅう話だがね」

「そいつは結構なことだ」

「どうするね、旦那」

「木兵衛の使いの口上も聞かんとな」

街道の向こうで若い衆がひとり、ちらちらとこちらを見ている。

「親分二人を手玉にとっていい商売だね」

「正月も近い。餅代くらい稼がねばな」

しげは茶碗に注いだ酒を一気に飲み干すと袱紗《ふくさ》に包んだ切餅を出した。

「手付けにおいていくよ」

「困ることになるぞ」

「旦那、書き付けをくれないか」

腰の矢立てから筆を抜くと手付け金の預かり証文を書いて、しげに渡した。

「しげ、おまえは舟が漕げるか」

「この辺の女で櫓《ろ》が漕げなきゃ嫁の貰い手がないよ」

影二郎は預かり証文を懐にしまうしげに、使い賃だと一両を渡した。

「すまないね、せいぜいお稼ぎよ」

「ああそうしよう」

しげが調理場のおふさにご馳走様と声をかけて、橋の方に足を向けた。

「影二郎どの、なかなかよい商売でござるな」

相良多門がうらやましそうに言った。

阿字ケ浦の木兵衛の使いは、おずおずという感じで影二郎らの前に近付いてきた。玄関先で竹槍の穂先を火にあぶっていた若い衆の一人だ。

「先ほどはどうも……」

通りからぺこぺこと頭を下げる。

「旦那が評判の八州殺しとはよ、知らなかったんで」

「八州殺し？　なにかな、それは」

「なんでも異国渡来の南蛮外衣を着てさ、犬を連れたお侍の通った後にはそんな噂が流れるんだとさ」

相良が影二郎の顔をまじまじと見た。

「おれのあずかり知らぬことだ。それよりな、そう遠くては話にならぬ」

「へえっ」

と答えたが店に入ってくる様子はない。通りの真ん中に立ったままだ。

「そなたの名は」

「韋駄天《いだてん》の魚十《うおじゅう》ってんで」

「木兵衛はどうしておる」

「かんかんでさ、出入りが間近だというのに、安中先生がおめえさんに怪我させられてよ。治療代はかかるわ、使いもんにならないわって怒鳴り散らしてるぜ」

「そなたの一家には、国定忠治が付いておるという話ではないか」

「へえ、それが……」

魚十は言い淀んだ。

「おれがそなたの側に付くとなると、手駒を知っておかねばならん」

「おれもよく分からねえんで」

魚十は頭を捻《ひね》った。

「那珂湊の近くに忠治親分が控えていなさるのは確かなんで。でもさ、どこに潜んでいなさるかを知ってるのはうちの親分だけでね」

噂通りに忠治は那珂湊の木兵衛一家と関わりを持っていた。だが、八州廻りに追われる忠治一統だ。そう簡単に居場所は明かすまい。

「で、木兵衛がおれに用事か」

「へえ、戻ってもらいたいと言ってなさる」

「いくらだ」

「もちろん、言い値の五十両で」

魚十も腹の膨らみをぽんぽんと叩いた。

「値上げした。持って帰るがよい」

「値上げ……」

「猪平は百両を出すと言っておる。そこにあるのが手付けの二十五両だ」

ふへっ、と魚十は呻くように言った。

「どうすりゃいいんで」

「まあ、百五十両だな」

「うちの親分が五十両出したんだってよ、天地がひっくり返るくれえの騒ぎだぜ。これで三倍出せなんて言ったらよ、夫婦で気絶しちまうぜ」

「那珂湊は荒天の猪平の縄張りになるだけだ」

「そいつは困る。おれっちはまんまの食い上げだ」

「ならば蔵にうなっている銭から百五十両を、急いでここに届けるまでだ。猪平が残りの金を届けてくると、木兵衛の勝ち目はない」

魚十は影二郎を見ていたが、韋駄天の名に恥じない早さで街道をすっ飛んで消えた。

手酌で酒を注いだ相良が、

「貴殿の狙いはなんだ、八州殺しどの」

と聞いた。

「金だ」

しげの置いていった切餅を懐に入れた。

「そなたも暇のようだ。ここに居座って、どちらか使いが来たら、おれに知らせてくれまいか」

「影二郎どのはどちらにおられる」

「橋下の流れ宿だ」

飲み代にと相良に一分《いちぶ》金を渡した。押し頂いた相良は、うれしそうに懐にしまった。

那珂川の河口の近くに架かる木橋の下に建つ流れ宿には、正月を控えて江戸や水戸に稼ぎに向かう渡り者の芸人や門付《かどづ》けたちが新たに泊まっていた。土間の隅であかを遊ばせていた娘がうれしそうに影二郎を見た。

「みよ」

「影二郎様」

みよは影二郎を見ると泣き出しそうな顔をした。

「ひとりで旅してきたか」

うなずくみよを影二郎は外に連れ出した。あかが二人についてくる。

「宿から宿を辿《たど》って影二郎様とあかの後を……」

「……追ってきたのか」

「しず女さんは……」

みよはそう言うと泣き顔になった。

「おまえはしず女が死んだことを知っているようだな」

「はい、益子外れの円通寺に犬を連れたお侍が長いことといたという噂を聞いて、訪ねたところ、住職さんが……」

「おれといたばかりにしず女は、死ぬ羽目になった」

みよとしず女は今市の流れ宿で一度会っただけの仲だ。しかしみよは自分の肉親が死んだかのように悲しんでいた。

「しず女さんはきっと影二郎様と旅をした日々が楽しくて仕方なかったんです」

「死んでしまっては……」

影二郎は海を見た。河口の向こうの海は夕暮れの光を映してだいだい色に燃えていた。

河岸には舟小屋か、三棟ほどが軒を連ねていた。この荒れた海では漁もできまい。

しず女と共に過ごした日々は、はるか昔のことのように思えた。

影二郎はみよに視線を戻した。

「本庄宿の荒熊の千吉親分が日光にも今市にも顔を見せて、影二郎様のことをきびしく詮議《せんぎ》して行かれました……」

みよが旅してきた用件を述べ始めた。

「おまえに大事はなかったか」

「千吉親分の手下たちの大声に、私は勢左衛門様の屋敷に逃げこんだのです」

「それは機転が利いたな」

それにしても荒熊の千吉は執念深く影二郎を追ってくる。背後にいる八州廻り足木孫十郎の指示なのか。

「千吉親分は麻吉さんの宿にも姿を見せて暴れ馬のように荒れ回って、宿をめちゃめちゃに壊して行かれたそうです。親分は、だれの指図で影二郎様が動いているのかと麻吉さんを痛めつけて問い質《ただ》されたそうです。あの狂乱ぶりは尋常じゃない、と麻吉さんは怒っておられました。それを聞いて私は、勢左衛門様にも迷惑がかかるんじゃないかと恐れたものですから、影二郎様とあかのあとを……」

「……追ってきたというのか。みよ、苦労をかけたな」

麻吉にも大きな借りができたことになる。

「私が影二郎様を探しあてたくらいだから、荒熊の親分もこの近くまで来ているかも知れません」

みよは自らの苦難の旅を忘れて、影二郎の身を心配していた。

「相分かった、礼を言う」

影二郎はみよの身を心配した。

（どうしたものか）

必死で影二郎を追ってきたものを日光に帰すわけにはいかない。

「今年は今日を入れて二日か」

そしてそれまでには荒天の猪平一家と阿字ケ浦の木兵衛の出入りのかたをつけなければ、と影二郎は思案した。

影二郎は、夕食のあと眠りに就いた。目を覚ましたのは九つ（夜十二時）だ。

かたわらに寝ていたみよが目を開けた。

「朝までには戻る、あかを頼む」

みよがうなずいた。

首に紅絹を巻き、法城寺佐常を腰に落とし、一文字笠を被った。

橋の下から木橋に上がった影二郎は、飲み屋に寄った。すると軒先から相良多門が身を縮めて顔をのぞかせた。

「律義にもこの場を離れなかったのか」

「行くあてもなし。それに影二郎どのとの約束もござれば」

「ならば手伝ってもらおうか」

「腕の方はまったく役に立たんが」

影二郎はうなずくと橋に向かって歩きだした。

半刻後、二人は磯浜の、大己貴命《おおなむちのみこと》、少彦名命《すくなびこなのみこと》を祭神とする磯前《いそざき》神社の前にある旅籠土浦屋の裏手にいた。

「騒ぎが起きるようなら、那珂湊に走り戻れ」

そう相良に命じた影二郎は、相良の肩を借りて旅籠の塀を乗り越えた。松などを配した庭がしつらえられ、離れもあった。

影二郎は、しばらく母屋や離れの様子をうかがった。

しげは、八州廻りの尾坂孔内と水戸から呼んだ女郎は、離れに寝ていると言った。

離れの大きさから考え、手下の雇足軽たちは母屋に寝泊まりしているようだ。

渡り廊下から、離れに侵入した。が、廊下と離れの間を板戸が塞《ふさ》いでいた。

影二郎は唐かんざしを笠から抜くと、板戸を下から持ち上げた。古い離れと見えて、だいぶ隙間《すきま》が生じた。隙間に指を入れて、板戸を外した。すると男の高鼾《たかいびき》が聞こえてきた。その鼾に女の寝息も重なった。

しげの情報は的確だった。

影二郎は有明行灯《ありあけあんどん》の点る部屋の障子をゆっくりと開けた。

床の間に大小と八州廻りの威光を示す陣笠が置かれてあった。

尾坂孔内は意外と若い。三十を一つ二つ過ぎた歳か。大口を開けて眠りこんでいた。部屋に酒と煙草と愛欲の匂いが混じり合って充満していた。

女は細面《ほそおもて》でまだ若かった。

影二郎は、腰から法城寺佐常を鞘《さや》ごと抜いた。

掛け布団を剝《は》がした。

緋《ひ》の襦袢《じゅばん》をしどけなく着た女が薄目を開けた。

痩身の尾坂は布団を手で探る様子を見せた。

その鳩尾《みぞおち》に刀の鐺《こじり》を突っ込んだ。

ぐえっ！

呻き声を上げて失神した。

女が叫ぼうとするのを今度は拳で胸の下を叩いて意識を失わせた。

女の口にしごきで口輪をはめ、縕袍《どてら》にくるんで帯で結んだ。そうしておいて影二郎は有明行灯の周りに座りこんだ。

腰の矢立てから筆を抜き、襖《ふすま》に大きな字を書きなぐった。


八州様ご寵愛の女一人、預かり候　那珂湊　阿字ケ浦の木兵衛

影二郎は筆を矢立てにしまうと、女を担ぎ上げた。

裏木戸を開けると相良多門が足踏みしながら天水桶《てんすいおけ》の陰に立っていた。

「女ひとりくらいは担げよう」

影二郎は相良の肩に女の体を移し変えた。相良は腰をふらつかせたが、女を肩の上に安定させると、

「これは温かくてよい」

と歩き出した。

「八州廻りを殺されたので」

「そう無闇に殺しはせん」

相良がほっとしたような溜《た》め息をついた。

磯浜と那珂湊を結ぶ木橋を渡った影二郎は、相良を河口近くにある舟小屋に連れていき、ここでしばらく待ってろと命じた。小屋には冬の海に漁に出られない舟が入れてあった。

「どちらに行かれる?」

相良が聞いた。

「木兵衛のばあ様を連れてくる」

「は、はあっ、影二郎どのは猪平一家と木兵衛一家を衝突させようと企《たくら》んでおられますな」

「少々事情もあってな、やくざどもの尻をちょいとばかり押すことになった」

「こりゃ見物でございます」

影二郎はそれを聞くとまだ暗い闇に姿を没していった。

騒ぎが起こったのは、冬の太陽が昇って半刻《はんとき》(一時間)ほどのちのことだ。

影二郎はまだ店開きしてないめし屋の縁台に一人座っていた。すると木兵衛が韋駄天の魚十を連れて、つんのめるように歩いてきた。

「おめえさん、百五十両を前渡しししようじゃないか」

木兵衛は懐から布袋を取り出し、影二郎に渡した。

「どうした、宗旨変えしたか」

「ばあ様が猪平一家に連れ去られた」

「それは大変だな」

「取り戻してくれるな」

影二郎は雲の向こうにおぼろなかたちを見せる冬の太陽を眺め上げた。

海は今日も白い波を上げていた。

「日中はまずいな。日が落ちたら動く」

「ばあ様を無傷で取り戻せ」

「よかろう」

「おめえが取り戻したら、即座に那珂川を押し渡る。相撲崩れなどに那珂湊を自由にされてたまるか」

「そのために上州者の言いなりになってきたんだ」

そう吐き捨てると木兵衛はまた前のめりになって町の方角に戻っていった。

半刻（一時間）後、ぶらぶらと木橋を渡って磯浜の方角に歩いていった。するとそこに巨漢の荒天の猪平が突っ立っていた。その後方には陣笠を被った尾坂孔内が怒りを隠しきれない顔で歩き回りながら、ぺっぺと唾を吐いていた。影二郎が刀の鐺で突いた鳩尾が痛むらしい。

「流れ者のおめえに残りの七十五両を渡す」

「……」

「出入りの前に尾坂の旦那の頼みを聞いてくれ」

影二郎はなんだ、という顔で猪平を見た。

「夜中に尾坂様が襲われなすった」

「だれに」

「木兵衛のじじいの一味に決まっておる」

「怪我した様子はないが」

影二郎は尾坂を見た。

「女がさらわれた」

「これはまた……」

「無傷で取り戻してくれ」

「手付けと合わせて百両は安い」

「百と二十五両、持ってきた。これ以上は出せん」

「猪平、木兵衛の蔵には千両箱が五つも眠っているという話ではないか。縄張りと五千両なら、こたえられまい」

「よし、百五十両だ」

猪平は袋に入れた金を渡した。

「承知した。よいな、阿字ケ浦一家に忍びこむのは夜のことだ」

「女が無事だと分かったらしゃにむに阿字ケ浦に斬り込む。そんときゃあ、おめえが先頭だぜ」

大きくうなずいた影二郎は、踵《きびす》を返すと橋を戻り始めた。

四

橋下の宿の前に忠治一家の久次が待っていた。

影二郎は黙って河原に歩いていった。久次も沈黙のままに従った。

目の端に二人の女を閉じ込めた舟小屋が映った。

「旦那、親分からの伝言だ」

「……」

「年明けに水戸のご城下で会いたいそうだ。おめえさんと差しでね」

水戸は三十五万石、ご三家の家柄だ。八州廻りも遠慮して巡察を避ける。

忠治は影二郎との会見の場をその水戸に求めた。

「いつだ」

「正月三日の子《ね》(夜十二時)の刻、水戸の東照宮の境内」

「承知したと忠治に伝えてくれ」

久次はくるりと背を向けた。

「忠治はどこに潜んでおる」

「御殿山」

とあっさりと隠れ家を教えた。海を一望できる高台御殿山に別荘を築いたのは水戸の二代目光圀《みつくに》公だ。彙賓閣《いひんかく》と名付けられた別荘に忠治一家は寝泊まりしているらしい。大胆といえば大胆だが、司直の目が届かないただ一つの場所かもしれない。

「那珂湊を捨てる気か」

影二郎が聞いた。

久次は向き直ると、

「旦那にはいろいろと算段してもらったみてえで、どうやらおれたちの用向きは済みそうだ」

「おれが役に立ったとな」

「旦那の筋書きだと出入りはいつだね」

「今夜の四つ半（夜十一時）でどうだ」

「ありがてえ」

なにを久次は考えたか、礼を言った。


影二郎は、あかを冬の河原で遊ばせて過ごした。

めずらしく穏やかな日差しが河口付近に落ちていた。

海も静まり、波もない。

相良多門は幽閉した二人の女のそばにつけてある。

みよを磯浜に使いに出した。

影二郎とあかだけがのどかな日を浴びて時を過ごした。

影二郎が動き出したのは日が落ちた後、一刻（二時間）余りも過ぎた後だ。

流れ宿に戻ったみよに旅仕度をさせた姿で再び橋を渡らせた。いま一人、宿の泊まり客、鉦叩《かねたた》きの太一《たいち》を阿字ケ浦の木兵衛の下に使いに出させた。

これで仕度は整った。

太平洋から冷たい風が那珂川の水面に吹き寄せて、白い縮緬皺《ちりめんじわ》を作った。

中天には皓々《こうこう》と青い月が昇っていた。

影二郎は、無紋の着流し、一文字笠を被った。那珂湊と磯浜をつなぐ木橋の真ん中に空《から》の酒樽《さかだる》をすえて、長合羽を肩に羽織って腰を下ろした。

そして竹筒に詰めた熱燗《あつかん》の酒をちびりちびりと飲みながら待った。

時がゆるゆると流れた。

そのうち天からちらちらと白いものが落ちてきた。

明かりが浮かんだのは磯浜の橋際だ。

高張《たかは》り提灯に、荒天一家の文字が読める。喧嘩仕度も厳重に四、五十人の男たちが腰に長《なが》脇差《わきざし》、手に竹槍を持って現れた。浪人のなかには本身《ほんみ》の槍を携えている者もいる。

先頭には江戸相撲上がりの荒天の猪平が、真っ裸、裸足の巨体に回しを締め込み、二尺六寸はあろうかという長脇差と十手を十文字に差し込んでいた。

かたわらに陣笠を被った尾坂孔内の痩身があった。

「おはなはどこじゃ」

女はおはなというのか。

八州廻りは役目も忘れて、情婦のことしか念頭にないようだ。

影二郎はゆっくりと視線を尾坂に向けた。

「八州の旦那、鳩尾の痛みはどうだ」

影二郎の問いに尾坂が怪訝《けげん》な顔をした。

委細かまわず猪平が怒鳴った。

「おい、おはなはどこだ。取り戻し料はてめえに払ったぜ」

その時、那珂湊の方角から阿字ケ浦の木兵衛が、これまた喧嘩仕度の二十数名を引き連れ、つんのめるように橋を渡ってきた。人数は少ないが浪人者など二本差しが多い。

「侍、ばあ様はどこじゃ」

そう叫んだ木兵衛は、

「まさか猪平に寝返ったわけじゃあるめえな」

と影二郎を睨んだ。

「木兵衛、どういうことだ」

猪平が影二郎の頭越しに木兵衛に怒鳴った。

「どうもこうもあるけえ。おれのばあ様をどこにやった、猪平」

「なにっ！　ぬかすな」

「おれはこやつにおめえらが拐《かどわ》かしたばあ様の取り戻し料を百五十両も払ったんだ。この決着は、おめえの命で払ってもらうぜ」

「ぬかせ！　尾坂孔内様のご寵愛のおはなをさらっていったのはおめえらの方じゃねえか。木兵衛、おめえは八州様のご威光に盾突こうってのか」

「このわしが八州様の……」

木兵衛は影二郎を睨んだ。

「どういうことだ、さんぴん！」

「約束どおりにばあ様と女は無事にそなたたちの手に返す」

「おはなはどこにおる」

「ばあ様はどこだ」

尾坂と木兵衛が口々に叫んだ。

それには答えず、影二郎が木兵衛に聞いた。

「木兵衛、忠治はどこにおる」

「いま駆けつけてくるわ」

「木兵衛、おまえは関所破りの科人《とがにん》を助っ人に頼んだか」

「おお、女に狂った八州廻りなどに嘗められてたまるか」

影二郎が立ち上がった。

阿字ケ浦と荒天の両派が思わず後退りした。

「ばあ様と女はあれにおる」

影二郎は顎で河口の舟小屋を差した。

「じい様！」

白髪を振り乱したばあ様が叫ぶ。

「じい様、われを拐かしたはそのどさんぴんじゃ」

「おはな、無事か」

尾坂孔内も叫び返した。

「尾坂の旦那、あなた様を襲ったのはその男だよ。斬って！」

緋の長襦袢一枚のおはなが裾を乱して橋の方に走ってきた。白い脛《すね》が月明かりに見える。

「おのれ！」

尾坂が刀を抜いて、影二郎を振り見た。額に青筋が立ってぴくぴく動いている。

「尾坂孔内、関東取締出役の心得を聞こう」

影二郎の声が冬空に凛と響いた。

「流れ者にわれらの心得を説かれる要はない」

「二足のわらじの十手持ちとつるみ、水戸から女郎を呼んでもらって接待を受ける。それで役目が果たせるか」

「おお、そうじゃ。そのような八州廻りは江戸の勘定奉行様に訴えてやるわい」

木兵衛が影二郎の言葉に呼応した。

「忠治を匿うおのれに言われる筋合いはないぞ」

猪平がだんびらを抜いた。

尾坂は、抜き差しの剣を顔の横に立てると、

「魚のえじきにしてくれる」

と叫び、影二郎に駆け寄った。

「役目を忘れた八州廻り尾坂孔内の罪軽からず……」

影二郎の長合羽が雪に舞った。

ふわりと尾坂の眼前に広がった。

尾坂の剣が影二郎の額に届いた、とその場の全員が思った。

その直前、広がった長合羽の下で法城寺佐常が横薙《な》ぎに一閃《いっせん》されて、尾坂の片腕をすり上げた。

あっ！

剣を握った片腕と血潮が飛んで、尾坂の袖《そで》がぶらりと垂れ下がった。悲鳴を上げながら尾坂は、二、三歩よろめき歩いた。

「痛てえよ、おはな……」

喚《わめ》くように言った尾坂は雪の橋上へ座り込んだ。

雪の積もる橋上に長合羽がふわりと落ちてきて、影二郎が掴んだ。

「やりやがったな！」

猪平が怒号した。

木兵衛が喚声を上げた。

「親分、忠治は裏切りやがった。出入りにはきませんぜ！」

橋の下から叫び声が上がった。声を上げたのは相良多門だ。だが、混乱の場だ。

木兵衛は身内の者の報告と取り違えた。

「ざまあみやがれ。忠治がいなきゃ、那珂湊の縄張りは荒天一家のものだ。野郎ども、突っ込め！」

今度は猪平が気勢を上げた。

狭い橋の上で両派が竹槍を寝かせ、本身の穂先をきらめかしてぶつかった。

影二郎は押し寄せる両派の間隙《かんげき》を縫って長合羽を小脇にたくしこむと那珂川に向かって飛んだ。

雪が激しく舞う中に影二郎の体が浮かび、水面に待つ舟に飛び下りた。

「風は海風、潮は上げ潮。さて行こうかい」

めし炊きのしげが櫓に力を入れた。

舳先《へさき》にはあかを抱いたみよと相良多門が座っている。

「影二郎どの、やっとるやっとる」

相良が橋の上で激突する荒天一家と阿字ケ浦一家の出入りを望遠しながら、うれしそうに言った。

（せいぜい殺し合え）

影二郎は父の秀信が命じた関八州の大掃除がまた一つ片付くと橋上を見上げた。

「旦那、行き先は水戸のご城下かい」

「ああ」

しげが一段と櫓に力をこめた。

雪がさらに激しさを増した。

あかがみよの腕から影二郎の足下にきた。あかを膝に抱き上げた。もはやあかは懐に入れることができないほど大きくなっていた。

「除夜の鐘が鳴る時分だよ」

影二郎はしげの呟《つぶや》きに大晦日だということに気付いた。

残った竹筒の酒を口に含んだ。

戒珠山密厳寺華蔵院の鐘楼から撞《つ》かれる鐘が雪の川面に伝わってきた。

暦応《りやくおう》二年（一三三九）に大工の円阿《えんあ》によって鋳造された梵鐘《ぼんしよう》は余韻をもって水の上を響

き渡った。

川下から櫓の音が聞こえてきた。

「長合羽の旦那……」

しげの声に不安があった。

八州廻りの尾坂は影二郎に倒されていた。手先が舟手を揃えて追跡してくるとも思えない。するとと土地の代官所の取締りか。

影二郎は雪を透かしてみた。

左右の舷側に一丁ずつ、それに艫《とも》と、三丁櫓の早舟には六、七名の人間が乗っていた。

「河岸につけるかい」

「いや、このままゆっくりと進めてくれ」

不安そうなしげに影二郎は命じた。

あっという間に後続の三丁櫓は舟影を大きくした。

寒さを避けて身を低くしている中、一人だけが箱の上にどっかと腰を下ろしていた。

「しげ、安心しろ。知り合いじゃ」

追いついた舟で立ち上がった者がいた。

「八州殺しの旦那！」

忠治一家の身内、久次だ。

三丁櫓はたちまちしげの漕ぐ舟の横手にきた。

「おめえには礼を言うぜ」

影二郎は千両箱の上にどっかと腰を下ろした国定忠治を見た。が、忠治は彫像のように腕を組んで行く手を見ているだけだ。

「先に行くぜ」

三丁櫓は影二郎らの舟をたちまち置き去りにすると雪の中に消えていった。

「影二郎どの、どなたでござるか」

相良が消えた舟を目で追いながら聞いた。

「上州は国定村の長岡忠治郎、またの名を国定忠治……」

「……あれが忠治親分」

「親分は那珂湊に潜んでおられたのですか」

みよが聞いた。

「ああ、阿字ケ浦の蔵の金をごっそり頂いたのでは」

「すると親分が腰掛けておられたのが千両箱」

「それも五つだ」

「五千両か、豪儀なもんだね」

しげが大きな溜め息をついた。

「お膳立《ぜんだ》てをしたのはわれらだ。忠治には貸しができた」

影二郎は思わず忍び笑いをしていた。笑いながら、忠治は五千両もの大金をなんのために使うのか思案していた。

第五話　水府潜入

一

天保八年（一八三七）、正月が明けた。

二代藩主義公として慕われる水戸光圀とともに名君と謳《うた》われた九代斉昭《なりあき》の治世下、水府三十五万石の城下町はのどかな日和《ひより》に包まれている。

拝礼にまわる紋服姿の武家が目立つ。

元日は町家、商家はどこも戸を閉ざして静まっている。夜通しで働いたせいだ。が、儀礼を重んじる武家だけが小者を伴い、忙《せわ》しげに駆け回っていた。

夏目影二郎とみよは、あかを連れて初詣でに東照宮に参った。

元和七年（一六二一）、水戸徳川家の初代頼房《よりふさ》（威公）が父家康の霊を祀《まつ》って創建したものだ。

影二郎は徳川の存続に叡智《えいち》を傾ける父常磐豊後守秀信の健康を祈った。

八丈島流罪を待つ伝馬町の牢から父に呼び出され、思わぬ道を歩き出した影二郎だ。以来、関八州を流れて七か月が過ぎようとしていた。

天保の大飢饉《だいききん》は一向に回復する兆しを見せない。それどころか日本じゅうに蔓延して徳川幕府の屋台骨を揺るがそうとしていた。それは東照宮に参る人々の真剣なまなざしを見れば分かった。

そしてこの場所は明後日の深夜、国定忠治との差しの会見場所でもあった。そのこともあり、影二郎は初詣でにこの神社を選んだのだ。

大勢の参拝客が行き交う参道を離れたところに見つけた茶店にみよを誘い、甘酒をふたつ頼んだ。

「そなたに頼みがある」

みよが影二郎を見た。

「いつまでもおれと旅しているわけにもいくまい」

みよが悲しげな顔をした。

「みよ、今市に戻ってくれぬか。麻吉にこの金子《きんす》を届けてほしい。荒熊の千吉に壊された宿を修理するにも金がかかる」

切餅《きりもち》（二十五両）を一つ差し出した。阿字ケ浦と荒天の両派から騙《だま》しとった三百両の一部だ。影二郎には差し当たって使い道もない。

「七里の名主どのに手紙を書く。みよ、勢左衛門どのの屋敷に戻るのだ。あそこなら荒熊の千吉も手は出せまい」

影二郎は考えた末、七里の名主にみよの身柄を託すのが最善の策と肚《はら》を決めた。その決心が固いと見たみよは寂しげにうなずいた。

「預かります」

みよは切餅を懐に納めてくれた。

「だれの犬じゃ！」

その時、怒号が東照宮の境内《けいだい》にこだまし、犬の鳴き声が重なった。

あかが小者に首ったまを地面に押さえられ、もがいていた。そのかたわらには大身《たいしん》と見える壮年の武家と困惑の体《てい》の槍《やり》持ちがいた。

「それがしの犬だが、なにか失礼をば致しましたかな」

影二郎は穏やかに言うと近付いた。

「なに、おぬしの犬じゃと」

大身と見える侍はだいぶ屠蘇《とそ》酒に酔っているとみえて足下がふらつき、呂律《ろれつ》も怪しい。

「こやつ、おれの足に絡みおった。新年早々のら犬風情に晴れ着をこすられるとは、縁起が悪い。厄落としにこやつの素ッ首を斬り落としてくれるわ」

太刀の柄《つか》に手をかけた武家はふらつく腰で、あかを押さえた小者に放すよう合図した。

「旦那様《だんなさま》……」

槍持ちが主人に、

「家康様をお祀りした神殿でございますれば……」

と小声で注意を促した。すると主人はますますいきり立った。

「なにをぬかすか。武士の身体《しんてい》を汚されたのじゃ、斬《き》る。いや、槍を貸せ。一撃の下に突き刺してくれるわ」

槍持ちから朱塗りの槍を強引に奪い、革の鞘《さや》を外すと構えた。

「おぬし、本気か」

影二郎が酔った侍に言った。

「水戸斉昭様は江戸に定府《じょうふ》とはいえ、重役方は水戸におられよう。正月早々、酒をくらって東照宮の神域で犬相手に槍など振り回すのは聞こえも悪かろう。およしなされ」

「おのれ、拙者をだれと心得る」

「名乗りなどあげないことだ。あとでそなたが困ることになる」

参拝客が騒ぎを聞きつけ、取りかこみ始めていた。中には水戸家中の者もいた。

「流れ者風情《ふぜい》が生意気な口を利きおって、そこになおれ。水戸藩蔵奉行二千二百石、家城甚《やしろじん》左衛門《ざえもん》が槍先の錆《さび》にしてくれるわ」

旦那様、とあたりを気遣いながら声をかける槍持ちやうろうろする小者をよそに、家城は穂先を影二郎の胸板につけた。

(さてどうしたものか)

影二郎はのどかな日差しの中、思案しながら立っていた。

えいっ!

家城が槍をしごいて影二郎に突きかけた。へっぴり腰で穂先が揺れた。

影二郎はその場を動くこともなく、上体だけのひねりで躱《かわ》した。それは一見ゆったりした動作に見えた。穂先の突きを見切った躱しだった。それがますます家城の怒りを誘った。

「おのれ! 手加減をしておれば……」

家城は槍を引き、再びしごくと穂先を繰り出そうとした。

「家城どの!」

二人の間に割って入った者がある。

白扇が槍の千段巻《せんだんま》きをぴたりと押さえていた。

三十をいくつか超した頃合の武家が家城と影二郎の間に体を入れ、閉じた扇で槍の動きを止めていた。

「おのれ、邪魔立てするか」

家城がいよいよ憤激して相手を見た。

「おっ、これは藤田東湖《ふじたとうこ》どの」

「家城どの、ここはそれがしに免じて槍をお引き下され」

そう家城に向かって穏やかに言った藤田は、影二郎に立ち去るよう目で合図した。

影二郎は目礼すると、これが水戸学派の筆頭として江戸まで名の知れた儒学者《じゅがくしゃ》かと、そのいかつい風貌《ふうぼう》を見た。

東湖は文化三年（一八〇六）に幽谷《ゆうこく》の次男として水戸に生まれている。幼名は武次郎、通称、虎之介、誠之進といった。

父の幽谷は光圀が編纂した『大日本史』の編纂所である彰考館の総裁を務める儒学者であった。この父について幼き頃から江戸に上がった東湖は亀田鵬斎《かめだほうさい》や太田錦城《おおたきんじょう》らについて学問を納め、岡田十松《おかだじゅうまつ》に剣を学んだ俊英であった。

先代藩主の斉脩《なりのぶ》が没した時、後継者問題が起こった。

そこで東湖は下士改革派を糾合して斉昭擁立に動いて頭角をあらわした人物であった。

影二郎があかはと見回すと、藤田の連れか、清楚《せいそ》な顔立ちの女性があかを押さえつけた小者のそばに歩み寄っていた。

「側用人のお言葉とは申せ、許さん」

家城はそれでもまだ喚《わめ》きながら、身をよじって抵抗していた。

「家城どの、これ以上の醜態を続けられるとそなたの家名を傷つけることになりますぞ」

東湖が烈火の言葉を吐き、屠蘇酒に酔った蔵奉行をはったと睨《にら》んだ。東湖の叱咤《しった》と眼光である。家城の抵抗もこれまでだ。

あかは東湖の連れの腕に抱きとられていた。

影二郎に向き直った若い女性が、

「どうぞお引き取りを」

とあかを影二郎に差しだした。

「東湖先生のご家内か。先生によしなにお伝えくだされ」

と窮状を救ってくれた礼を述べ、あかを引き取った。

「承知しました」

そう答えた相手は白い歯をわずかにのぞかせると、

「妹のさやにございます」

と影二郎の思い違いを訂正した。

「これはご無礼つかまつった。それがし夏目影二郎と申す者にございます」

と名乗った。

「夏目様、いずれまたお目にかかる機会もありましょう」

さやが静かに言った。

うなずいた影二郎は、騒ぎの場を後にした。

水戸ご城下から遠く離れた那珂川の河原に、影二郎らが泊まる流れ宿はあった。

正月の夕暮れ、商売に出た男女が戻ってきて十数人が囲炉裏端に集まっていた。自在鉤《じざいかぎ》には鍋が掛かり、あんこうや野菜がぐつぐつと煮えて、美味しそうな香りを漂わせていた。

鍋を仕切っているのは襷《たすき》掛けの相良多門だ。

影二郎ら一行が水戸に着いたのは正月の夜明け前、しげには舟賃として五両の金を渡した。するとしげは、

「これでいい正月ができるよ、旦那」

舟底に用意してあった大ぶりのあんこうを礼だと二匹もくれて、新年の光がかすかに差し始めた那珂川を下っていった。

「相良、そなたはどうする」

舟影を見送っていた影二郎が聞いた。

「影二郎どのはどうされる」

「おれとみよは近くの宿に厄介になる」

「それがしもお供いたします」

相良は自らあんこうをぶら下げると影二郎らに従って流れ宿にきた。

水戸城下の初参りに影二郎は相良も誘った。だが、相良はあんこうをさばいたり、正月料理の下準備をすると言って、宿に一人残った。

その相良が顔に汗を浮かべて大奮闘していた。

「影二郎どの、味噌仕立てのあんこう鍋は申すにおよばず、そなたから言いつかった酒も菰《こも》で買っておきましたぞ」

板の間の隅には菰かぶりが酒の匂いをさせていた。

相良は、自ら剣は駄目だと認めていたが、なかなか小器用な人物だった。

影二郎らが戻ってきたのを知った宿主の無八《むはち》老人が、

「酒も鍋もこちらのおごりじゃ。泊まりの衆、お侍に礼を言うのだぜ」

囲炉裏端に喚声が沸き、口々に礼を述べる。

「よさぬか、気味が悪い」

影二郎に茶碗酒を運んできたのはみよだ。すでに相良も茶碗を手にしていた。

「おめでとうございます」

その場に居合わせた旅人たちが声を和して、新年の祝賀の言葉を掛け合い、酒に口をつけた。

「商売はどうだな」

影二郎の問いに万歳《まんざい》の大夫《たゆう》役の安三《やすぞう》が、

「だれも財布の紐《ひも》を緩《ゆる》めねえどころか、頭ごなしに門前払いだ。商売にもならねえよ」

と嘆いた。

「飢饉はさらに広がる気配だからな」

水戸のご城下でも藩がお救《たす》け小屋を設けて炊き出しをするとか、そんな噂《うわさ》が飛んでいるという。

「それもありますが、水戸家では質素・倹約に励むのが家訓だそうで、松飾りも遠慮、節季さえも歌舞音曲は禁じられておりやすからね、なんとも意気が上がったりだ」

才蔵《さいぞう》役の皆吉《みなきち》も嘆いた。

相良が影二郎とみよの前にどんぶりに盛ったあんこう汁を置いた。

「温かいうちに食べたほうがようござる」

影二郎とみよはあんこう汁を食べ始めた。

「酒を買いに城下に出ました折り、奇妙な噂を聞き込みましたぞ」

相良が言った。

「竹垣権乃丞とか申す八州廻りが水戸の城下に参っているとか」

影二郎は相良に視線を向けた。

一文字笠の裏に書かれた六人の八州廻りから足木孫十郎、数原由松、火野初蔵、そして尾坂孔内ら四人の名が消されていた。残る二人のうちの一人が竹垣権乃丞だ。

しかし水戸藩はご三家の家柄、特別警察権を与えられた関東取締出役も領地は遠慮して足を踏み入れないのが不文律だった。

「正月から探索か」

「それが一人で潜入したとかしないとか」

「おもしろいな。狙《ねら》いはだれだ」

「那珂湊で五千両も横取りした忠治の探索ですかな」

「昨日の今日だ。いくら八州廻りとて早すぎる」

「となると別の目的か」

影二郎も推測が立たなかった。ともあれ水戸には国定忠治一味がいて、忠治と呼応しているかもしれない八州廻りが侵入してきているという。

嫌な感じだ。

「斉昭様はお子の一人をなんとしても将軍の座にと密かに画策されていると、城下で噂されておりますぞ」

相良が早速聞きつけたらしい情報を影二郎に伝えた。

水戸の徳川藩政史のなかで二代光圀（義公）と九代斉昭は特筆に値する藩主である。

斉昭は、寛政《かんせい》十二年（一八〇〇）三月十一日、七代の治紀《はるとし》（武公）の第三子として江戸小石川の藩邸に生まれている。長兄の八代の就位で長いこと部屋住みの身であったが、この折りに文武の道を極め、幕政の矛盾と弱みを知ったと言われる。

文政の末年、小石川の藩邸で三百両もの費用をかけて放生会《ほうじょうえ》が行われた時、斉昭は、

「いやしくもまづしかるものの家に此三百両をわかちあたへしかば、何にもまさりていみじき功徳ならましを……」

と嘆息したとか。

才気にあふれながら部屋住みに甘んじてきた斉昭は、弱者へ向ける目を持った人間として藩主の地位に上る。

その斉昭はわが子の一人を将軍の地位に就けたいと望んでいるという。それは忠治が日光社参の将軍家斉を暗殺するという噂と関係あるのか。

「どうなさる？」

相良多門が影二郎を唆《そそのか》すように聞いた。

「どうするとは」

「ですからそれがしも町に出て、噂など拾い集めて参りますか」

「なぜそのようなことを……」

「……ただ酒、ただめしではそれがしもちと心苦しい」

「それは律義なことよ」

「ではお手伝いしてよいのですな」

相良はうれしそうに茶碗酒を飲み干すと、

「いや、会津《あいづ》を離れて以来、ようやく生きがいを見つけました」

「そなた、会津が生国か」

「あっ、これはつい酒に酔うてもらしましたな」

「まあ、よいではないか。喋《しゃべ》り始めたのだ、最後まで聞こうか」

と影二郎が誘いをかけ、

「相良様は松平肥後守容保《まつだいらひごのかみかたもり》様二十三万石のお侍ですか」

宿主の無八も相良に突っ込んだ。

「といってもな、下級も下級、恥ずかしいほどの禄高《ろくだか》でな。まともに腹が満たされたこともなかったわ」

「それにしてもなぜ浪々の身になった」

「上役の奥方に懸想《けそう》しましてな。お互いに好き合った関係になったところで色事発覚。尻に帆かけて会津を逃げ出したようなわけで……」

「呆《あき》れましたな、相良様がそんな色事師とは」

「人は見掛けによらぬものだな」

無八も影二郎も言い合い、うらなりのように細長い顔を見た。

酒で赤くなった顔を掌《てのひら》でぴたぴた叩《たた》いた相良は、

「一度の恋で相良多門は燃え尽きましてございます」

とおどけてみせた。

二

影二郎は初夢を見た。

亡き母みつの顔だ。

伝馬町の牢でも見なかった母の顔を旅の空で、それも流れ者たちがごろ寝する宿で見た。

それが萌の顔に、さらには若菜の顔へと走馬灯のように変わった。

影二郎は起きると囲炉裏端に行き、細くなっていた火を掻《か》き立てた。

燃え上がった炎が、あちこちに酔いつぶれて夢枕を結ぶ、流浪の人々の孤独な影を映し出した。

あかが土間からくんくん鳴いた。

影二郎はあかを抱き上げると囲炉裏端に座らせた。

顎を主人の膝の上においた犬は、安心したように目をつぶった。

自在鉤には鉄びんがかかっていて、ちんちんと鳴り出した。

「お茶でも淹《い》れますか」

奥の部屋で寝ていたみよが起きてきた。

「起こしたようだな」

みよは仕切りもない小屋のあちこちに思い思いの寝具を被って寝ている仲間たちを見回した。

「これほど楽しい正月はなかったとみんな喜んでいましたよ」

「それはなにより」

「この大飢饉で稼ぎも大変だそうです」

「なにしろこのご時世だ」

みよは話しながらも手際よく茶を淹れた。独り旅が一人の少女を大人に成長させていた。

「みよ、本庄に帰りたくはないか」

「遠い昔のような気がします」

外に人の気配がした。

物音も立てないように小屋に入ってきたのは相良多門だ。

囲炉裏端に影二郎とみよが起きているとは考えもしなかったようだ。怯《おび》えたような様子を一瞬示した。が、すぐに表情をおどけたものに変えた。

「起きておられましたか」

囲炉裏端に上がってきた相良の衣服には冬の寒さがこびりついていた。

「いや酔っぱろうてしまいましてな、河原で不作法にももどしておりました。なんとももったいないことで……」

「茶を飲まれますか」

みよが相良に聞いた。いったん頷きかけた相良は、いや、よそうと言った。

「どうせなら酒をいただこう」

酔って吐いたという相良はまだ酒を飲む気らしい。

「酒飲みは意地が汚くて……」

そう言いながら相良は部屋の隅に置かれた菰樽から茶碗に残り酒をすくってきた。

「朝めしは、あんこうの残りの汁でおじやにでもしましょうかな。うまいですぞ」

相良は、きゅっと酒を飲み、言った。

「そなたはまめじゃな」

「なにしろ下士のお長屋では、男も台所仕事から洗濯と働きますでな」

相良は額を叩くと酒を飲んだ。

どうやら外は明るくなったようだ。


その夕暮れ、鳥越を経由した父からの密書を受けとった。

〈瑛二郎どの、取り急ぎ知らせ参らせ候。江戸にて関東一円に暗躍する『八州殺し』なる者の風聞が取り沙汰され、勘定奉行公事方一同、城中に相呼び出され探索が厳命されし折り、余は背に冷汗を流し候。なれど匿名の讀賣《よみうり》が始末された八州廻りの傲慢《ごうまん》と所業を報じてより、『八州殺し』の株俄《にわか》に急騰。追随した讀賣屋などは関東世直しの『八州殺し』などと書き立て世情も大いに支持致し候。幕閣にても『八州殺し』の暗躍をしばし黙認せし事に方策を変更し候段、余も安堵《あんど》致し候。さてそなたには厳冬の砌《みぎり》、御身大切に活躍の事、祈念致し候……〉

翌朝、影二郎はあかを連れ、旅仕度のみよを笠間に向かう街道口まで送っていった。

「影二郎様、日光をまた訪ねてくださいね」

何度も何度も約束させるとみよは日光へ戻っていった。

みよの影が街道のかなたに消えたのを見届けた影二郎は、ぶらぶらと水戸の城下に戻った。

大手橋前まできて足を止めた影二郎は水戸城の本丸を眺め上げた。

今日ものどかな空が広がり、凜とした寒さが居座っていた。

水戸城は建久《けんきゅう》年間（一一九〇～九九）に常陸大掾《だいじょう》職馬場《ばば》資幹《すけもと》が館を構えたのが始まりとされる。

江戸に入って家康は、水戸を東北諸大名に対する防衛拠点として、第十子の頼将《よりまさ》に二十万石を与えて封じ、さらに頼将が駿河《するが》に移封された後、十一子の頼房を水戸の城主とした。

城は小高い丘に立地し、那珂川の流れを北の防備に、南には千波湖《せんば》がひらけて要害堅固な地勢に本丸、二の丸、三の丸がそびえていた。

影二郎は、なすこともなく城を望遠していた。

「昨日は迷惑をかけたな」

声に振り向くと藤田東湖が立っていた。

「これは東湖先生……」

影二郎と東湖は挨拶を交わした。

「あの馬鹿どのにはきついお灸《きゅう》をすえておいた」

下士から取り立てられた東湖は大身の蔵奉行の醜態を叱ったようだ。

「お暇か」

「流れ者はいつも退屈しております」

「ではお付き合いあれ」

東湖は城中へと向かう大手橋をさっさと渡り始めた。

影二郎もあかを連れて従った。

「側用人様、おはようございます」

黒門を警護する門番が斉昭の側用人に挨拶すると、犬連れの影二郎をとがめるように見た。

「知り合いじゃ」

東湖はその一言で門番の口を封じた。

影二郎は東湖と肩を並べて石段を上がった。

行き交う藩士たちが影二郎の着流し姿にびっくりしている。

藩の重役方の屋敷が建ち並ぶ三の丸の広場が現れた。

三の丸を見渡す場所に立った東湖は、

「ここの屋敷町をすべて移転させる」

と手で指し示した。

「なんのために」

「弘道館《こうどうかん》を建てる」

「弘道館……」

「斉昭様の命で藩校を設立する……」

日本で初めての大学と言われる足利学校を始め、藩校ならどこの藩にもあった。

東湖が気張ることでもない。

「水戸学の思想を教え、ひろめる学校だ。これまでの藩校は、儒学と武芸を主に教えてきた。わが弘道館では兵学、漢学、和学のほか、音楽、天文、地理、数学、医学までを網羅して、異国などにも負けぬ規模の大学を作る」

叡智で知られた斉昭らしい構想であった。

東湖の頭にも壮大な夢が駆け巡っているらしい。

しかし、この時世に水戸も思いきったことをやられると影二郎は思った。

「建物は四棟、正庁、文館、武館、医学館に分けられる……」

「弘道館の思想とはいかに」

「神州の道を奉じ、西土の教えを資《と》り忠孝二《ふたつ》なく、文武岐《わか》れず、学問事業その効を殊にせず……斉昭様の考えを敷衍《ふえん》した『弘道館記述義』をそれがしが書いておる」

どうやら水戸学は斉昭の考えを東湖が解釈して書き下しているようだ。

「建設費や運営費はどうなさるおつもりで」

いま一つの気掛かりを聞いた。

「建築費は藩に出させる。運営費は幕府から助成をもらうつもりじゃ」

「それはまた大変な算段ですな」

「家老の結城《ゆうき》どのを始め、重役方が反対でな。年寄りが旧態依然として習わしにしがみつくようでは水戸も終わりじゃ」

東湖は、老害が藩の刷新を妨げておると吐き捨てるように言った。だが三の丸に代々屋敷を構えてきた藩の重役たちは、藩主と東湖のような成り上がりの側近によって追われようとしているのだ。当然、抵抗は強い。

影二郎は東湖の過激が悲劇を生まなければよいがと危惧《きぐ》した。

「どうなさるおつもりです」

「やる、やるさ。藩公が構想されたものを家臣が阻《はば》んでよいものか。おれは老人たちを蹴散らしてもやる。そうしなければ、この日本は異国の支配地となるぞ」

東湖の舌鋒《ぜっぽう》は火を吐くように熱く、鋭かった。

「まずは準備金に数千両は要《い》る、それも近々にな」

「工面はございますので」

「なくもない」

そう言った東湖は、

「弘道館ができたなら、夏目瑛二郎、そなたも竹刀《しない》をとって教えてくれぬか」

影二郎は東湖を見た。

「先生はそれがしをご存じですか」

「知っておる。昨日は気がつかなんだが、家に戻ってさやと話していて思い出した」

「………」

「何年前になるか、岡田十松先生の使いであさり河岸の桃井春蔵先生の下に書信を届けたことがある。先生が返書をお書きになるあいだ、おれは先生にお断りして道場の片隅から鏡新明智流の稽古《けいこ》をのぞかせてもらった。その折りな、きびきびと門下生に稽古をつけていたのがそなた、夏目瑛二郎よ。おれが若い師範代のことを先生に聞くとな、百年に一人の逸材、わしの後継者だと先生は誇らしげに語られたことがあった……」

「そのようなことが……」

影二郎は懐かしくも桃井春蔵の風貌《ふうぼう》と裏切られた思いを抱いているであろう胸中を思って、いたたまれない気持ちになった。

「その夏目が名を変え、関八州を流浪しておる、なにがあったのだ？　いや、なにをやっておられるのだ」

「身を持ち崩しまして、このようなさまになりました。それだけのことでございます」

「夏目瑛二郎」

と東湖が呼んだ。

「上州から野州、さらには常陸にかけて不審な浪人者が歩いていると、先ほど藩目付から聞き出して参ったところだ。その男、腐敗した八州廻りややくざどもを始末して歩いているらしい。近ごろでは『八州殺し』の異名で呼ばれているそうな。それがどうやらおぬしのようじゃな」

「………」

「そなたが水戸にいるということは八州廻りが潜入しているということか」

「八州廻りは大名領、幕府直轄領、寺社領を問わず探索するのが目的で設けられたと聞き及んでおります。この水戸に八州廻りが滞在していても不思議はありますまい」

「わが水戸藩は、将軍家と同格、他の大名領とは違う」

「巡察を遠慮して、領外を迂回《うかい》するのが習わしの水戸藩に八州廻りがいたとしたら、どうなさいます」

「そなたの言う通り、幕府が設けた制度ゆえ、水戸藩も受け入れる」

「表面上はでございますな」

東湖が笑った。

「国定忠治一家が水戸に潜入しているとの噂を聞きましたが、東湖先生はご存じありませぬか」

影二郎は反撃に出た。

「上州博徒の凶状持ちが水戸にか。まさかそのようなことはあるまい」

東湖は影二郎の言葉を一蹴した。

影二郎は那珂湊の阿字ケ浦一家と磯浜の荒天一家の出入りに紛れて、木兵衛の蔵を破って五千両をまんまと盗みだし、三丁櫓《さんちょうろ》の早舟で那珂川を上っていった忠治一家のことを東湖に告げた。

「……忠治が五千両もの金を持ってな」

しばらく考えていた東湖は、

「目付に調べさせる。だがな、もはや忠治は、水戸領内にはおるまい」

影二郎は、明晩の会見について喋る気はなかった。

「かもしれませぬ。ですが東湖先生、日光で奇妙な噂を聞きました。将軍家斉様が日光社参に急遽《きゅうきょ》参られるとか……」

東湖は黙ってなにも答えようとはしない。

「……社参道中を国定忠治が襲うというのです」

「そのようなことがあっては一大事……」

呟《つぶや》くように東湖が言い、

「博徒風情になにができるものか」

「とばかりは言い切れますまい。忠治には少なくとも五千両の資金がある。それにこの大飢饉《だいききん》、民衆は将軍家よりも忠治の側に味方しますぞ」

「それが真実《まこと》なら容易ならぬことじゃ」

「東湖先生、斉昭様は、なんとしても将軍位にお子の一人を擁立《ようりつ》したい所存とか聞き及んでおりますが、いかが」

東湖が体を向けて影二郎を見ながら、

「ご三家の者ならだれしもがいつの日か、将軍位はわが藩からと思うておる」

と逃げ、さらに、

「夏目瑛二郎、なにを考えておる」

と詰問した。

「忠治を動かす者がだれか、それを考えておりまする」

「博徒を利用する者がおるというのか。それはそなたの考え過ぎじゃ」

「で、ございましょうか。このようなご時世、なにが起こっても不思議ではありませぬ」

「夏目、水戸にはいつまで滞在する」

「松の内くらい、旅をしとうはございませぬ」

「分かった。そなたと会って、有意義であったわ。なにかあれば遠慮のう、わが屋敷を訪ねて参れ」

「東湖先生は柳営《りゅうえい》人事についてもお詳しいのですか」

幕府の人事について聞く影二郎に東湖は訝《いぶか》しげな顔をした。

「勘定奉行をだれにするか、実権をお持ちの老中がどなたか知りたいと思うたまで」

「これはまた異なことに関心を持たれるな」

しばらく影二郎の顔を正視していたが、影二郎がそれ以上喋らないとみたか、東湖は、折りよく通りかかった藩士を呼び寄せ、影二郎と犬を黒門外まで送るよう命じた。

影二郎は目礼すると藩士に従おうとした。すると東湖が、

「さやもそなたに会いたがっておる」

と言った。

影二郎は目礼すると黒門に向かって下りて行きながら、考えていた。

徳川一門と譜代《ふだい》大名にとって、元日は最も大事な御礼登城の日だ。装束をつけての城上がりは江戸の風物詩でもあり、将軍家と一門、譜代、外様《とざま》大名が忠誠を誓い合う儀式ともいえた。

その大事な日に水戸斉昭の側近中の側近、ご用人の藤田東湖が、なぜ江戸を離れて国元にいるのか？

そのことを考えながら大手橋を渡って、町に出た。

三

影二郎とあかは松の内だというのに晴れやかさに欠ける町並みを歩いていく。

あかの尻尾が左右に振れた。その視線の先を見ると相良多門が町人と肩を並べて水府橋の方に歩いていく。相良はいろいろと城下町の噂を聞き集めているらしい。

獅子舞《ししまい》が通りかかった。

あかはそっちに気をとられて、尻尾を下げた。

晴れ着の子供たちが集まってきて、獅子舞見物の輪を作った。

影二郎が顔を上げた時にはもはや相良の姿は視界から消えていた。

「夏目様」

声を掛けられた影二郎は、まぶしそうにその女を見た。

藤田東湖の妹だった。

さやは年始参りにでも行く途中か、手に紫の包みと菊の花を抱えていた。

「先ほどは兄上に誘われて城の中を見物させていただいた。今度はさやどのか」

「水戸は狭い町でございます」

さやが笑った。

「もっとも兄は夏目様を幕府のお役目を持った方ではと気にしておりましたから、捜し回った末に偶然を装ってお目にかかったのでしょう」

さやは兄の行動をばらすと静かな笑みを浮かべた。すると頰《ほお》にえくぼができた。

「それがしが密偵とな、ご三家の水戸様には必要ございますまい」

と笑い返した影二郎は、

「兄上はお城に誘われた。さやどのはそれがしをどちらに案内してくださるか」

とさやに言ってみた。

「無粋なところでございますが、ようございますか」

「退屈して困っておった。いずこへなりと……」

さやは、城の西側から屋敷町の間を西に走る通りへ案内した。

老人の謡う調べが、静かな一帯のただ一つの物音だ。

「江戸の方にはさびしゅうございましょうね」

影二郎は、母親が若き日の秀信を待ち続ける上野同朋町の家でひっそりと育てられた。秀信が訪ねてくると影二郎は女中に連れられて外に出された。

幼き頃、江戸がにぎやかな都などとは考えたこともなかった。無性に寂しい町並みであった。影二郎が秀信に最初に持った反感、憎しみはそんなところから来ているのかもしれない。

さやは足を止めた。そこは寺の門前で扁額には神応寺と詠《よ》めた。

「父母の墓に詣でようと外に出ましたら、夏目様に……」

さやは石段を上がった。影二郎は井戸端で水を汲むと、花桶《はなおけ》に注いだ。

「ご迷惑ではないか」

なんの……とさやがほがらかに笑った。

「墓前に殿方をお連れしたのは初めてのこと、母がびっくりしましょうな」

藤田家の墓を影二郎が洗い、さやが香華《こうげ》を手向けた。

さやが瞑目《めいもく》して掌を合わせるそばで影二郎も頭を垂れた。

あかも神妙に座っている。

「ありがとうございました」

立ち上がったさやが影二郎に礼を述べた。

「思いがけなくも亡母《なきはは》の墓に参ったような気がした。感謝せねばならんのは、それがしの方だ」

二人は肩を並べて庫裏《くり》の方に歩いていった。

冬枯れの木々は葉を落として寂しい。しかし影二郎の胸の底になにか温かい感情が生まれようとしていた。

「夏目様は、夏目瑛二郎といわれるそうな」

「兄上に聞かれたか」

さやがうなずく。

「桃井春蔵様自慢の逸材がなぜ流浪されておられるのか、兄は訝しく思うておりまする」

「身をやつしているのではない、女のことで身を持ち崩したまで。そうめずらしい話ではござらん」

「夏目様が女性《にょしょう》に狂われたのですか」

「不思議か」

「いえ、そのお方がうらやましい」

庫裏に花桶を返した。

山門に向かおうとした時、六、七人の若侍がさやを待ち受けていた。横柄な顔付きや絹ものの衣服から見て、藩の重役の子弟と推測がついた。

あかが小さな声で唸った。

「下部《しもべ》様……」

さやが中の一人を見て、呟いた。

「この女が東湖の妹か」

長身の若侍が、さやに下部様と言われた仲間に聞いた。いじけた目の下部がうなずく。

「なにごとでございます」

さやが下部に詰問した。すると一同の頭《かしら》分の長身が、

「おれは結城隆一郎《りゅういちろう》じゃ。そなたの身柄、当分あずかる」

結城隆一郎は仲間に、待たせているらしい駕籠《かご》を連れてこいと命じた。

「結城様、わたしにはそなた様方に囚《とら》われるいわれがございませぬ」

さやは影二郎に、参りましょうと声を掛けた。

歩き出した二人の前に一人の若侍が立ち塞がった。

「正月早々に野暮なことはなしだ」

影二郎が隆一郎に言った。

「他国者《よそ》は黙っておれ。それとも、そなたも一緒に縄目の恥を受けるか」

「これはまた横柄な口の利きようだな。水戸ではそのような物言いを斉昭様が認めておられるのか」

「他国者は藩公の御名など口にするでない。邪魔立てすると斬るぞ」

「今度は斬るか、威勢のいい若侍だな」

「言わせておけば」

隆一郎が一歩飛び下がると刀の柄に手をかけた。

「さやどの、下がっておられい」

影二郎はさやを闘争の場から引き下がらせた。

あかは心得たものでさっと樫の大木の陰に隠れた。

「売られた喧嘩《けんか》じゃ、容赦はせぬ。怪我をしたくなくば、いまのうちに退散せられえ」

隆一郎が影二郎の言葉に刀を抜いた。

仲間たちも揃って白刃を構え、影二郎を半円に囲んだ。

「一対七じゃ、囲んで叩き伏せい。殺してもかまわん」

本気か勢いか、乱暴な声が合図だった。

影二郎の左手にいた侍がまだ柄にも手をかけない影二郎の小手を狙って、声もなく突進してきた。

影二郎の体がわずかに沈み、法城寺佐常に手が掛かった。

光が腰間から走り、二尺五寸三分の大刀が峰に返されて、突っ込んできた者の刀を叩いた。

大薙刀《おおなぎなた》を刀に鍛え直した、先反《さきぞ》りの佐常が相手の刀をへし折って飛ばし、脇腹をしたたかに打撃した。

すさまじいまでの豪刀ぶりだ。

攻撃者は突んのめり、参道の石畳に倒れていった。

「やりおったな！」

正面の侍が影二郎の向き直った体に白刃を振り下ろしてきた。

影二郎は相手の懐に飛びこみざま、返した刀の峰で胸部を強打した。倒れ込む男のかたわらをすり抜け、攻撃の輪の外に出た。

「おれがやる」

結城隆一郎が草履を脱いで、足袋《たび》のすべりを止めるために地面に足裏をこすりつけて、正眼に構えた。一同の頭目だけあって、道場で修行したあとが見える。

影二郎は峰に返した法城寺佐常の刃を下に向け直した。

「何用あってさやどのを拐《かどわ》かすのかな」

「東湖、会沢正志斎《あいざわせいしさい》ら新参の改革派を藩政の場から引き下ろすためじゃ」

まなじりを決した隆一郎が叫ぶ。

「愚かなことよ。さやどのを拐かしたところで東湖先生らが改革の手を緩《ゆる》めると思うてか」

「ならば女を殺し、東湖も正志斎一味も暗殺する」

「東湖先生らを指導しておられるのは、藩主の斉昭様じゃ。おぬしらの行動は、藩公に盾突く不忠の道ぞ」

「ぬかすな、他国者には水戸の政《まつりごと》は分からぬ」

隆一郎は口を閉ざした。

影二郎は法城寺佐常を相正眼に構え直した。

呼吸を整えていた隆一郎の肩が上下に揺れた。

剣先が上がり、点を衝く前に怒号を上げて突進してきた。

影二郎は動かない。

法城寺佐常も微動だにしない。

隆一郎の剣が白く光って落ちてきた。

影二郎の佐常がすり合わせて跳ね上げた。

その瞬間、隆一郎の剣は半ばから両断されて、宙に飛んでいた。

斬り割られた刀を持ってたたらを踏む隆一郎の肩口を、再び峰に返された法城寺佐常の重い剣身が叩いて、骨が砕ける音が不気味に寺内に響いた。

隆一郎はそれでも影二郎のほうを振り向こうとしたが、うずくまるように参道に転んだ。

「おのれ!」

残った四人が剣を構え直した。

「やめておけ。これ以上の怪我人は無用じゃ。それより、三人の怪我人を医者のところに運ばんと一生後悔することになるぞ」

影二郎の叱声に若侍たちは顔を見合わせた。もはやその顔から闘争心は薄れている。

「参ろうか、さやどの」

影二郎は戦いを凝視していたさやを伴い、寺門を出た。すると通りにあかが待っていた。

「二日続きでご迷惑をおかけしました」

さやが影二郎にわびたのは神応寺を遠く離れた屋敷町に戻った時だ。

「なんの、それよりあの者たちの家族より東湖先生に抗議がいかぬかな」

「兄は一顧だにいたしませぬ」

うなずいた影二郎は、

「見知りの者がいたようだな」

さやは清楚な細面《ほそおもて》に憂いを刷《は》いた。

「下部兵庫《ひょうご》様と申されて、書院番六百石の家柄の嫡子《ちゃくし》にございます」

さやは言葉を切った。が、言い添えた。

「とある方を介して嫁にと申し込まれて見合いをしたことがございます」

「うまくいかなんだか」

「面接した兄が兵庫様の考えのいたらなさを面罵《めんば》されて、見合いは不首尾に終わりました。

ただそれだけの関係……」

「どうやら相手はまだ未練がありそうじゃ」

「迷惑です」

というとその話題に蓋《ふた》を閉ざすようにさやは黙りこんだ。

次に足を止めたのはお城近くに戻ってきた時だ。

「夏目様、わが家に参られませぬか。お礼にお茶など差し上げたいのですが」

「心は動くが、やめておこう」

「兄も私も夏目様が流れ者などとは毛頭信じておりませぬ」

うなずいたさやに目礼を返した影二郎は、流れ宿に足を向けた。そのあとをあかが従って、さやの視界から不思議な人物の姿が消えた。


流れ宿近くの河原に下りた時、影二郎は小屋を監視する眼の存在を感じた。

忠治一家か、八州廻りか。

影二郎は素知らぬ顔で小屋に戻った。

すでに相良多門は囲炉裏端に座り、餅を焼いていた。仲間の旅人たちは商売からまだ戻ってきてはいない様子だ。

「おお、ちょうどよいところに帰ってみえた」

どこから手に入れたか、焼いた餅を醬油につけて影二郎に差し出した。

朝から歩き回って口にはなにも入れてない。影二郎は焼きたての餅を頬張った。

「うまい。よう餅が手に入ったな」

「餅売りが水府橋の袂《たもと》に出ておりましてな、ふたつだけ買うことができました。餅もつけぬ者を目当てに近くの百姓が売りにきたものらしい」

相良も眼を細めて餅を食べた。

「これで正月がきた気分になった」

「城下でそなたの姿を見掛けた」

相良が茫洋とした顔を向けた。

「町人と肩を並べて、水府橋の方に向かうのを見ただけじゃ」

「あの者に餅売りのことを教えられたんですよ」

そうそうと言葉を継いだ相良が、

「水戸に潜入した八州廻りですがね、どこに小耳を立てても影すら見えてこない。本当に竹垣権乃丞は城下におるのでしょうかな」

「それはそなたが聞き込んできた話じゃ」

「影二郎どのは今日どうなされておった」

「藤田東湖どのと妹ごに会った……」

「東湖様にな、二日続きの奇遇ですか」

「奇遇ではない。東湖どのは、おれを水戸藩の内情を探る幕府の密偵と怪しまれたようじゃ」

影二郎は、東湖の妹と出会い、墓参りに行った先で襲われた事実も話した。

「おお、なんと。夏目様の行く先々にはいろいろと騒ぎが舞い込んできますな」

驚いた相良は、

「それにしても改革派に対する門閥の抵抗は、かなりなものですな」

「百年以上も住まいしてきた三の丸を新参者の東湖どのらに追い立てられるのだからな。事は簡単にいくまい」

日が落ちて芸人たちが三々五々と宿に戻ってきた。正月のこと、ほとんどが昨晩と同じ顔ぶれだ。

「お侍様、大根をもらってきましたので味噌汁の具にしましょうかい」

万歳の皆吉が縄で縛った大根を影二郎に見せた。

「わしは麦じゃ」

「ひえもあるぞ」

喜捨された食べ物が囲炉裏端に集められ、相良が、大根も一緒に煮込んで雑炊かのうと夕食の献立を思案した。

「酒はまだ残っておるか」

「ございますよ」

自ら志願した料理人や手伝いが動きはじめて、宿は活気を取り戻した。

影二郎は門付《かどづ》けの女が注いでくれた茶碗酒に口をつけながら、監視の目のことを考えていた。

（やつらが襲ってくるとしたらいつのことか）


相良多門が流れ宿を出る気配に影二郎は目を開けた。

法城寺佐常を腰に落とし入れ、一文字笠と長合羽《なががっぱ》を手にした。

小屋を出た時、雪がちらちらと夜空から落ちていた。

影二郎は長合羽を体に巻きつけるように着て、一文字笠を被った。

うすく積もった雪道に相良の足跡が残っている。

影二郎はゆっくりと辿《たど》り始めた。

四

「遅いではないか」

枯れた葦原《あしはら》にもやわれた二隻の屋根舟の一隻から声がかかった。

相良多門は辺りを見回し、頭に積もった雪を払い落とした。

障子が開けられた。開けたのは相良と一緒に城下を歩いていた町人だ。が、その日は、関東取締出役の出役姿で勇ましくも待機していた。もう一隻の屋根舟には、雇足軽らがこれまた捕物姿で待っている。

「藩中には悟られておらんな」

屋根舟に体を入れた相良に聞いたのは、関東取締出役の峰岸平九郎だ。

「大丈夫じゃ」

答えたのは相良多門こと、峰岸と同じ八州廻り竹垣権乃丞だ。

「八州殺しはどうじゃ」

「眠りこんでおる」

「ではやるか」

「まあ待て」

相良、いや、竹垣が座り直した。

「あやつが藤田東湖と会った」

「知り合いか」

「いや、昨日、偶然会ったようだ。それが今日は東湖と妹が彼を待ちうけていた気配がある」

「なんと……」

「まさか藤田東湖はわれらの潜入を知っておるのではあるまいな。やつは斉昭様の懐刀というではないか。その人物が御礼登城のこの時期に水戸に戻っておるのが、不思議でならん」

「竹垣、われらが影二郎を狙うは、われらの地位を守らんがためじゃ。このことを知るは、そなたと拙者のみ……」

竹垣は、野州黒塚宿にて同僚の火野初蔵の死の周辺を探り、影二郎の存在を洗い出した。

どうやら長合羽に先反りの大刀一本を腰に差した立髪《たてがみ》の男がかかわりあるらしい。このことを江戸にいた峰岸に知らせると同時に相良多門と名を変えて、野州から常陸を探索して回った。

峰岸と竹垣は、かつて二組で関東巡察に出た仲だ。

影二郎が益子宿外れの円通寺に潜んで火野から受けた怪我の治療に専念する二か月の間のことだ。

相良こと竹垣は、那珂湊の阿字ケ浦の木兵衛と磯浜の荒天の猪平一家の出入りのことを伝え聞いて那珂湊に走り、その男の登場を待ち受けていた。すると竹垣の読みどおりにその男、影二郎は出入りの地に現れたのだ。

竹垣は屋根舟に用意してあった八州廻りの装束へと着替えた。

「おい、八州殺しの身許が分かった」

そう潜み声で言ったのは江戸を発《た》ってきたばかりの峰岸だ。

「やつの身許……」

陣笠に手をかけた竹垣が同僚を振り見た。

「何者じゃ」

「影二郎の父親は勘定奉行の常磐豊後守秀信……」

「しゃっ、なんとしたことか……」

竹垣の身支度する手が止まった。

「影二郎は偽名か」

「常磐様は小普請《こぶしん》三百石の夏目成通《なるみち》どのの三男でな。幸運にも三千二百石の常磐家に婿《むこ》養子に入られた身じゃ」

「われらが頭領は婿養子か」

「常磐家の一人娘の鈴女様はお世辞にも美女とはいえん。常磐様は端正な顔立ちゆえ、そこに鈴女様が惚《ほ》れられた。婿どのは最初こそおとなしくしておられたが、舅《しゅうと》どのが亡くなられた後に妾《めかけ》を持たれた。それが夏目瑛二郎の母じゃ」

「すると常磐様と妾の間にできた子が八州殺しか」

「おお、そうよ。侍の子として育てられた瑛二郎は鏡新明智流桃井春蔵道場で修行して、桃井の鬼と恐れられた腕前じゃ」

「野郎がぐれたのは母が亡くなり、常磐家に引き取られた後のことよ。養母の鈴女とも異母兄ともうまくいかず、実母の実家に戻った。そこでな、放蕩無頼《ほうとうぶらい》の世界に走り、上野の十手持ちの聖天の仏七を女のことで殺し、捕まった」

「凶状持ちであったか。しかしよう調べたな」

「おお、餅は餅屋と威張りたいが、偶然のことだ。おれの幼馴染《おさななじ》みが牢奉行石出帯刀《たてわき》様の鍵役同心をしておる。時折り情報をもらうために小遣いを与えておるのだ。こやつと京橋筋でばったり会った。久し振りに酒を酌み交わしているうちに、八丈流罪を逃れた男の話が出た……」

「……島送りを父親の特権で助けだされ、特命を授けられたわけか」

竹垣が唇を嚙んだ。

「常磐様は配下たるわれらの一掃をはかり、関東取締出役の人心を一新する気でおられる。その証拠に数原、火野、尾坂は始末され、うち二人の後任はすでに任命された」

「じっとしていてはわれらの身も危なかった……」

「なにがなんでも奴を斬り捨てる。それしか生き延びる術《すべ》はない」

「影二郎さえ死ねば、あとはなんとでもなる」

「そういうことだ」

「道理で腕が立つ」

二人の八州廻りが顔を見合わせた時、騒ぎが起こった。

峰岸が障子を開けて、もう一隻の屋根舟を見た。すると二人の手下たちを乗せた舟は、那珂川の本流へと流れ出そうとしていた。

「なにをしておる。早よう、竿《さお》を差さんか」

峰岸が部下たちに怒鳴った。

「竿も櫓も見当たりませぬ」

狼狽《ろうばい》した雇足軽が叫び返した。

「なにっ！」

峰岸が叫び、竹垣が屋根舟から出た。

辺りの景色は、白い世界に変わっていた。

竿と櫓を失った屋根舟は早い流れに乗って、降りつづく雪景色のなかに消えようとしていた。

「夏目影二郎……」

竹垣権乃丞が呟いた。

「どうした」

峰岸も外に出てきた。

雪を積もらせた一文字笠に長合羽姿の夏目影二郎が立っていた。そのかたわらの河原には、竿と櫓が投げ出されてあった。

「相良多門、そなたの本名を聞こうか」

影二郎の口から呟きが漏れた。

「竹垣権乃丞……」

「とぼけた野郎だな。おれに会津藩の下士の出で上役の女房に惚れて身を持ち崩したなどと作り話を吹いて安心させたか」

「成り行きでしてな」

「阿字ケ浦の木兵衛のうちで、剣など握ったこともないと言った臆病顔も芝居か」

「いや、あれは本気も本気、刀を振り回すのは苦手です」

竹垣は平然と笑った。

「そなたには騙《だま》された。ただ水府橋で見掛けた折りの挙動が気になってな。それに過日の夜も、宿から密かに抜け出した気配だ。おれとみよの顔を見て驚いた様子がなにより訝しかった」

峰岸が舟から岸へ飛んだ。

影二郎が立つ場所とは六間ほどの距離があった。

「常磐豊後守様がそなたの父とはのう」

峰岸が足場を固めながら言った。

「おれの出自《しゅつじ》を探り当てたか」

「探索がわれらの仕事じゃ」

「勘定奉行に就かれた父は、そなたら八州廻りの行状を調べ直された。関東取締出役に与えられた権利を悪用して好き放題、私利私欲に走る六名にあたりをつけられた。巡察地からの訴えによれば、そなたら二人は、安中《あんなか》宿の旅籠つる屋が夜盗の林造《りんぞう》一味に襲われた事件の探索で早々に一味四名を捕縛したにもかかわらず、後閑《ごかん》川河原で密かに処刑して、一味が盗んだ金三百七十両を着服した疑いあり……」

「……影二郎どの、調べが行き届いておりませんな。あの折り、われら二人が懐に入れたは、七百三十四両、林造一味がよそで稼いだ金も馬の背に乗せておりましたでな」

屋根舟の舳《とも》に立つ竹垣は片手を懐に入れたまま、ぬけぬけと言い放った。

「どうやら悪事はその一件だけではなさそうだな」

「二十五両五人扶持の暮らしは辛いものです」

竹垣は言葉を切った。

「夏目影二郎、八州殺しなどと噂されて大きな面をしているそなたを許すわけにはいかん」

「となると決着を付けねばなるまいな」

「そういうことじゃ」

竹垣は峰岸に、

「こやつの腕をみくびるでないぞ。尾坂孔内をおれの目の前で叩き伏せた腕前は恐ろしいものがあった」

「当代の桃井春蔵はこけおどしの腕前。その師範代など大したことはないわ」

「そなたの剣は」

と影二郎が聞いた。

「北辰一刀流……」

「千葉周作先生の弟子か」

峰岸がゆっくりと長剣を抜いた。二尺八寸は優に超えた業物《わざもの》が雪の舞うなかに光った。

影二郎は長合羽の合わせを割って法城寺佐常の柄に右手を置いた。

峰岸が下段につけた長剣を構え、じりじりと間合いを詰めてきた。

影二郎はまだ舟の上にいる竹垣が峰岸と重なり合う位置まで移動した。

一文字笠と陣笠の下の目と目が見合った。

峰岸は静かに息を吸い、静かに止めた。

間合いは三間に縮まっていた。

竹垣がふいに舟から陸に飛んだ。

影二郎は峰岸を支点に竹垣から身を隠す位置に身を滑らせた。

峰岸が、

お、おおうっ！

という野獣の雄叫びにも似た咆哮《ほうこう》を上げると突進してきた。

下段の剣が弧を描いて影二郎の足から腹部へと斬り上げてきた。

影二郎の左手が長合羽の合わせを摑むと、引き抜きざまにひねりを入れて空に投げ上げ、同時に右手だけで法城寺佐常の豪刀を抜き上げた。

長合羽の裏地の猩々緋《しようじようひ》が、雪のなかに赤い大輪の花を咲かせたように翻《ひるがえ》った。

峰岸の注意が一瞬それに向けられた。

その分、這い上がる長剣の軌道が乱れた。

「峰岸！」

竹垣が叫んだ。

影二郎が峰岸の剣を掻い潜り、両手を添えられた法城寺佐常が突進してきた峰岸の腹部を深々と斬り上げた。

峰岸は空しく振り上げた剣を宙に翳《かざ》すと、前のめりに倒れこんでいった。

影二郎の目は竹垣が懐から抜いた短筒《たんづつ》を捉えていた。

飛んだ。

峰岸の倒れた体の陰に転がると法城寺佐常を捨て、一文字笠の唐《から》かんざしを摑んだ。

ずーうん！

雪空にくぐもった銃声が響いた。

弾丸が峰岸の背の肉をちぎって影二郎の腕をかすめた。

上体を起こして唐かんざしを投げたのと、竹垣の短筒が影二郎の胸板に向けられたのが同時だった。二発目の引き金が引かれた。が、唐かんざしが肩に当たって珊瑚《さんご》玉を揺らしたのが一瞬先だった。

短筒が手から落ちた。

竹垣は不得手という剣を抜くと影二郎に向かって果敢にも走り寄ってきた。

影二郎は捨てた法城寺佐常を拾うと、伸び上がるように立ち上がった。

二尺五寸三分を振り上げ、振り下ろした。

舞う雪を裂いて、竹垣権乃丞の陣笠の上に佐常が刃風鋭く落ちた。

大薙刀を鍛え直した大刀は、八州廻りの権威を示す陣笠を真っ二つに斬って、竹垣の額を割った。

ゆっくりとたたらを踏んで竹垣が二歩三歩と歩いていく。

「夏目どの、だから言ったではないか、剣はからっきしだって」

竹垣権乃丞はそう言うと足をもつれさせ、雪の河原に突っ伏した。

(相良の剣法はなかなかのものだ……)

と影二郎が佐常に血振りをくれた。

影二郎は二人の八州廻りの亡骸《なきがら》を屋根舟に乗せ、那珂川の流れに押し出した。水戸のご城下で八州廻りの死体などが見つかっては事が面倒になる。

流れ宿に戻った影二郎は、まだ残っていた樽酒を茶碗で飲み干して、殺人の興奮を静めた。さらにもう一杯……囲炉裏端でごろりと眠りに就いた。

その日、雪は降り続いた。

影二郎が目を覚ました時、泊まりの者たちは商いに出ていた。雪であれ、正月であれ、働かねば食えないのが旅暮らしだ。

影二郎は、一文字笠の裏の名に線を入れた。

これで数原由松、火野初蔵、尾坂孔内、峰岸平九郎、竹垣権乃丞が亡くなり、足木孫十郎だけが健在だった。

勘定奉行の父常磐豊後守秀信は、八州廻りの一人が国定忠治と関係を持っていると影二郎に探索を命じたのだ。そのすべての容疑者が消えた。

影二郎は父に宛て、水戸での始末の経緯などを細々《こまごま》と綴った後、

〈……かように探索完了致し候えど、この胸釈然と致さず。今一度、生き残りし足木孫十郎の身辺に接近致したく候。今市宿勢左衛門様屋敷へ立ち寄る所存にて、指示あらば連絡の程、知らせ参らせ候。　影〉

と付記してこよりにした。

夕暮れ、最初に戻ってきたのは万歳の安三と皆吉だ。

「この雪じゃ、商売上がったりだ。もう水戸はあきらめた」

「どうする」

「遅くなったが江戸に行こうと思ってるところでさ」

「ならば使いを頼みたい」

「へえっ、どんなご用で」

影二郎は用意したこよりに一両を添えて差し出し、

「鳥越の頭に直接渡してくれぬか。これは使い賃じゃ」

こいつは豪儀だ、とまず一両に手を出して影二郎を伏し拝んだ万歳の二人は、

「旦那はお頭の知り合いかね」

と聞いた。

影二郎は曖昧《あいまい》にうなずいた。

「ならこの使い賃はもらえねえ。お頭にきつく叱られるでな」

「祝儀と思え。その代わり、道草はするな」

「分かった。明日は早立ちしてよ、夜中にはお頭に渡す」

影二郎がうなずいた時、宿に一陣の春風が吹いて、かぐわしい香りが漂った。

御高祖頭巾《おこそずきん》の雪を払って脱いだのは、藤田さやだ。

安三と皆吉は口をあんぐりと開け、言葉をなくしてさやを見ている。

「河原の雪道は難儀であったろう」

影二郎は囲炉裏端に上がるよう招じた。

万歳の二人が慌てて、ささ、こちらにとさやを誘う。

「おじゃまします」

さやは悪びれた様子もなく流れ宿に上がると囲炉裏端に座った。

影二郎は、火を掻き立てた。

透き通ったように白いさやの顔に炎がぬくもりをもたらした。

落ち着いたさやが、

「兄がふいに江戸へ戻りました」

と言った。

「水戸での用事を済まされたということか」

さやがうなずいた。

「事がようやく動き出したと、夏目様に伝えてくれと申しておりました」

「分かった」

「いま一つ……」

「……」

「兄はなぜ夏目瑛二郎が柳営の人事を気にするかと、しきりに独り言を申しておりました」

影二郎はそれには答えず、

「昨日、墓地で会った御仁らはおとなしくしておられるか」

「兄があの者たちの父親を呼び、きつく叱った様子にございます。怪我もございます。しばらくはおとなしゅうなされておりましょう」

さやは笑うと、

「夏目様はどうなさいます」

「それがしは江戸には入れぬ身だ」

「……」

「明日にも旅に出ようと思うておる」

さやが寂しそうな顔をした。

「また水戸にお立ち寄りなさいますか」

「はてな」

「お待ちしております」

影二郎はさやの瞳を見てうなずいた。

子の刻（夜十二時）、影二郎が東照宮の本殿に立つと、天井から声が降ってきた。

初めて間近で聞く国定忠治の声だ。

「旦那とはあちらこちらで顔を合わせる」

「望んだことではないがそうなった」

忠治がうすく笑った。

「おれの用件を述べる……」

返事はない。

「おまえと深い関わりを持つ八州廻りのことを気にしておられる方がある」

「その方がおめえさんを関東に放ったというわけかい」

「疑いをかけられた人物は六名……」

影二郎は六名の名を挙げた。

「おまえが一人を斬って、おれが四名を始末した。健在なのは、赤城山を襲っておまえらを旅がらすに追い込んだ足木孫十郎だけだ」

「……八州殺しなどと呼ばれるわけだ」

声には好意が込められていた。

「忠治、おまえと密契を持った八州廻りはだれだ」

「旦那、この世界、裏切りだけはやっちゃあならねえ」

影二郎は、赤城山の岩棚で砦が崩壊していく光景を黙念と見下ろしていた忠治の風貌と闇の声を重ね合わせた。

「阿字ケ浦の木兵衛の蔵から盗み出した五千両はそっくり東湖どのに渡したか」

忠治の笑い声が響く。

「おめえさんという人は、妄想逞《もうそうたくま》しゅう考えなさる御仁だ」

「これは妄想ではない。いくつかの嵌め絵の断片をつなげれば自ずと浮かぶ答えだ」

「せっかく盗みだした大金を水戸藩にくれてやるいわれはない」

「水戸藩ではない。藤田東湖という下士上がりの改革派の親玉に提供したのだ」

「なんのために……」

「……おれに聞くか。東湖どのの背後には斉昭様がおられて、水戸学の確立を目指しておられる。それには金がかかる」

「侍のやることに関心はねえ」

「東湖どのの考えの一端には、新しい時代の将軍を模索することも入っておる。天保の大飢饉を乗りきるためにな。そこにおまえは共感した」

「博徒のおれにはちんぷんかんぷんの話だぜ」

「でもあるまい。おまえはこの飢饉が簡単に終わりそうにないことを、回復するのに膨大な時間がかかることを二宮どのの塾で学んだはずだ」

「旦那、おれたちの世界は所詮《しょせん》どんぶりのなかのさいころだ。その日の運否天賦《うんぷてんぷ》で生きていく。ご大層なことは苦手でね」

「忠治」

影二郎は闇に呼び掛けた。

「将軍暗殺などに手を貸すでない」

沈黙が答えだった。

「おれはおまえを斬りたくはない」

影二郎は肚《はら》の底の思いを絞りだした。

「旦那は、世の中を複雑に考え過ぎる。すべては、足し算か引き算で答えは出る……」

物音ひとつ立てずに闇の人物が消えた。

第六話　決闘戸田峠

一

冬から春にかけて影二郎は再び八州廻りの足木孫十郎の後を追跡して、上総から下総へ流れていた。だが足木は巧妙にも神出鬼没に動き回り、時には江戸に戻ってなかなか遭遇の機会を与えなかった。

その間、国定忠治の噂《うわさ》はぷっつりと消えた。

天保八年（一八三七年）二月、大飢饉《だいききん》がもたらす不穏は大坂に飛び火した。幕府の飢饉対策に抗議した元大坂東町奉行所与力《よりき》大塩平八郎《おおしおへいはちろう》、養子の格之助親子が自宅を焼き払い、門人同志ら八十人らと糾合、与力朝岡助之丞《あさおかすけのじょう》方に大砲を打ち込んだ後、町に出ると檄文《げきぶん》をまきながら「救民」の旗を押し立て、船場の豪商宅に押しかけた。一団はたちまち七百余人と膨れ上がり、暴徒と化した者たちの火付けによって大坂の町の四分の一が灰燼《かいじん》に帰した。

この事件はたちまち江戸に伝わり、関八州を流れる影二郎の耳にももたらされた。

影二郎は久し振りに今市の流れ宿《ぐ》に立ち寄った。宿は八州廻り配下の十手《じって》持ち、荒熊の千吉によって破壊された。が、影二郎がみよに託した金子《きんす》で再建されていた。

「しばし、出てまいる」

宿の再建を確かめた影二郎は宿主の麻吉に断り、あかを連れて大谷川の河原に出た。もはや雪も消えて春の息吹が土手のあちこちに顔をのぞかせていた。日差しもおだやかに天から降っていた。

勢左衛門は納屋でまゆ玉を繰る女たちのかたわらで仕事の指図をしていた。

みよも女たちに混じってかいがいしく働いている。

「おお、これは夏目様」

「影二郎様、あか」

老人もみよもうれしそうに庭に立つ影二郎を見た。

「噂はな、いろいろと耳にしておりましたぞ」

勢左衛門はそう言うと、母屋に影二郎とみよを案内しようとした。

「勢左衛門どの、みよが世話をかけたな」

「なんのなんの、よく働くのでな、助かっておりますよ」

みよの表情にも働く喜びが漂っていた。

く。

「それはなにより」

勢左衛門は、みよに茶の用意を命じた。二人の前を下がろうとするみよにあかが従ってい
「秀信様からの手紙が参っておりますぞ」

勢左衛門は部屋から封書を持ってきた。

影二郎は勢左衛門に断り、開封した。

〈瑛二郎殿、そなたよりの報告にて余も足木孫十郎の身上を改めて調べ候。

足木は平素より無口にして感情を顔に表すことなく、至って影薄き人物に候。但しその勤務ぶりは苛斂《かれん》苛酷、訴えも六名のうち一番多き人物なり。一方、足木の家計も質素倹約を旨として、両親女房子供らともに礼儀を重んじて悪評のひとつもなき家族にて候。また巡察先において金品を請求致したることも判明せず、旅籠《はたご》での宿泊も取締役日当内で支払い、道案内の目明かしなどの輩《やから》に、融通が利《き》かないと不平を漏《も》らされるほどの堅物ぶりに候。しかるに此度改めて調べ直したるところ、足木は役宅近くに妾宅《しょうたく》を構え、上州から連れてきたる若き女子を抱えて二重の暮らしをなし事判明致し候。なれどその金銭の出所、不明にして定かでなく……〉

赤城山で刀を振るって斬りこむ精悍《せいかん》な姿が影二郎の脳裏に浮かび上がった。

手紙に視線を戻した。

〈また気掛かりな逸話と申せば、大坂から大塩平八郎の乱の情報が江戸に伝わりし頃、足木が異様ならざる喜色を顔に浮かべしとか、その折り居合わせた同僚が観察致し候。が、この同僚も後々考えるに喜色とばかりは断定できぬと余に証言致し候〉

影二郎の胸の奥のなにかが震えた。

秀信は手紙の最後に、四月初旬より足木孫十郎が管轄《かんかつ》外の豆州《ずしゅう》へ特別出張に出ることを伝えていた。

「勢左衛門どの、水戸で忠治と会った」

「ほうっ」

「顔を突き合わせて話したわけではない。山門の闇のなかから声が流れてきただけでな」

「本人かどうかも分からないとおっしゃる」

「いや、間違いなく忠治当人……」

影二郎は、忠治を猜疑心《さいぎしん》の強い男とみていた。おそらく子分たちにも心を開いてはいないのではないか。そんな感じを闇の声に持っていた。

みよがお盆に茶と草餅《くさもち》を運んできて、

「勢左衛門様、あかを散歩させてきてもよろしいですか」

と二人の会話に加わることを気にした。勢左衛門が許すとみよがうなずき、

「影二郎様、ここのところ本庄宿に荒熊の千吉親分の姿が見かけられないそうです。お父っ

つあんが知らせてきました」

「千吉がな」

荒熊の千吉は足木孫十郎の配下で道案内をかっていた。

どこに行ったか？

忠治一統も関東からその姿を掻《か》き消していた。

「行ってきます」

みよがあかを連れて春の日差しの外へと出ていった。

勢左衛門と影二郎は日当たりのいい縁側に腰を下ろして茶を喫した。

「夏目様には、悪役人を懲らしめる八州殺しの名がついたそうで」

「父も危惧《きぐ》しておる。それがしも迷惑しておるわ」

「八州様のなかにはなんとしても八州殺しをおれが仕留めると張り切っておられる御仁もいるようです」

「だれかな」

「足木孫十郎とかおっしゃる八州様で」

ふむ、と生返事した影二郎は、草餅に手を出した。

「心配ごとでも」

「忠治一家の噂が、関東一円ではとんと聞かれなくなったことがな、訝《いぶか》しい」

「たしかにこのところ親分の動静も子分衆の噂も伝わって参りませんな」

「荒熊の千吉も本庄から姿を消したらしいし、不可思議なことだ」

老人はお茶を喫した。

「家斉様の日光社参はどうなっておる」

「幕府は東照宮から私どもの尻を叩《たた》かれて、冬じゅう強引な準備を強制されておりましたがな、ここのところ急に風向きが……」

「……変わったか」

「はい。どうやら延期になるやもしれぬ雲行きです」

「それはよかった」

「よくはございません、日光にとってはな。もう十分に金を使わされております」

「そなたらには迷惑至極な幕府の浅慮と決断じゃな」

「あまりにも拙速にすぎました」

「延期の理由はなんだ」

「これは極秘のことでして、正式にはまだ……十一代家斉様が西の丸に下がられて、新将軍が就位される様子でございます」

「家斉様がようやくな」

家斉の在職はなんと五十年にも及んでいる。ついに幕府では大飢饉を乗り切るための日光社参を延期して、新しい将軍を選んだか。

「後継はどなたかな」

「世子《せいし》の家慶《いえよし》様にございます。ただし西の丸に下がられる家斉様が実権をすべて譲られるとも思えず、家慶様は、西の丸の院政の下におかれる操り人形でございましょうな」

ともあれ国定忠治の、日光に参詣に来る将軍暗殺の計画はこれで頓挫《とんざ》したことになる。

「家斉様の日光社参を推進されてこられた老中本荘伯耆守宗発様はどうやら、責任をとって老中職を引かれる気配にございます」

そこまで情報が伝わっていると江戸城の政権交替はほんものと見ていいようだ。

「夏目様が日光にとどまる理由もなくなりましたかな」

影二郎は苦笑を浮かべながらうなずいた。

「どちらに行かれます」

「豆州だな」

「それは暖かでございましょうな、うらやましい」

「おれの行き先がそうのどかとも思えんがな」

「また悪を退治なさいますか」

「流れ者になにほどのことができるものか」

影二郎は、茶を飲み干すと老人に辞去の挨拶をした。

二日後、影二郎とあかの姿は、松平大和守が藩主の川越《かわごえ》藩十五万石の城下町で見られた。

譜代大名の城下として京の風情を漂わしている。

表通りから裏道に入った。すると梅林が行く手に広がっていた。

通りがかりの、脇差《わきざし》を差した隠居風の老人に、

「浪人赤間乗克《あかまのりかつ》どのの住まいをご存じあるまいか」

と尋ねてみた。若菜は影二郎に別れを告げる時、川越の住所と父の姓名を伝えていた。

「赤間乗克どの……」

老人はしばし物思いに耽るように黙りこんだ。

「なにか変事が」

「元気な折りの碁仲間でな、寂しゅうなった」

「奥方に続いてな、赤間どのも昨年の暮れに亡くなられましてな」

「なんと」

「長いこと胸を患っておられたこともあったが……」

顔に暗い翳が走った。

「若菜どのになにかあったか」

「いや、姉の萌どのがな、江戸で亡くなられたことがお二人には響いたようじゃ」

「するとご家族は」

老人は梅林の向こうに見え隠れする農家を見ていたが、

「若菜どのがお一人で暮らしておられます」

老人は影二郎を正視すると、そなた、江戸からかと聞いた。

「萌どのとも若菜どのとも顔見知りであった」

老人はうなずくと、

「若菜どのは表通りの鍵屋でな、働いておられる」

鍵屋とは、川越藩御用の銘酒を代々醸造してきた酒屋だという。

「それがしもそちらに参るで、ご案内申そう」

「かたじけない」

影二郎とあかは老人に連れられて表通りに戻った。

鍵屋は城を望む通りに堂々とした店を構えていた。老人がずかずかと店の奥に入っていくと、番頭らしき男に話しかけた。番頭があかを連れた、無紋の着流しの影二郎の風体《ふうてい》を見て、眉《まゆ》をしかめた。が、老人はかまう風もなく影二郎のところに戻ってきた。

「今、若菜どのが見えるでな」

川越藩の要職を勤め上げたと推測される老人は、そう言い残すと城の方に歩み去った。

影二郎は番頭の視線を避けて、店の裏手に回った。すると通用口が開いて若菜が白い顔をのぞかせた。

「影二郎様……」

「母上も父上も亡くなられたと聞いた……」

若菜の双眸《そうぼう》にこんもりと涙が盛り上がった。

この夜、影二郎とあかは梅林の中の農家に泊まった。そして二日後、梅林の農家から人影が消えた。


影二郎とあかは、江戸を西に迂回して相模から豆州へと辿った。

その道中、影二郎は小田原《おだわら》宿で、西から上がってきた情報を耳にした。

大坂の騒乱を企《たくら》んだ大塩平八郎一派は大坂城代らの手によって鎮圧され、大塩平八郎、格之助親子は、自刃して果てた。だが、残存勢力の一部は大坂を逃れ、捲土重来《けんどちょうらい》を期して全国に散ったとか。

そしていま一つの事件は小田原にほど近い場所で起こった。

箱根の山中において、大塩が出したとされる三通の手紙が代官の手の者によって発見されたのだ。

それは幕閣を震撼《しんかん》させた。

手紙の内容は、幕府の不正を暴露し、糾弾《きゅうだん》するもので、宛名は幕府の大学頭《だいがくのかみ》林述斎《はやしじゅっさい》、老中大久保忠真《おおくぼただざね》、そして水戸藩主徳川斉昭の三名であった。

幕閣大久保と林に宛てたものは、民衆救済を願う訴状であったとか。しかしながら水戸藩主斉昭に宛てられた手紙は二人のものと違っていた。

世間では、尾ひれをつけて、斉昭が大塩の乱を裏で糸を引いていたと噂した。

水戸藩では重臣以下、幕閣に走って弁明これ努めて、噂の沈静化に奔走しているとか。

影二郎は藤田東湖のいかめしい風貌《ふうぼう》と、うちに秘めた過激な野望を思い浮かべていた。

豆州韮山《にらやま》の代官江川《えがわ》太郎左衛門《たろうざえもん》英龍《ひでたつ》の屋敷に寄った影二郎は、江戸からの手紙を得た。勘定奉行常磐豊後守秀信の手紙を読んだ後に、顔見知りの太郎左衛門と会見、しばし話し合いを持った。

江川家三十六代目の当主英龍は叡智《えいち》と独創で知られた人物で、知行高五百石の支配地は武蔵、相模、伊豆、駿河にまたがり、五万四千石におよんだ。

剣は神道無念流岡田十松門下、書は市河米庵《いちかわべいあん》に、絵を谷文晁《たにぶんちょう》に学んだ才人である。同時に異国の進んだ技術を取り入れることに熱心で、数年後には反射炉を完成させ、砲術家として幕府のお歴々の前で演習をしてみせることになる。

なお江川太郎左衛門と常磐豊後守秀信の屋敷とは、深川本所の津軽藩の中屋敷前に軒を並べており、秀信と江川は旧知の間柄であった。

韮山から戸田《へだ》の港に入るには、伊豆長岡《いずながおか》から海伝いに大瀬崎《おせざき》をめぐって南下する道と修善寺《しゅぜんじ》から達磨《だるま》山の北を抜ける戸田峠越えの二つの道があった。

江川屋敷を辞した影二郎とあかは、峠越えの道を選び、桂《かつら》川の渓流に沿って峠に向かった。山道では修善寺の奥ノ院で修行する僧や、海のものを担いで修善寺に売りにいく女たちと擦《す》れ違った。だがさほど人の往来のはげしい道ではない。

駿河湾越しに富士の霊峰を仰ぎ見る峠近くに、よしず掛けの茶店が開いていた。のどかな日和で富士の姿が真っ正面に大きく見える。

影二郎はその眺望を十分に楽しんだ後、茶店に寄った。いましも若い男女が峠を目指して茶店をあとにしていった。

「いらっしゃいませ」

着流しの影二郎に老爺《ろうや》が声を掛け、

「めずらしいことがあるものでな。今朝から二組も上方なまりの旅人が峠を越えられます」

「京者か大坂者かな」

「それを区別しろというのは無理じゃ」

老爺が笑った。

影二郎はあかに食べさせるものはないかと聞いてみた。

「犬連れの旅人もめずらしいな」

と笑った主は、

「冷えめしにさわら煮の頭と骨が残っておるがな」

「それでよい。おれには冷やをくれ」

影二郎の喉《のど》はからからに渇いていた。それに気持ちよく晴れ上がった富士を見て、一酌したくなった。一文字笠を脱ぎ、手にしていた長合羽《なががっぱ》を縁台に置いた。

運ばれてきためしを見て、あかが尻尾を振って喜ぶ。

「戸田港に上方なまりが何の用事であろうな」

「それでございますよ」

茶碗に酒を注いだ老爺も首をひねった。

「戸田は小さな入り江をもつ漁港でしてな、普段はめったに旅の人も足を向けない場所でございますよ。それがこのところ八州廻りは入られる。おめえ様のようなお侍も峠越えされると、奇妙なことでしてな」

どうやら足木孫十郎はすでに戸田入りをしている様子だ。

影二郎は冷やをぐいっと飲んだ。ほてった喉になんとも気持ちいい。

「それに代官所が峠に関所を設けましてな」

「ふだんはないのか」

「土地の人間か猪《いのしし》くらいしか通らねえ。峠に関所は必要ねえですよ」

あかはさわらの頭までばりばりと嚙《か》み砕いて食べ、満足そうに水を飲んだ。

茶代に影二郎は一朱《いっしゅ》をおいた。そのせいか、立ち上がる影二郎に老爺が呟いた。

「関所を避けるなら、この先の流れを左に折れて杣道《そまみち》を行きなせえ」

影二郎はうなずき返すと、わずかに陰り始めた日差しを峠に向かった。

達磨山の斜面を伝う細い流れは、茶店から六、七丁登ったあたりで見つかった。

影二郎とあかは教えられたとおりに杣道に分け入った。

落ち葉をかさこそと踏みしめ、坂道を四半刻《しはんとき》（三十分）も上がったか。達磨山の頂きを目指していた杣道は海の方角へと下り始めた。

あかの背の毛が突然立った。

なにかを警戒している。

影二郎はあたりに気を配りながらも山道を下った。

「なにしやはります！」

悲鳴にも似た叫び声が杣道の下から聞こえてきた。

影二郎はあかに吠《ほ》えぬように言い聞かせると、足音を消して道を下りた。

杣道が三叉路《さんきろ》に岐《わか》れるところに、歳月を身にまとって苔《こけ》むした野仏が立っていた。

その前で五人の男たちが、茶店で見た上方なまりの男女を囲んで、山刀を振りかざしていた。どうやら伊豆の山を根城にする山賊の類だろう。

「おめえは、身ぐるみ置いてさっさと消えねえ」

男は必死で女の身を守ろうとしていた。

「血を見ねえうちに銭を出さんかい！」

「これだけの器量じゃ。下田の女郎《じょろう》屋で売れっ子になろうて」

山賊どもが口々に脅したり、山刀を突き付けたりした。

「無茶言うたらあきまへん」

鳥のさえずりに似た声があたりに響いた。すると山賊どもがあたりを見回して、杣道に立つ影二郎に気付いた。その足下にあかはいなかった。

「われは何者じゃ」

「通りがかりの旅の者だが」

影二郎はそう言いながら、鳥のさえずりを発した主を見た。その男は反対の斜面に猪撃ちの鉄砲の銃身を木の幹に固定させ、影二郎の胸板を狙っていた。

二十間とない。

達者な猟師なら、外《はず》すことのない距離だ。

「おめえの懐にはだいぶ銭が入っていると見えるな」

「じじいの目には狂いがねえからな」

茶店の主も山賊の仲間らしい。

「侍《さむれえ》、手にした合羽をよ、こっちに投げな。腰の業物《わざもの》はそのあとだ」

山賊の頭分か、髭面の男が影二郎に命じた。

影二郎は左手の長合羽をぱらりと垂らした。

「投げるぞ」

襟《えり》を持つ手にひねりを入れ、長合羽を山賊どもの頭上に投げた。長合羽はふわりと広がると猩々緋《しょうじょうひ》の裏地を見せながらも回転した。

「あか!」

影二郎は同時にあかの名を呼んだ。

「なにをしやがる!」

裾《すそ》の端に縫い込まれた二十匁《もんめ》の銀玉が山賊の頭分の顔を強打し、もう一方の裾が男の額を割った。

鉄砲を構える男の足首にあかが嚙みつき、男の引き金に掛かっていた指に思わぬ力が入った。

ずーん!

銃口は空に跳ね上がって、弾丸はあらぬ方向に飛んでいった。

「野郎、放せ!」

四肢《しし》を踏ん張ったあかが足首をくわえたまま、顔を左右に振った。

足を踏み外した男はたまらず谷に向かって転がり落ちた。嚙みついたまま、あかは放す気はない。

影二郎はその様子を目で追いながら、法城寺佐常の鞘《さや》を払って三叉路に飛び下りた。

「なめやがって!」

山刀を抜こうとした山賊どもの胸や鳩尾《みぞおち》を影二郎の法城寺佐常の峰が叩いて、その場に転がした。

一瞬の早業に上方なまりの男女はただ呆然《ぼうぜん》と立っているだけだ。

あかが得意そうに吠えながら、影二郎のところに駆け戻ってきた。

「おお、ようやったな」

影二郎は、生後九か月ながら、逞《たくま》しい体に育った愛犬の頭を撫《な》でた。

「おおきにおおきに、助かりましたわ」

男が慌てて礼を言った。

「なあに旅は相身互《あいみたが》いだ。おれもそなたたちも茶店のじじいに騙《だま》されてこいつらの下に送りこまれたのだ」

「茶店の主もぐるだっか」

男が呆《あき》れたように言う。女は青ざめた顔で突っ立っているだけだ。

影二郎はあちらこちらに呻《うめ》いて倒れる山賊どもを見ながら刀を鞘に戻し、長合羽を拾い上げた。

「日が暮れぬうちに戸田の港に下ろうか」

と二人の男女に声をかけた。

二

暮六つ（午後六時）ごろ、影二郎は戸田の港の入り口で二人と別れた。山道を下り始めた時、男も女も影二郎に感謝のまなざしを向けていた。が、気持ちが落ち着いてくると影二郎を警戒し始め、口を利《き》かなくなった。

影二郎も問い掛けはしなかった。ただ黙々と山道を下り、海の見える平地まで辿りついた時、男が丁重に礼を述べて、

「私どもはこれで……」

と別れる素振りを見せた。

「また会うこともあろう」

影二郎とあかは浜に出た。田子《たご》の浦《うら》の海の向こうに富士が大きくそびえていた。浜の左手から松林が生えた岬が伸びて、駿河湾と戸田の入江を分けている。そのせいで内海は鏡のようにたいらで静かだった。

あかが海を見るのは二度目だ。冬の鹿島灘《かしまなだ》の荒れた海には近付こうともしなかったあかが波打ちぎわを走り回り、潮水をなめてみたりしていた。

「あか、どこかでめし屋を探すとするか」

影二郎が港を見回すと旅籠が二軒ばかりあって、そのかたわらに「めし、酒処」ののれんが掛かっていた。浜にたむろする漁師たちが影二郎に不審の目を向けた。

「酒をたのむ」

主は渋皮の剝《む》けた三十前の年増だった。婀娜《あだ》な感じは三島あたりで磨かれたものか。

「おや、犬連れとはめずらしい」

「すまないが、こいつにもなにか食べさせてくれまいか」

影二郎の頼みを二つ返事で聞いた女は、

「旦那は海から来なすったかね、それとも峠越えで」

「峠越えだ」

女が一升徳利と茶碗を持ってくると影二郎に茶碗を渡してなみなみと注いだ。

「難儀はなかったかい」

「茶屋の老爺に騙されて、山賊に行き合ったくらいだ」

女が影二郎の全身をなめ回すように見た。

「よくまあ無事で……」

「……当分は稼《かせ》げまい」

影二郎は茶碗酒に口をつけた。

女はあかにみそ汁をかけた麦めしを与え、影二郎には床伏《とこぶし》と若布《わかめ》の酢の物に蛸《たこ》の煮付けを運んでくると、かたわらに座った。

「旦那も八州廻りのお手先かね」

「八州廻りが滞在されておるのか」

「足木孫十郎って旦那が御浜の網元屋敷にいるよ」

女は浜越しに見える屋敷を顎で指し、

「それにしても豆州は関八州の外じゃないか。なんで八州様がこんな辺鄙《へんぴ》なところにござるかね」

と影二郎を怪しむように見た。

「おれは八州廻りに追われる口だ」

女がけたけたと笑った。

「気に入ったよ、みほ」

「そなたの名か。おれは見てのとおりの旅の者だ」

「旦那は、戸田になんの用事かね」

「寒さを避けて来ただけだ」

影二郎は床伏を口に入れた。しこしこした歯応えに春先を感じる。

「とも思えないね」

「どうしてかな」

「戸田の外れの龍願寺には、博徒が集まってるよ。こんな風によそ者が入りこむなんて滅多にあるもんじゃないからね」

「博徒？　どちらの親分かな」

「さあてそこまでは……」

女は影二郎をうかがうように言った。

「峠越えで上方の男女と一緒になった。上方者がこの浜を訪ねることがあるのか」

「おや、また浪速《なにわ》の人間かね」

「他にもいると見えるな」

「隣の旅籠にも四、五人いるよ。なにが起こっているのかね」

女は首をかしげて、影二郎の茶碗に新しい酒を注いだ。

あかは腹が一杯になって影二郎の足元に丸まっている。

海が茜《あかね》色に染まった。浜にいた漁師たちは朝が早いのか、早々と姿を消していた。

「旦那、あたしもお相伴《しょうばん》していいかい」

「好きにするがよい」

みほは茶碗を持ってくると自ら一升徳利を傾けた。

「そなたは戸田の生まれか」

「在所は土肥《とい》だよ」

みほは隣の浜の生まれだと答えた。

茜色の海は濁った赤に変わり、さらに闇へと沈みこもうとしていた。

「さてどこかにねぐらを探さねばならんが……」

影二郎の呟《つぶや》きに女が聞いた。

「路銀の持ち合わせがないのかい」

「飲み逃げなどせぬ」

「旅籠に泊まれない身かい」

そんなところだとうなずいた。

「うちに来るかい。浜外れの一軒家だけど」

「迷惑ではないか」

「なら誘わないよ」

影二郎は、宿代じゃと一両を渡した。

「おやまあ、気前がいいね。当分、居候させてやるよ」

みほは素直に受けとった。

「戸田にはどれほどの他国者が入りこんでいる」

「博徒と旅の者を合わせて二十人ほどかね」

「それに八州様ご一行か」

「道案内の十手持ちやらなにやらで十数人かね。どちらも気味が悪いくらいおとなしく屋敷や寺に籠っているよ」

「奇妙なことだな」

「そう、奇妙だね。それに旦那みたいな風来坊が犬を連れてやってくるし」

みほは酒をぐいっと飲んだ。

影二郎は酒を切り上げるとめしを頼んだ。

「おまえのうちはどのあたりだ」

みほが大瀬崎に寄った高台を指した。

「海を見下ろす一軒家だ。すぐに分かるよ」

「あかをたのもう」

なにをするんだ、という顔でみほが影二郎を見た。

「おれにも分からん」

陽が落ちた浜にさすがに冷たい風が吹き出した。すると港の海面が波立ち始めた。

「風は戸田の名物さ」

残りの菜で麦めしを食べた影二郎はふらりと店を出た。

あかは影二郎の気持ちを読んだようにその場に残った。

風が冷たい。

一文字笠と長合羽を身に巻いた影二郎は、砂浜をゆったりと御浜の網元屋敷の方に歩いていった。

戸田の港には、漁船の船影とは異なる船が停泊していた。その明かりが差しこぼれる浜に人影がひとつたたずんで早春の海を眺めていた。

烈風が、男のがっちりした体をねぶるように吹きつけていた。両刀をたばさんだ影は微動だにしなかった。

男はひとり沈思していた。

影二郎はそのかたわらを通り過ぎようとして足を止めた。

相手も影二郎の気配に気付いて、油断のない目を向けた。

二人は三間の距離で相手を認め合った。

「八州殺しと呼ばれる輩《やから》はその方か」

「自らそう名乗ったことはない」

赤城山以来の足木孫十郎がうすく笑った。

茫洋とした目、広い額、しっかりと結ばれた口許……どこか悩みを抱えた暗い表情だ。

「火野初蔵、尾坂孔内、竹垣権乃丞、峰岸平九郎と四名の同僚、それにわしの手先の古田軍兵衛と、ことごとくがそなたの手に掛かって始末された」

足木の言葉には怒りも非難の色もない。

「八州廻りの制度ができて三十余年、役目を笠に着て、おのれの懐を温める者が増えたと聞く」

「それで始末したか。那珂川河口では土地のやくざどもをぶつけ合って派手な出入りを企んでもおる」

「怒ってはおらぬようだな」

「だれの命で役人ややくざを成敗するのか、不思議に思うたものよ。だがな、新任の御奉行の旧姓が夏目と知れば、納得もいく」

足木は、影二郎の父親が、上司である勘定奉行常磐豊後守秀信と知りながらも平然としていた。

「父は夏目の出をそう簡単に明かすわけはないが」

「普段付き合いもない峰岸が、江戸を離れる時に知らせていったのじゃ」

道理でと思った。

「そなたは二足のわらじの十手持ちを殺《あや》めてあやうく八丈島に送られるところを、父親によって救い出されたそうな」

「おれが望んだことではない」

「そのようだな。そなたは町奉行所でも実父がだれか口にはしなかった。ともあれ、そなたは流罪を免れた。夏目影二郎、そなたは常磐様から助命の代償にどのような密命を受けた」

「………」

「答えぬか。ならばわしが言い当ててやろうか。常磐様はそなたに一人の八州廻りを探し出すよう命じられた」

「おもしろい話だな」

「忠治に殺させた数原を含め、五名の中に目当ての者はいたか」

「どれもが腐ったウジ虫役人であった。肚《はら》の据わった者はいなかった」

「困ったな、影二郎」

「いや、まだ一人残っておる」

「わしのことか」

「そう、そなたのことだ」

「影二郎、思い出せ。忠治を赤城砦から里に追い出したはこのわしじゃ」

「そうであったな。そなたの奉公ぶり、苛酷だそうな。潜入したおれの目の前でそなたは忠治一家を襲い、根城を徹底的に破壊した。そんな八州廻りが忠治とぐるのはずはないと世間に思わせるためにな」

「わしに狙いをつけて戸田くんだりまできたか」

「赤城山から放逐したはずの忠治がこの戸田に潜んでいるようだ」

「ほほう、それは奇遇……」

「おれは水戸で忠治と会った」

「……」

「忠治は話さなかったようだな。おれは忠治に聞いたものだ、おまえと関わりのある者はだれかとな」

「……」

「世の中はさほど難しくはできてねえ。足し算か引き算をしてみれば、答えは自ずと知れる、と答えて忠治は姿を消した」

「六引く五は一か」

「そういうことだ、足木孫十郎」

「おもしろい話じゃな。改めて聞こう、博徒と八州廻りがなぜつるむ」

「なぜ戸田に上方なまりの者たちが入りこんでおる？　なぜこの数か月、忠治一家は、関東から姿を消していた？　なぜそなたは上司に願い出て関八州の外に出た」

「八州廻りは、凶賊を追って関東の外に出ることもある」

まず自分の任務について足木は答え、

「他のことはわしの関知せぬことよ、返答はできん」

と言った。

「簡単な計算だ。徳川幕府が開府して二百数十年、屋台骨は大きく揺らいでおる。その上、いつ果てるとも知れない大飢饉だ。なんとかしなければと考える者が幕府のなかに一人二人いたとしても不思議はない。大坂東町奉行所の元与力大塩平八郎もその一人だ。大塩は兵を挙げて、大坂を戦場にしようとした。そのちょうど同じ時節、忠治が関東から消えた。となれば、忠治は大坂に乱を起こす場に立ち会いに行ったと考えるのが筋というものだ」

「博徒が世直しを自称する乱を見物してなんになる」

「日光あたりではもっぱら、忠治が将軍家を襲って暗殺し、新たな将軍に世直しを託するという噂が飛んでいた。それに那珂湊で奪った五千両の一部を大塩に運んだと考えられないこともない」

「馬鹿な……」

「……話と思うか。なら、なぜ大坂者が戸田に滞在している。あれは大塩の残党と見たがどうだな」

「関所破りの博徒や木端役人の八州廻りがつるんだところで、幕府は揺るがん」

「その裏にご三家の水戸斉昭様が控えているとしたらどうなる」

「話は途方もなく広がるな。空想にすぎぬ」

「博徒、八州廻り、水戸様では、落とし話にもなるまい。が、下士上がりの藤田東湖が一枚噛むとなると話は別だ。みなそれぞれに同じ床で別の夢を見る仲間というわけだ」

「将軍家斉様の暗殺か……」

嘆息するように足木孫十郎は呟いた。

「日光社参は延期だ」

「なにっ！」

「孫十郎、家斉様は西の丸に引かれ、院政をしかれる。新将軍は、家慶様じゃ」

「たしかか」

「戸田会議も議題変更だな。大塩の残党は大坂にでもどこにでも帰すがよい。ならば目をつむる」

足木はしばし沈黙した。

「厄介なことになるな」

足木の顔には決断した者の潔さがあった。その出鼻を挫《くじ》くように影二郎が言った。

「足木孫十郎、大塩平八郎になるのは止《や》めろ」

「だれかが警鐘を鳴らさねば幕閣におられる輩は気付かん」

「八州廻りが江戸で反乱を起こしたとなると、上司たる勘定奉行公事方は切腹ではすむまい。家は断絶……」

「旗本一家の断絶など些細な問題よ」

「かもしれぬ。だがな、おれは知ってしまったのだ。見過ごすわけにもいくまい」

足木は船を見ていた。

風はいよいよ強さを増して松の枝を鳴らした。

「夏目影二郎、上方者を外に出す。一日二日、時間をくれまいか」

影二郎はうなずき、畳みかけた。

「忠治はどうする」

「忠治がどこにおるか、わしは知らぬわ」

そうか、と影二郎は答え、

「八州廻りの伊豆出張は、無駄に終わったようだな」

「探索とはそういうものだ」

影二郎は踵《きびす》を返し、足木に背を向けた。


戸田峠への登り口の地蔵堂の仏の手に影二郎は文を置いた。韮山の代官江川太郎左衛門に宛てたものだ。そうしておいて小さな岬へと足を向けた。その家がどこか教えてくれたのは、影二郎の気配を感じて鳴いたあかだ。

戸田の港を見下ろす小さな岬に張り出すようにみほの住まいはあった。

板戸が開いて明かりが漏れ、あかが尻尾を振って飛び出してきた。

土間に足を踏み入れた影二郎は、

「すっかり酔いが覚めた」

と寒さのこびりついた一文字笠と長合羽を脱いだ。

みほは囲炉裏端に影二郎を招じ上げて座らせると、

「まずは熱いのをどうだい」

と自分の飲んでいた猪口《ちょこ》を差し出した。

影二郎は喉を鳴らして飲む。

「なにかが起こりそうかね」

「起こっては戸田の港が迷惑しよう」

みほが新しい酒を猪口に注いでくれた。

「港に停泊しておる古びた千石船《せんごくぶね》は、なじみの船か」

「二日前に初めて港に顔を見せた摂津《せっつ》からの船さ」

摂津は五畿内の一にして大坂と隣接する港だ。

「浪速言葉の水夫《かこ》らしいけど、陸《おか》には上がらずにいるよ」

「波待ちでもなさそうだ」

「漁師の勇吉《ゆうきち》さんが船を横付けして、なにか用事かと問うたらさ。上方なまりのお侍が出てきて、病人が出たので停泊して休んでいるところで、懸念はいらんと追い返されてきたよ」

「武士がな」

千石船に乗っているのも大塩平八郎に関係ある者たちかもしれない。それがなんのために伊豆の港に居座っているのか。

(足木孫十郎の手並みを拝見するしかあるまい)

と影二郎は、猪口に残った酒を飲み干した。

三

その深夜、戸田の港に停泊する船に二隻の伝馬船《てんません》が相次いで漕ぎ寄せられた。その小舟が千石船を離れたのは夜明け前だ。

影二郎は、小さな岬から一隻の伝馬船に座る国定忠治を見ていた。遠くから見てもその頬がこけているのが分かった。赤城山を下りての旅暮らしの日々が忠治の風貌を尖ったものにしていた。伝馬船は港を出ると外海に消えた。

いま一隻は、御浜の網元屋敷との間を往復しただけだ。

千石船に乗った大塩平八郎の残党、八州廻りの足木孫十郎、そして国定忠治の三者の間でなにが話し合われたか、その日はまったく動きがない。

夕暮れ、影二郎は再び浜に立った。

それを待っていたように足木孫十郎が顔をのぞかせた。

「談合は決裂した。わしの考えは一蹴された」

「忠治と大塩の残党はなにをしようというのだ」

「船には大坂で使うはずであった火薬が千貫（三千七百五十キロ）、それに飛び道具も積んである」

「江戸の町を火の海にするつもりか」

足木は黙したままだ。

「そなたに大塩平八郎の真似はできん」

「だれかが動かねば……」

「早晩、徳川幕府は潰《つぶ》れる」

足木が影二郎に顔を向けた。

「旅をしてみて分かった。村では大事な籾《もみ》に手をつけ、娘たちは家族の口を養うために女郎屋に売られていく。江戸の町には荒れた田畑を捨てた農民が押し寄せてうろついている。広がる飢饉をよそに幕府が考え出したことが将軍の日光社参だ。これで威信を保ったとしてもなんの効果がある」

「そのことよ……」

と足木は言った。

「町にも村にも不安を持つ者たちがいる。その日の食べ物にも困窮する者を糾合しさえすれば世直しができるのだ」

「だがな、足木孫十郎、そなたらが江戸で騒ぎを起こせば、困るのは一日一日を必死で生きている町の衆だ。いかに大義を掲げようとこれは許せぬ」

「夏目影二郎、明朝にはわれらは戸田から消える」

「雇足軽や十手持ちの荒熊の千吉も乱に参加させるつもりか」

影二郎は足木に関東取締出役として乱に参加するかと聞いた。

「いや、すでに解き放ってある。わしは足木孫十郎個人として義挙に加わる」

「配下が豆州を無事逃げのびられるなら、おれは目をつぶろう」

影二郎の脳裏には、みよを妾《めかけ》にと執拗に脅し、今市の流れ宿を破壊した荒熊の千吉の顔があった。

「出船だけは阻止せねばならぬ」

「夏目、そなたが八州殺しの異名をとろうとて、忠治一家、大塩の残党、それにわしを含めた五十余名には太刀打ちできまい」

「さあな、やってみるまでだ」

足木は影二郎に背を向けた。

夜明け前の海を四、五隻の伝馬船が千石船にまっしぐらに突き進んでいく。国定忠治が千石船に乗り込もうとする姿だ。

影二郎は浜に立ってその様子を眺めていた。伝馬船と千石船との距離がおよそ一丁に縮まった時、殷々《いんいん》とした砲声が戸田の海と陸を揺るがした。

江川太郎左衛門の門弟たちが試作していた西洋式の大砲を、港と海を眼下に見下ろす小さな岬にすえて撃ち出した砲声だ。砲弾は影二郎の頭上をこえ、さらに千石船の向こうの松林に落下した。

影二郎は戸田に入る前に韮山の代官所に寄り、勘定奉行常磐豊後守秀信からの書信を受け取った。

旅の途中で出した影二郎の密書に次の手紙の受け取り場所を韮山の江川屋敷に指定した。常磐の屋敷と躑躅《つつじ》の間詰めの幕臣でもある江川太郎左衛門の屋敷は、本所の津軽藩の中屋敷前に軒を並べ、秀信と太郎左衛門は交遊があったからだ。

秀信は影二郎に、忠治一家と足木孫十郎が連携を保って不穏な行動に出ようというのなら、江川太郎左衛門どのの力を借りるよう指示していた。

影二郎はその命に従い、太郎左衛門に面会し、打ち合わせを済ませて戸田入りしていた。

太郎左衛門は、まず戸田峠、大瀬崎、さらには土肥からの道に臨時の関所を作って忠治一統を封じ込め、影二郎といつでも連絡がつくように手下の者を戸田の町外れに潜ませてくれた。

伝馬船の櫓の動きが一段といそがしくなった。

二発目は船の手前に落ちて、伝馬船を大きく揺らした。

千石船の甲板に水夫たちが飛び出してきて碇《いかり》を上げ、帆を張ろうとした。

三発目は、左舷の船尾近くに落下、伝馬船の一隻から忠治の手下たちが海に投げ出された。

他の伝馬船が、海に放り出された仲間を救《すく》い上げようと急ぎ向かった。

影二郎は、一隻の伝馬船の中央に腕を組んで泰然としている忠治を見ていた。

忠治は海に落ちた手下たちを拾い上げると再び千石船への接近を図ろうとした。が、その鼻先で帆を上げようとする帆柱が砲弾にへし折られて、水夫《かこ》たちを空中に放り上げた。それでも船はゆっくりと動きだした。

影二郎は岬の砲台を振り返った。

新たな砲声が轟き、砲弾が尾を引いて空中へ撃ち出された。

忠治の片手が上がり、伝馬船は一斉に方向を転じた。

砲弾が千石船の横腹を直撃したのはその直後だ。

岬の太郎左衛門の門下生たちの間から喚声が起こった。

それとは対照的に、大きく傾いた船は死の静寂に包まれた。

伝馬船は早い船足で、破壊された大船から遠のこうとしていた。

千石船からは水夫や侍姿の男たちが海に向かって飛び込んだ。

どどーん！

白み始めた戸田の海に轟音がとどろいた。

千石船が積んでいた火薬千貫が爆発したのだ。そして瞬く間に穏やかな海の底へとその姿を没していこうとしていた。

影二郎は、峠道で会った男女の二人連れはどうしたかと思った。

海に漂う者たちを助けるために漁船が一斉に漕ぎ出した。そしてその船上には江川配下の役人たちが捕物姿で同乗していた。

「あか、行くか」

砲声におびえていた犬に影二郎は言った。主従は大瀬崎の方に足を向けた。


海沿いの道に朝の光が差してきた。

影二郎の前に男たちが立ち塞《ふさ》がった。見ると本庄の博徒で八州廻りの道案内を務めてきた荒熊の千吉ら三人だ。

連れの一人は代貸《だいがし》の弥助だ。影二郎の長合羽の銀玉に打たれた頬には陥没した傷痕が紫色に残っていた。そしてその口は大きく歪《ゆが》んで見えた。

残る一人は、初めて見る浪人者だ。年の頃は三十三、四か。尖った痩身《そうしん》に血の臭いと旅の垢《あか》をたっぷりとまとっていた。

「伊豆を逃れたと聞いたが」

影二郎は千石船の沈んだ海を振り返った。

「足木の旦那は、おれたちには関わりのねえ戦いだ、上州へ戻れ、と指図しなすった。だがな、おれはなんとも承服できねえ、おれの前に立ち塞がる目障りなおめえが許せねえ」

千吉は拳を影二郎に突き出すと顔を歪めて叫んだ。

「足木にはおまえらが豆州を逃れるのなら今度は見逃すと言っておいた。だがおれとあかの行く手を塞ぐとなると、みよと今市の流れ宿の借りは取り立てねばならん」

「しゃらくせえ！」

千吉は長脇差《ながわきざし》を抜いた。

弥助も憎しみの籠った眼を影二郎に向けて、親分に従った。

浪人はただ鞘に片手を添えただけだ。

影二郎が長合羽を脱ぐと二人のやくざがぐるぐると回り始めた。

「あか、見物しておれ」

崖下に身を引いたあかの方に長合羽を投げた。

「おまえらの血で法城寺佐常の刃を汚すはもったいないがな」

「野郎！」

きた。

千吉が突っ込んでくる姿勢を見せた。

が、憎悪をみなぎらせた眼で影二郎にぶつかってきたのは弥助の方だ。長脇差を脇腹に両手でしっかり固定すると上体を丸めて、上州の空《から》っ風のように砂埃《すなぼこり》を巻いて襲いかかってきた。

影二郎の腰がわずかに沈んだ。

佐常の柄《つか》に右手がかかったと思うと片手斬りに抜き上げた。その刃の前に弥助が飛び込んできて、もんどりうって海沿いの道から海に転落していった。そして海面をたちまち朱《あけ》に染めた。

「やりやがったな!」

千吉が叫び、浪人者が引き抜きざまの剣をすり上げながら、まだ体勢のくずれたままの影二郎に迫った。

影二郎は、横っ飛びに崖下に後退して間合いを外した。

だが、無言のままの浪人は影二郎の動きを読んでいたようにするすると間を詰め、二撃目を影二郎の肩口に振り下ろしてきた。

疾風迅速の剣だ。

影二郎は刃の下に飛びこみざま、鋭く振り下ろされた剣を受けた。

空中で二つの刃が音を立て、火花を飛ばした。

一瞬の鍔迫《つばぜ》り合いの後、今度は浪人者が間合いを外そうとした。

影二郎は、後退する浪人の懐にぴたりと入りこみ、首筋に法城寺佐常二尺五寸三分を鋭く送りこんだ。

二人の剣者の間を死の光が疾《はし》った。

「ぐうっ！」

押し殺した呻《うめ》きを漏《も》らした浪人は腰から地面に崩れ落ちた。

影二郎は背に殺気を感じた。

振り向こうともせずに片足立ちで回転しながら、佐常を、背中から襲いかかってきた者の眉間《みけん》に振るった。

水の流れのような一閃《いっせん》だった。

荒熊の千吉は両眼を見開いて立っていたが、前のめりにばたりと倒れた。

影二郎は袖に入っていた数枚の銭を千吉の体の上に撒いた。

「三途《さんず》の川の渡し賃じゃあ！」

影二郎は、佐常に血振りをくれた。

影二郎とあかは大瀬崎を前に井田の集落から山に入った。

伝馬船を捨てた国定忠治一家が、江川太郎左衛門が設けた臨時の関所で代官所の役人の追跡を振り切り、伊豆の山に入ったと聞いたからだ。

二刻《ふたとき》（四時間）あまり、険阻な道をひたすら戸田峠目指して這い上がった。さすがにあかも疲れた様子で、修善寺からの往還道に出た時には荒い息をついてへたりこんでいた。

「親父、犬に水をやってくれ」

峠の茶店に立ち寄った影二郎が老爺に声をかけた。

影二郎の姿を見た老人の顔は恐怖に引きつった。

「なにを怯《おび》えておる」

「いえ、お元気の様子でなによりでございます」

「仲間の怪我はどうじゃ」

「仲間とおっしゃいますと……」

老人は後退りした。

「おまえは山賊とつるんでは、金を持っていそうな旅人を杣道におびき寄せる役を繰り返してきたはずだ」

「滅相もございません」

「韮山の代官どのがそれを知ったら、土地者のおまえはどうなる」

老爺はぶるぶると体を震わせた。

「今度は目をつぶってやる」

「はっ、はい」

と頭を下げた。

影二郎は無益な血を求めてはいなかった。

「犬に水とめしをくれ。おれには冷やを一杯」

ほっと救われた顔で老人が奥に入っていった。

影二郎の耳にうぐいすの声がのどかに響いてきた。

四

うぐいすの声が消えた。

影二郎が視線を彷徨《さまよ》わせると、芽吹き始めた早春の木立ちからふらりと一人の侍が姿を見せた。

足木孫十郎だ。

「そなたの力を見誤った……」

そう言った孫十郎は、どっかと縁台に腰を下ろした。

「一人で動くものとばかり考えておったわしの見込み違いであったわ。まさか韮山代官所の手下たちを手配りしているとはな」

「父の屋敷の隣が江川太郎左衛門様の江戸屋敷だ。父はそなたの伊豆出張に際してな、このおれに江川様の協力をあおぐよう指示された。父上の力を見誤ったようだな」

老人があかに水と雑炊を、影二郎には冷や酒を持ってきた。

「おれにも冷やをくれ」

孫十郎も茶碗酒を所望した。

夏目影二郎と関東取締出役の足木孫十郎は、山道を登ってきた汗と喉の渇きを冷や酒で潤した。

「うまい」

孫十郎は喉を鳴らして飲むと、しばし富士の峰を見上げた。今日も晴れやかに駿河湾の向こうに白い頂きの美しい姿を見せていた。

「もう一杯お注ぎしますか」

老人がどちらにともなく言った。

「いや、昼酒は足をとられるでな」

孫十郎はそう言うと残った酒を口に含み、刀の鍔元《つばもと》に吹き掛けた。

茶店の老人が目を丸くして見ている。

影二郎は、戸田峠から馬上姿で下ってくる江川太郎左衛門の一行をとらえていた。捕り方の小者に縄を打たれて引かれているのは戸田港で捕縛された大塩の残党だろう。

孫十郎は懐から浅葱《あさぎ》色の組紐巻きの房付きの十手を出して縁台に置いた。

「そなたの手から勘定奉行の常磐様にお返ししてくれ」

「分かった」

うなずいた孫十郎は、ゆっくりと立ち上がった。

「夏目、そなたは鏡新明智流、桃井様の俊英じゃそうな」

「あそこから下りてこられる江川様は、そなたと同じ岡田十松先生門下の神道無念流……」

孫十郎も気付いていたとみえ、

「立ち会い人が同門の先輩とはな」

と苦笑いした。

一文字笠を脱いで縁台に伏せた影二郎も腰を上げた。

めしを食べ終えていたあかが慌てて縁台の下に潜りこんだ。

二人は四間ほどの間合いで向かいあった。

捕り方たちが行動を起こそうとした。すると馬上の江川が鞭を持った手で制して、馬をとめ、地上に降り立った。影二郎は会釈すると、

「ご検分を」

と頼み、孫十郎に注意を戻した。

孫十郎は陣笠をむしりとるように捨てた。

「いざ、参る！」

孫十郎は鋩子《ぼうし》の刃文も美しい剣を抜くと正眼に構えた。

影二郎は身幅が一段と広く、反りも切っ先も大きく見える法城寺佐常二尺五寸三分を抜いた。大薙刀から鍛え直された大刀がきらりと春の陽光をとらえた。

影二郎は佐常を右の肩に担ぐように立てた。

孫十郎の姿勢が徐々に下がり始めた。

影二郎は峠に吹く春の風を体に浴びてただ立っていた。

地面の近くまで体を這わせた孫十郎の剣は正眼から脇構えへ移行していた。蟹《かに》が鋏《はさみ》を立てたように地面にへばりついていた体が、今度は反対に伸び上がっていく。

息遣いの間が縮まり、荒くなった。

戸田峠の空気が濃密に膨れ上がり、弾《はじ》けた。

「わああっ！」

絶叫を発した孫十郎が中腰のままに突進してきた。

四間の間合いが瞬く間に縮まった。

影二郎は動かない。

間合いを切った孫十郎の脇構えの剣が流れるような円弧を描いて、影二郎の胴へと伸びてきた。

「おおっ！」

影二郎の腰が入り、佐常が振り下ろされた。最初緩慢に思えた刀身が空を切って、速度を早め、白い光と化した。

「おりゃ！」

ほとんど同時に孫十郎の抜き胴の攻撃と影二郎の真っ向唐竹割《からたけわ》りが交錯した。

影二郎の法城寺佐常が孫十郎の額を割り、血しぶきを上げさせると、胴斬りにきた孫十郎の剣の内側にするりと身を滑りこませて躱《かわ》した。流れるような身のこなしだった。

孫十郎はよろよろと前方に走った。そして顔面から地面に倒れ込んでいくと微動だにすることなく死んだ。

峠は重い静寂に包まれ、大きな溜《た》め息が重なって漏れた。

消えていたうぐいすの声が再び哀切に響いた。

影二郎は縁台に戻ると老人に手桶《ておけ》の水を所望して佐常の血を洗い流した。

懐紙を広げて刀身を拭い、鞘に納めた。

江川太郎左衛門英龍が影二郎に歩み寄ると、

「瑛二郎どの、あっぱれな剣じゃ。みごとな勝負を見せてもらいましたぞ」

と褒《ほ》めた。

「足木孫十郎は、岡田十松門下のなかでも斎藤弥九郎と肩を並べるほどの天才でしてな、それをそなたはいとも軽々と始末なされた」

「江川様、勝負は一瞬の遅速の差のみ、それがしが足木孫十郎の亡骸《なきがら》と代わっていてもなんの不思議もございませぬ」

「常磐様自慢のご子息だけのことはある」

「父がそれがしのことを……」

「……そなたのことはいつも気にかけておられる」

影二郎は父秀信の弱々しい風貌を思い浮かべた。微禄から常磐家に婿養子に入ったせいだったが、家の外ではなかなか剛毅《ごうき》な性格と知略の持ち主であることを、この度の任務をとおして知らされていた。

太郎左衛門にうなずいた影二郎は、

「国定忠治一家はどうなりましたか」

と聞いた。

「山狩りを命じてある。が、山に入れば忠治の方が動きが早い。豆州から箱根へと尾根伝いに逃げて、関八州へ舞い戻るものと思える」

太郎左衛門は忠治捕縛の可能性のないことを淡々と語った。

「瑛二郎どの、あやつの始末はそなたの仕事じゃ」

江川はそういうと立ち上がった。

「どうじゃ、韮山に来てしばらく逗留していかれぬか」

旧知の子の影二郎をこう言って誘った太郎左衛門は、

「やはり犬連れのひとり旅がご気楽か」

とからから笑った。

足木孫十郎の亡骸は茶店にあった板にのせられ、小者たちによって峠から運び出されようとしていた。

「また会うこともあろう」

影二郎は目礼すると韮山の代官一行を見送った。


箱根の底倉《そこくら》温泉。

深夜、一文字笠を被ってひっそり湯に浸かる影があった。

夏目影二郎だ。

すでに箱根の山中にも春の匂《にお》いが混じっている。

沼津の流れ宿を通じて江戸の勘定奉行常磐豊後守秀信には、戸田港の事件と戸田峠の経緯は伝えてある。また韮山代官からも早飛脚が飛んでいることは間違いなかろう。

影二郎は返書を小田原の流れ宿に指定して、底倉の湯に立ち寄ったところだ。

風聞によれば、正式に十一代将軍徳川家斉が権力の座を辞し、家慶に譲って西の丸に隠居したことが公布されたとか。ともあれ五十年の長きにわたった家斉政権は表面的にその役目を終えたことになる。

影二郎は、天保の大飢饉を乗り切るために水戸家から新しい血を将軍家に入れようと策謀する水戸の斉昭と、その下で策謀をめぐらす藤田東湖がどうしているかと、思いを水戸に馳せた。

広い露天風呂のどこかで湯音がした。

影二郎は湯煙を透かし見ながら、笠の唐《から》かんざしを抜き取り、湯に沈めた。

明かりが届かない薄闇に男がひっそりと身を沈めていた。

露天風呂を何者かが囲んだ気配がした。

影二郎が湯に入った時にはなかった影であり、気配だ。

「さすが国定忠治だな」

「夏目様、ただ湯に浸かりにきただけですぜ」

「ではそうしておくか」

「ことごとく先手を打たれましたな」

「おまえの教えに従ったまでじゃ、世の中を複雑に考えぬことにした」

「戸田峠での決闘、見せてもらいましたぜ」

「……」

「さすがに鏡新明智流桃井春蔵様の秘蔵っ子といわれた剣士、足木様も岡田十松門下の逸材だが、まるで赤子の手をひねるように倒された」

「忠治、勝負は時の運だ」

そうですかねえ、忠治は手ぬぐいで顔の汗を拭いた。

「まさかおまえが浪速の町奉行所与力大塩平八郎とまで連携を保っていようとは考えもしなかった」

「大塩様の旗揚げの趣旨も時期も悪くはございませなんだ。困窮した民衆も計画通り一揆に従った。しかしながら大塩様が頼みとする同志の、東町奉行所同心平山《ひらやま》助《すけ》次郎《じろう》と西町の同心吉見《よしみ》九郎《くろう》右衛門《えもん》の両名が裏切って、奉行の跡部《あとべ》様や奉行所に密告しようとは想像もしねえことでした」

忠治はあっさりと認めた。

「同志とはおよそそのようなものよ」

「ひとりで行動する夏目影二郎には笑止千万ですかい」

「おれは天下の騒乱など考えておらぬからな」

「烏合の衆は大坂城代の出動に蹴散らされて終わりですぜ」

「おまえは大塩に手を貸すために下ったのか」

「いえ、糾合された人間が戦いになった時、どう行動するか見物に参ったので」

「関東の乱を捨てたわけではなさそうだな」

忠治がくぐもった笑い声を上げた。

「水戸様は苦しい立場に追い込まれておられる。この箱根山中で大塩平八郎直筆の手紙が発見されたからな」

「三通のうち一通が水戸斉昭様に宛てた書信というのでござんしょう、偽書ですよ」

と忠治は言い切った。

「そうかな」

「そうに決まっておりやす。あまりにも幕府に都合のよい出来事でしてな」

「忠治、偽書でも真書でもこの際違いはない。幕閣も世間も、水戸様ならさもありなんと思うところに斉昭様の苦しさがある。軍師の東湖どのがついておられるから、苦境は乗り切られるであろう。だが当分水戸は死んだ真似をするしかあるまい」

「まあ博徒には関係のねえ、雲の上の話でさあ」

「そうかな。忠治の後ろ盾と見たが……」

「……水戸でも言いましたぜ。夏目様はあまりにも複雑に考えすぎますとな」

今度は影二郎が笑い、湯を揺らした。

「それにしても戸田では冷や汗をかきましたぜ。まさか大砲の弾が空から降ってくるとはねえ。あれも旦那の差し金でござんしょう」

「江川様の門下生が西洋式の大砲の試し撃ちをしたまでだ。そなたの伝馬船には当たらなかっただろうが」

「よう言われる。千貫からの火薬が爆発して海の底に沈んだんですぜ」

「江戸の町中で爆発するよりは犠牲が少ない」

「旦那、役目は果たされたってわけですね」

忠治が影二郎に聞いた。

「役目が終わったかどうかまだ分からん」

小田原の流れ宿に届くはずの父の命によって決まる。

「まさか夏目様が八州廻りの総元締め、勘定奉行常磐豊後守秀信様のお子とは考えもしねえことでしたな。足木の旦那に教えられて、びっくり仰天でさ。それで納得もいく」

「血はつながっているが妾腹《しょうふく》でな、おれが科人《とがにん》であることに変わりはない」

「ということはまだ関八州をさすらいなさる」

「おまえのようにな」

「またどこかでお目にかかりましょうかい」

影二郎はうなずくと湯の中の唐かんざしを握り直した。

忠治が湯音を響かせて立ち上がり、手を上げた。すると緊迫した空気がふいに消えた。

露天風呂を見下ろす木陰や岩の上に、鉄砲を持った忠治の手下たちが姿を見せた。そのうちの一人、蝮の幸助がにたりと影二郎に笑いかけた。

影二郎が忠治に視線を戻した時、その姿はもう掻き消えていた。そして蝮の幸助たちの影も消えた。一瞬、影二郎は夢まぼろしを見たかと考えていた。


影二郎とあかは陽光がおだやかな早川の土手を歩いていた。

あかはすでに成犬の骨格をなして、歩く姿も堂々としていた。相模湾が前方に光って見えてきた。浜には風もなく、沖合には漁をする船の帆がふくらんで見えた。

浜を二宮へと向かいながら、影二郎は父からの書信を思い浮かべていた。

〈夏目瑛二郎殿、此度の役目ご苦労に候。そなたの働き、余が望みし以上のものにて御座候。始末されたる六名の八州廻りの後任、すでに着任致し候。新しき役職に就く者の顔には初々しき緊張が漂うを観察致し候。さりながら幕府なる池が濁り淀みし水なれば、また彼らも早晩汚水に染まり候や。人間は弱いものにてこれからの注意が肝要と考え候。役目を果たせし今、そなたの流罪人の記録いずこにも存在せず、江戸に戻るも自由の身に候。さりとて国定忠治を始めとする博徒の横行いまだ止まず、大飢饉も回復の兆しなく、幕府への風当たりはさらに激しさを増して、屋台骨を揺らすこと必定。その折り、余が頼みにすべくはそなた夏目瑛二郎一人に候。今後とも余の奉公を陰から支えて下されたく願い候……〉

秀信の書簡には追伸があった。

〈……過日、御用部屋に水戸藩の斉昭様ご用人藤田東湖殿の訪問を受け候。水戸にて出会ったそなたが、余のことを話してのことかと推測したがさにあらず。どうやら藤田どのは桃井春蔵先生に面談されて、我らの関係を知られた様子。去り際に瑛二郎殿に伝えてくれと申されて、勘定奉行就任にいたく興味を示され、かつ人事に実権を持ちたるご老中は、相模小田原藩の大久保加賀守忠真様一人のみと言い残され候。これにて余の疑問も氷解致し候。大久保様は水戸の斉昭様とも親しく、おそらく余の勘定奉行就任はそこいらあたりの差し金にて候。藤田殿はまた、余に叡智優れた隠し子があろうとは大久保様も察しつかず、苦虫嚙み潰したる様子なりと話され候。柳営《りゅうえい》の権謀術数はいざ知らず、余は愚直に勘定奉行本来の役目に邁進するのみと改めて覚悟致し候……〉

東湖とさやの兄妹の顔を思い浮かべた影二郎は、秀信の影になって働くのも父子の縁かと考えていた。

「あか、江戸に帰るぞ」

影二郎は愛犬に声をかけた。するとあかはしっかりした巻尾を振って応えた。

それを見ながら、江戸に帰着したら浅草の祖父母のもとに預けた若菜とともに、母みつと萌の眠る菩提寺《ぼだいじ》、上野山下の永晶寺に参ろうと影二郎は考えていた。

解説

縄《なわ》田《た》一《かず》男《お》
（文芸評論家）

渋を塗り重ねた一文字笠に無紋の着流し、身には両裾に二十匁《もんめ》の銀玉を縫《ぬ》い込んだ南蛮《なんばん》外衣《がいい》をまとい、腰には南北朝期の刀工法城寺佐常《ほうじょうじすけつね》が鍛えた大薙刀《おおなぎなた》を、刃渡二尺五寸三分のところから棟《むね》を磨いて、先反《さきぞ》りの豪剣に鍛《きた》え直した大刀をたばさんだ快男児・夏目影二郎《なつめえいじろう》の活躍も、『破牢《はろう》狩り』以下、『妖怪《ようかい》狩り』『百鬼《ひゃっき》狩り』『下忍《げにん》狩り』『五家《ごけ》狩り』と読者の圧倒的な好評をもって迎えられ、今ではすっかり光文社文庫の定番となったかの感がある。

そこにこのたび、記念すべき本書『八州《はっしゅう》狩り』が加わったことはまたとない慶事という他はない。では、何が記念すべきことかといえば、勘の良い読者なら既にお気づきのことと思うが、本書の副題はいつもの〈夏目影二郎始末旅〉ではなく、〈夏目影二郎赦免旅〉となっている——すなわち、本書こそがそもそもの発端、シリーズの事実上の第一作なのである。

実はこのシリーズは、光文社文庫以前に二冊が刊行されている。それが本書『八州狩り』と『代官狩り』で、前者は平成十二年四月、後者は平成十二年九月、ともに日本文芸社の日文文庫から書下ろし刊行された。ところが同文庫は規模縮小となったために、この二作は、作品の圧倒的なスケールと面白さにもかかわらず、〝知る人ぞ知る〟といったかたちで埋もれてしまったのである。その後、夏目影二郎を主人公とした一連の作品が光文社文庫から刊行され、ベストセラーとなった経緯は、もはや贅言《ぜいげん》を要するまでもないだろう。そして今ここにシリーズ第一作が装いも新たに再刊されることになった。私が記念すべき、といった理由はここにある。

従って、夏目影二郎の過去が語られるのも本書がはじめてのこと。すなわち、影二郎は、旗本三千二百石常磐豊後守秀信《ときわぶんごのかみひでのぶ》と浅草の料理茶屋嵐山《らんざん》の娘みつの間に生まれた、いわば妾《しょう》腹《ふく》の子。父の旧姓夏目を与えられ、本当の名は瑛二郎という。彼は下谷同朋町《したやどうぼう》町の妾宅で侍の子として育てられ、八歳の時には、鏡新明智流《きょうしんめいちりゅう》の桃井春蔵《もものいしゅんぞう》の道場に入門、後に「位の桃井に鬼がいる……」といわれるほどの使い手になる。その影二郎に人生の転機が訪れるのが十四の秋。母が流行病《はやりやまい》で亡くなったために本所の屋敷に引き取られることになるが、屋敷付きの養母鈴女《すずじょ》や兄紳之助《しんのすけ》との折り合いも悪く、一年も経たぬうちに実家に戻り、放蕩無頼《ほうとうぶらい》の群れに身を投じることになる。一時は道場の跡継ぎにという話もあったが、影二郎には末を誓った吉原の女郎萌《もえ》がおり、その萌が香具師《やし》元締め・聖天《しょうでん》の仏七《ぶつしち》のために非業《ひごう》の最期を遂げたと知るや、仏七を殺し、今は牢につながれる身となったのである。

仏七は十手《じって》持ちとの二足のわらじをはく男で、本来なら極刑は免れないところが、仏七の評判が余りにも悪かったために刑一等を減じて遠島《えんとう》というのが影二郎に科せられたお裁きであった。ところが、ここに意外な救け舟が出されることになる。

それが今や勘定奉行――それも関八州取締出役《かんはっしゅうとりしまりしゅつやく》を任された公事方《くじかた》勘定奉行に就任した父常磐豊後守秀信である。時代は天保《てんぽう》の飢饉《ききん》のさ中で、「八州廻り設置から三十一年が過ぎ、（関八州の無宿人、渡世人を取締るという）当初の目的も使命も忘れて、八州廻りの役人がその巨大な権力を私利私欲のために利用している」というありさま。加えて、今、関八州では上州一の侠客《きょうかく》といわれる国定忠治《くにさだちゅうじ》が大戸の裏関所をやぶって傍若無人に暴れまわっており、八州廻りの中でも、日頃の行状に問題あり、とされる六人――峰岸平九郎《みねぎしへいくろう》、尾坂孔内《おさかこうない》、火野初蔵《ひのはつぞう》、数原由松《かずはらよしまつ》、足木孫十郎《あしぎまごじゅうろう》、竹垣権之丞《たけがきごんのじょう》――「のうちの一人が国定忠治と結託して、なにか事を起こそうとしている」らしい。

ここで「忠治一家や腐敗堕落《ふはいだらく》した役人どもを追って関八州を流れよ」という密命＝赦免旅が影二郎に下るわけだが、その実質は「役もなければ報酬もない。殺されたとて殺され損じゃ。あるのはこの父との契りだけ」（傍点引用者）という父と子の愛憎の確認があるのみである。

シリーズ第一作のこととて、後の作品のように、秀信配下の監察方菱沼喜十郎《かんさつがたひしぬまきじゅうろう》・おこま父娘《おやこ》はまだ登場せず、影二郎はまったくの独歩行を強《し》いられることになる。道連れは、道中で拾った小犬のあかと、途中で出会う女たちくらいのものである。中でも、娘を借金のかたに取られそうになっている船頭が、「死にかけた子犬を懐《ふところ》に入れて温めておやりになるお侍だ。わしはみよをあなた様に賭《か》けました」と託す場面は、孤愁《こしゅう》漂《ただよ》う影二郎の面貌の裏に通う人間的なぬくもりを伝えていて、うまい場面づくりといわねばなるまい。

更に影二郎と江戸弾左衛門《だんざえもん》との関わりも本書ではじめて語られるもので、影二郎のトレードマークの一つとなっている一文字笠は、「これがわれらが世界の通行手形、どちらに行かれてもめしと屋根には不自由はしませんぞ」と弾左衛門が渡してくれたことになっている。そして、「そなたの名じゃが、なぜ影二郎といわれる」という弾左衛門の問いに影二郎は、「親からもらった名は瑛二郎。だが家を捨て、親を忘れた時に影二郎と変えた」と答える。「影を背負って生きていなさるか」――この弾左衛門の言葉には、影二郎が抱え持つ宿命の深さが端的に示されていよう。

さて、ここからは、いよいよ、影二郎の赦免旅の内容に入っていくことになるが、まず何といっても興味を引くのは、影二郎と国定忠治というこの大顔合わせであろう。

では忠治の魅力とは一体奈辺《なへん》にあるのだろうか。藤直幹、原田伴彦共編の『歴史家のみた講談の主人公』(昭和三十二年、三一書房刊)の中で、川村善二郎は、それを次の四点にしぼって分析している。すなわち、貧しい百姓から上州長脇差の代表格にまでのし上った花であること、民衆に同情し、これを助けた義侠の英雄であること、百姓を苦しめる横暴な代官をやっつけるなど、支配者を相手に抵抗した民衆の英雄であること、そして最後は、官憲のために処刑された悲劇の人であることの四つである。その実像はともかく巷説では、総じていえば、忠治は時代の権力に抵抗した反逆のヒーローであり、これは、作中にもあるように、忠治の出自や彼の活躍した天保年間が、多くの庶民にとって飢饉と圧政に苦しめられていた時代であったことと無縁ではあるまい。

その忠治が本書では、日光参詣に赴《おもむ》く将軍家斉《いえなり》を襲撃する、という風聞が流れているのである。これだけでも優に一篇の小説を構成するだけの要素は充分だが、ここからが作者の端倪《たんげい》すべからざるところである。佐伯泰英は、天保期の時代の群像とでもいった面々を次々と作中に登場させていくのだ。

それが二宮尊徳《にのみやそんとく》であり、藤田東湖《ふじたとうこ》であるのだが、まず二宮尊徳の方から記せば、彼は江戸後期の農政家であり、没落した生家を再興、幕府諸藩に迎えられ、報徳仕法によって農村再興に手腕をふるった人物として知られている。尊徳の指導法は、勤勉と倹約を説きつつ、努力に対しては必ず見返りありとすることで、百姓たちの労働意欲をかき立てた。しかしながら「士農工商、明確な身分制度のなかで生きてきた武家にも農民といっしょの立場に立てと説く報徳仕法の考えを、危険なものと考える大名や旗本がいる」ことも確かで、尊徳自身、役人の勝手な要求には体を張ってあくまでも農民側に立って撤回させるなどの気骨を示している。従って、本書に描かれるような修羅場もあったのではないのか、と作者は想定しているのである。

そして次に藤田東湖だが、こちらは、水戸藩主徳川斉昭《なりあき》の側用人として藩制改革を推進した水戸学の中心的存在である。天保年間、斉昭が推めた改革の原動力は、下士層改革派であり、東湖がそのリーダーであった。藩の機構改革はいうに及ばず、検地の実施、藩校弘道館《こうどうかん》の設立、蝦夷《えぞ》地下付の内願など、すべての事業に参画した。但し、保守派との軋轢《あつれき》があったのは作中にある通り。東湖は、安政《あんせい》の大地震の折、江戸藩邸で母を救け出したものの、自らは圧死。かの西郷隆盛《さいごうたかもり》は、藤田東湖の死後、水戸藩の疲弊《ひへい》が甚《はなはだ》しいと慨嘆《がいたん》したというい伝えが残っている。

さて、天保期を舞台とした小説を書くのなら、顔見世興行的に、その時代に実在した人物を次々と登場させ、オールスターキャスト的な設定にしようというのは誰もが思いつくことかもしれない。だが、こと本書においてはそんな安易な方法は取られていない。国定忠治、二宮尊徳、藤田東湖――この一見、何の関わりもないように見える三人が実は或《あ》る一点で結びついており、この三者のトライアングルの彼方から浮かび上って来るのが、水戸藩主徳川斉昭なのである。彼の教学の下で水戸学が形成されたため、水戸学の教祖としてあがめられつつも、実際は、野心家でもあり、陰謀家でもあった、といわれる斉昭が何を望んだのか。そこには、前述の三人ばかりではない。更に大塩平八郎《おおしおへいはちろう》や江川太郎左衛門《えがわたろうざえもん》までもが絡んで来るのである。

影二郎がいう「村では大事な籾《もみ》に手をつけ、娘たちは家族の口を養うために女郎屋に売られていく。江戸の町には荒れた田畑を捨てた農民が押し寄せてうろついている。広がる飢饉をよそに幕府が考え出したことが将軍の日光社参だ。これで威信を保ったとしてもなんの効果がある」という状況下、「みなそれぞれに同じ床で別の夢を見る仲間」が何を画策したのか？　未読の方のためにそれを記すわけにはいかないが、この解説の冒頭に記したように、それが圧倒的なスケールを持ったものであることだけは断言しておく。

剣戟《けんげき》シーンの趣向と面白さや、疲弊し切った幕府の政治に二重写しにされる平成の現在というように、本書は、後のシリーズの展開を予見させつつも、新たな連作を世に問おうとする作者の意気ごみによって何より素晴らしい仕上がりとなっている。夏目影二郎の最初の活躍が光文社文庫に収録されたことを心から喜びたいと思う。

この作品は二〇〇〇年四月、日本文芸社より刊行されました。

光文社文庫

長編時代小説
八《はつ》州《しゆう》狩《が》り
著　者　佐《さ》伯《えき》泰《やす》英《ひで》

2003年11月20日　初版1刷発行
2008年6月20日　16刷発行

発行者　駒　井　稔
印　刷　豊　国　印　刷
製　本　ナショナル製本

発行所　株式会社　光　文　社
〒112-8011　東京都文京区音羽1-16-6
電話　(03)5395-8149　編集部
8114　販売部
8125　業務部

ISBN978-4-334-73591-3　Printed in Japan

お願い　光文社文庫をお読みになって、いかがでございましたか。「読後の感想」を編集部あてに、ぜひお送りください。

　このほか光文社文庫では、どんな本をお読みになりましたか。これから、どういう本をご希望ですか。

どの本も、誤植がないようつとめていますが、もしお気づきの点がございましたら、お教えください。ご職業、ご年齢などもお書きそえいただければ幸いです。

光文社文庫編集部

光文社文庫　好評既刊

斬殺指令　宮城賢秀
公儀隠密行　宮城賢秀
隠密影始末　宮城賢秀
賞金首　宮城賢秀
鏖殺　賞金首(二)　宮城賢秀
乱波の首　賞金首(三)　宮城賢秀
千両の獲物　賞金首(四)　宮城賢秀
謀叛人の首　賞金首(五)　宮城賢秀
隠密目付疾る　宮城賢秀
伊豆惨殺剣　宮城賢秀
闇の元締　宮城賢秀
阿蘭陀麻薬商人　宮城賢秀
安政の大地震　宮城賢秀
義弘敗走　宮城賢秀
仇花　諸田玲子
十六夜華泥棒　山内美樹子
善知鳥伝説闇小町　山内美樹子

人形佐七捕物帳（新装版）　横溝正史
修羅裁き　吉田雄亮
夜叉裁き　吉田雄亮
龍神裁き　吉田雄亮
鬼道裁き　吉田雄亮
閻魔裁き　吉田雄亮
観音裁き　吉田雄亮
火怨裁き　吉田雄亮
おぼろ隠密記　六道　慧
十手小町事件帳　六道　慧
まろばし牡丹　六道　慧
ひよりみ法師　六道　慧
いざよい変化　六道　慧
青嵐吹く　六道　慧
天地に愧じず　六道　慧
まことの花　六道　慧
流星のごとく　六道　慧